Elogios pa

JULIET RESPIRA PROFUNDO

"Deslumbrante, graciosa, conmovedora... todo lo bueno".
—Roxane Gay, autora de *Hambre: Memorias de mi cuerpo*

"*Juliet respira profundo* es asombrosa. Esta es la amiga que siempre he querido ver en la literatura, traída a la vida de la mano de Rivera". —Elizabeth Acevedo, ganadora del National Book Award y autora de *Poet X*

"Franca. Poderosa. Honesta. *Juliet respira profundo* es un luminoso viaje de autodescubrimiento. A través del despertar de Juliet, Rivera nos desafía a salir de las sombras hacia la luz, recordándonos que la rebelión comienza por el amor a uno mismo en la infinidad de sus formas". —Samira Ahmed, autora de *Love, Hate & Other Filters* e *Internment*

"Rivera capta las decepciones y posibilidades que resultan de entender que las soluciones de la vida están en uno mismo". —*New York Times Book Review*

"Refleja la vida del adolescente [...] en todo su esplendor, desordenado y confuso". —*Publishers Weekly*

"Un torbellino sobre la transición a la edad adulta, que te deja sin aliento". —*Kirkus Reviews*

"La clase de libro que describe el agridulce dolor de crecer, exactamente como se debe". —Lambda Literary

"Gabby Rivera tiene la genial habilidad de hacerte llorar y reír en el mismo párrafo. *Juliet respira profundo* es poderosa". —Zoraida Córdova, autora de *Labyrinth Lost* y *Bruja Born*

"Intensa, amorosa, sensual, cierta y exuberantemente viva. Gabby Rivera es la voz que necesitan los jóvenes. *Juliet respira profundo* es una novela que cautivará a todas las mujeres jóvenes que se buscan a sí mismas". —Malinda Lo, autora de *Ash*

"Este libro es un himno al feminismo interseccional. La voz de Gabby Rivera es potente, conmovedora, viva y desbordante de sentimiento. Leer este libro me generó una mezcla de emociones: a veces lloré de alegría, y otras, tuve que confrontar mis propios prejuicios. *Juliet respira profundo* es una historia llena de ideas poderosas sobre la identidad sexual, racial y política. Es un libro que se quedará contigo". —Britta Lundin, autora de *Ship It*

Gabby Rivera

JULIET RESPIRA PROFUNDO

Gabby Rivera es *queer,* puertorriqueña del Bronx, y ha asumido la misión de crear las historias más divertidas y salvajes. Con su serie *AMERICA,* sobre America Chavez, una *queer* latina con superpoderes, fue la primera latina en escribir para Marvel Comics. En 2017 formó parte de la lista de SyFy Network de los mejores creadores de cómics, y de la de NBC de los innovadores #Pride30. Gabby reside en California y viaja con frecuencia entre ambas costas de Estados Unidos. Escribe para todos los que se sienten *queer,* y para su mamá.

JULIET RESPIRA PROFUNDO

GABBY RIVERA
WITHDRAWN
JULIET
RESPIRA
PROFUNDO
Traducción de Eva Ibarzábal
VINTAGE ESPAÑOL
Una división de Penguin Random House LLC
Nueva York

PRIMERA EDICIÓN VINTAGE ESPAÑOL, JUNIO 2020

Publicado en los Estados Unidos de América por Vintage Español, una división de Penguin Random House LLC, Nueva York, y distribuido en Canadá por Penguin Random House Canada Limited, Toronto. Originalmente publicado en inglés bajo el título *Juliet Takes a Breath* por Penguin Young Readers, una división de Penguin Random House LLC, Nueva York, en 2019.

Información de catalogación disponible en la Biblioteca del Congreso de los Estados Unidos:
Names: Rivera, Gabby, author. | Ibarzábal, Eva, translator.
Title: Juliet respira profundo : una novela / Gabby Rivera ; traducción de Eva Ibarzábal.
Other titles: Juliet takes a breath. Spanish
Description: Primera edición Vintage Español. | Nueva York : Vintage Español, una división de Penguin Random House LLC, 2020. | Originally published in English by Dial Books in 2019 under title: Juliet takes a breath.
Identifiers: LCCN 2020002149
Subjects: CYAC: Lesbians--Fiction. | Puerto Ricans—Oregon—Fiction. | Feminism—Fiction. | Authors—Fiction. | Prejudices—Fiction. | Internship programs—Fiction. | Coming-of-age—Fiction. | Spanish language materials.
Classification: LCC PZ73 .R52423 2020 | DDC [Fic]—dc23

Vintage Español ISBN en tapa blanda: 978-0-593-08128-0
eBook ISBN: 978-0-593-08129-7

Para venta exclusiva en EE.UU., Canadá, Puerto Rico y Filipinas.

www.vintageespanol.com

Impreso en los Estados Unidos de América
10 9 8 7 6 5 4 3 2 1

A Christina Elena Santiago, alias Nena.

Siempre seremos chicas de barrio, levantándonos
en el Bronx para buscar los 32 sabores y mucho más.

A las morenas rellenitas a quienes les dicen que no lo lograrán,
que se mueven por el mundo dudando si habrá lugar
para sus cuerpos, su naturaleza y sus corazones.

Ocupa todo el lugar que necesites, camarada.
No pidas disculpas. Lucha con fuerza.
Ámense unas a otras.
Tú eres un milagro.

PALANTE * PA'LANTE (adverbio)

Contracción de *para adelante* usada en la jerga de Puerto Rico y otros países del Caribe y Latinoamérica para arengar a la gente a seguir adelante en lo que se ha propuesto.

PREFACIO

3 de marzo de 2003

Estimada Harlowe:

Hola, mi nombre es Juliet Palante. He estado leyendo su libro La flor enardecida: Empodera tu mente y empoderarás tu chocha. *No voy a mentir, empecé a leerlo para incomodar a la gente en el* subway. *Disfrutaba particularmente sacarlo de repente en medio de los sermones improvisados de los viejos con cara amargada en el tren 2. Me divertía ver las caras de los hombres frente a la palabra "chocha" en un contexto fuera de su control; ya sabe, en brillantes letras rosadas en la portada del libro de bolsillo de una muchacha.*

Mi abuela me llama 'la sinvergüenza', y tiene razón. Me encantan los chistes, pero le escribo porque ese libro suyo, ese mágico manifiesto a los labios vaginales, se ha convertido en mi biblia. Es cierto que es un libro del feminismo de las damas blancas, pero hay momentos en los que veo retratado mi trasero redondo y moreno en sus palabras. Yo quería más de eso, Harlowe, más representación, más reconocimiento, más espacio para respirar el mismo aire que usted.

"Todas somos mujeres. Todas surgimos de la matriz. Somos esencia de la luna y nos unimos en una sororidad". Esa es usted. Usted escribió esas palabras y yo las subrayé, preguntándome si era cierto. Si usted no conoce mi vida y mis luchas, ¿podemos ser hermanas?

¿Puede una dama blanca, una caballota como usted, hacer espacio para mí? ¿Debería yo pararme a su lado y reclamar ese espacio? ¿O debo simplemente sacarla del camino, reclamar mi espacio ahora, para que algún día podamos compartir esta tierra, esta cuadra, el aire que respiramos?

Espero que esté bien que le diga estas cosas. No quiero ser irrespetuosa, pero si usted puede cuestionar el patriarcado, yo puedo cuestionarla a usted. Eso creo. Yo realmente no sé bien cómo funciona esto del feminismo. Solo he tomado una clase de Estudios de la mujer, y fue porque una nena linda de mi piso se inscribió. Esa chica me hizo perder el hilo. Yo solo quería verla comer fresas y grabarle una recopilación de éxitos, así que me apunté en la clase y nos hicimos novias.

Pero, por favor, no me pregunte nada de lo que ocurrió en clase porque el amor es como un viaje de ácido.

Eso del feminismo es nuevo para mí. La palabra todavía me suena extraña e inapropiada. Demasiado blanca, demasiado estructurada, demasiado ajena; algo que yo no puedo reclamar. Me gustaría que existiera otra palabra. Quizás necesito inventarme una. Mi mamá es toda una feminista, pero ella nunca usa esa palabra. Ella le prepara huevos a mi hermanito en el desayuno con forma de tortugas Ninja, y paga todas las cuentas en casa. Ella es la señora que nunca duerme porque está estudiando una maestría mientras nos cría a mí y a mi hermanito, y trata de balancear el ritmo de una familia completa sobre sus hombros. Eso es una feminista, ¿no? Pero mi mamá todavía le plancha las medias a mi papá. Entonces, ¿cómo se le llama a una mujer así? Digo, aparte de 'mamá'.

Su libro es un refugio con el que escapo de mi vecindario, de mis contradicciones, de mi falta de deseo de amar alguna vez a un hombre, ni hablar de lavarle las jodidas medias. Ni siquiera lavo las mías. Quiero conocer más lo asombroso que hay en mí, el poder lunar que tiene mi vagina, mi vulva, mi taquito, ese lugar donde ocurre toda la magia. Ya sabe, una vez que la gente está lo suficientemente tranquila como para venerarla. Quiero ser libre. Libre como esta línea: "Una mujer completamente realizada es siempre genuina. Sin secretos que atormenten el alma ni cargas autoimpuestas de vergüenza que crean un desequilibrio tóxico, una candidiasis espiritual, por así decirlo. Así que, salga al aire libre y deje que esa vulva respire".

Tengo un secreto. Siento que me va a matar. A veces quisiera que así fuera. ¿Cómo les digo a mis padres que soy gay? 'Gay' se oye tan extraño como 'feminista'. ¿Cómo se le dice a la gente que te trajo al mundo que eres lo opuesto a lo que ellos querían que fueras? Y se supone que me avergüence de ser gay, pero después de haber tenido relaciones sexuales con chicas no siento ninguna vergüenza. De hecho, es cabronamente increíble.

Entonces, ¿cómo se supone que lo haga público y bregue con la tristeza de todos los demás? "Sin Vergüenza sale del clóset y su familia la repudia". Ese es el titular. Usted provocó esto. Yo no iba a salir del clóset. Yo iba a ser solo ese miembro de la familia que es gay y nadie nunca lo menciona, aun cuando TODOS saben que comparte la cama con su "roommate". Ahora todo es diferente.

¿Cómo se supone que sea así de franca? Yo sé que usted no es una Bola 8 Mágica. Usted solo es una señora que escribió un libro. Pero yo me quedo dormida con ese libro entre los brazos, porque las palabras protegen a los corazones, y yo tengo un dolor en mi pecho que no se va. Leí La flor enardecida *y ahora sueño con puños levantados y marchas solidarias encabezadas por matriarcas que se mantienen despiertas a base de café con leche. Marchas donde puedo estar junto a doñas que fuman tabaco y buchas del Poder*

Negro, y todos los tipos raros de este mundo, y nadie es excluido. Y nadie vive con mentiras.

¿Ese es el mundo en el que usted vive? Leí que vive en Portland, Oregón. No conozco a nadie que haya estado alguna vez allí. La mayoría de las personas que conozco nunca han salido del Bronx. Yo me niego a ser como esa gente. El Bronx no puede ser mi dueño. Aquí no hay aire suficiente para respirar. Llevo conmigo un inhalador para esos días en los que necesito más aire que la parte que me corresponde. Necesito un respiro. Sé que los problemas en el barrio son sistémicos. Sé que mi barrio está atrapado en un ciclo de pobreza aprobado y totalmente financiado, pero ¡carajo! este lugar y su gente me drenan. Hay días que parece que peleamos por ser más escandalosos que los trenes que nos llevan a casa. De lo contrario, nuestras voces se ahogarían, y ¿quién nos oiría entonces? Estoy cansada de que el grafiti sea la única huella que mis vecinos dejan en el mundo: un mundo que se compone de esta cuadra y, quizás, la siguiente, nunca más allá. No hay suficientes árboles para absorber el caos y respirar un poco de paz.

Le daría pancakes *a cambio de paz. Oí que está escribiendo otro libro. Yo puedo ayudarla. Déjeme ser su asistente, su protegida o su compinche rarita. Puedo hacer toda la investigación.*

En serio, las bibliotecas son de mis mejoras amigas. Si hay espacio en su mundo para una buchita de clóset puertorriqueña del Bronx, déjeme saber. Todos necesitamos que nos den una mano, particularmente para pelear la buena batalla.

El Poder del Punani por siempre,
Juliet Milagros Palante

PD: ¿Cómo le gusta su café? Eso me ayudará a decidir si somos compatibles o no como superhéroes de la justicia social.

PRIMERA PARTE

BIENVENIDOS AL BRONX

CAPÍTULO UNO

LOBOS, HALCONES Y EL BRONX

"Nacemos con el poder de la luna y el vaivén de las olas dentro de nosotras. Es solo después de convertirnos en mercancía, a causa de nuestra femineidad, que perdemos ese poder. El primer paso para recuperarlo es caminar de frente hacia el mar rompiente y desafiar al patriarcado a que nos detenga".

La flor enardecida: Empodera tu mente y empoderarás tu chocha, Harlowe Brisbane

SIEMPRE ENCONTRÁBAMOS TRÁFICO de trenes adelante y ese sábado no era la excepción. El retraso entre el vagón de color gris carcelario y mi casa de ladrillos rojos en la Avenida Matilda era lo suficientemente largo como para justificar la calcomanía en la pared advirtiendo que "Agredir a un funcionario de la MTA es un delito grave". Sin el aviso, estoy segura de que todos terminaríamos rompiendo cabezas y ventanas en el tren 2 hacia el fin del mundo, o sea, el North Bronx. Si había que esperar por un tiempo mayor de lo que duran dos canciones, la gente chasqueaba los dientes, ponía los ojos en blanco y demostraba su disgusto general con el transporte público del estado de Nueva York. Siempre me preguntaba qué pasaría si toda la gente blanca no se bajara en la Calle 96. ¿El viaje hacia mi casa en el barrio sería más fácil? ¿Le importaría un carajo a la MTA? Menos mal que tenía un bolígrafo, mi libreta púrpura y los audífonos con *The Miseducation of Lauryn Hill* a todo volumen, como si fuera mi misión.

Las vías del tren ascienden hacia el elevado a partir de la Calle 149 y la Tercera Avenida, así que por cerca de cien cuadras el cielo solo podía verse desde la estación del tren, pero nadie parecía mirar tan lejos. Toda mi vida he mirado a través de barrotes, solo para contemplar la acera y el sol. Más allá del tren había racimos de postes de teléfono y cables eléctricos, que parecían estar listos para estallar en llamas o caer ante una ráfaga de viento. Ese era mi Bronx: el Norte del Bronx, la división entre el Bronx y el Condado de Westchester, la diferencia entre el Sur del Bronx y la parte del Bronx a donde nadie viajaba nunca.

"Lamentamos los inconvenientes y les agradecemos

su paciencia", dijo la voz automatizada de robot masculino blanco de la MTA. "Gracias por nuestra paciencia", pensé. Mejor se ahorraban el agradecimiento y me llevaban a casa. Esa noche salía hacia Portland, Oregón, y todavía tenía que terminar la recopilación de éxitos musicales para mi novia, Lainie, que estaba haciendo su práctica con College Democrats of America. Encima, tenía que empacar, bañarme, prepararme para la cena de despedida, salir del clóset con mi familia y, esperaba, abrazar a mi mamá tan fuerte como para sentirla en mi piel durante todo el verano. No tenía tiempo para que el tren se retrasara.

"Siete por tres veintiuno, siete por cuatro veintiocho". Enfrente de mí, una niña y su mamá, ambas con vestidos con estampados como el de los pañuelos, y con el pelo recogido en turbantes, repasaban las tablas de multiplicar que tenían escritas en unas tarjetas. Tres tipos estaban parados en la entrada. Fanfarroneaban sobre sus conquistas, a quienes se referían como "las perras de anoche". Cuando hablaban, parecían perros salvajes ladrando. Ansiosos por llamar la atención, agresivos, y yo con ganas de sacrificarlos.

La flor enardecida era un libro, pero también un escudo. Lo saqué, suspirando tan alto como pude. El chico alfa me echó una mirada. Como quieras, papi culo. No aguantaba a esos tipos últimamente. Se la pasaban hablando mierda sobre lo bien que conectaban su manguera. Cada vez que los ignoraba, yo era la 'bicha', y de repente 'muy fea' o 'muy gorda' en cualquier caso para ellos. Los tipos del barrio sin duda sabían cómo enfangar y humillar de sopetón a una chica. Razón número quinientos cincuenta y uno de por qué *La flor enardecida* era tan necesaria. Leer me ayudaba a mantenerme bajo control, me recordaba que tenía derecho a enojarme. Sentía que mi cuerpo estaba sobreexpuesto y, al mismo tiempo, era un misterio sin resolver.

"Debes caminar en este mundo con el espíritu de una chocha feroz. Expresa tus emociones. Cree que el universo surgió de tu carne. Adueñate de tu poder, de tu conexión con la Madre Tierra. Aúllale a la luna, muestra tus dientes y sé una maldita loba".

"Chocha feroz". Encerré la frase en un círculo con tinta púrpura fluorescente. ¿Acaso yo era una chocha feroz? La noche siguiente yo estaría en casa de Harlowe, no en el tren en el Bronx. Había planeado mi fuga: elegí salir del clóset y correr hacia la noche. ¿En qué clase de loba me convertía eso?

Necesitaba aire. No me avergonzaba de mí misma. No me avergonzaba de estar enamorada de la nena más linda del planeta, pero mi familia era mi mundo, y mi madre, la fuerza de gravedad que me mantenía pegada a la Tierra. ¿Qué pasaría si me soltaba? ¿Se quedaría mi familia plantada en tierra firme mientras yo daba vueltas en espiral y salía expulsada al vacío?

El tren se sacudió un poco. Madre e hija guardaron las tarjetas con las tablas de multiplicar, y se bajaron. Las puertas se cerraron soltando dos tonos agudos.

En la esquina de la Calle 238 y White Plains Road, en el Bronx, los trenes 5 y 2 se separan. Me bajé del tren y me quedé parada en la esquina, mirando fijamente el cruce de las vías elevadas. Un arcoíris torcido de metal corroído hacía una curva arriba y acarreaba el tren 5 en otra dirección, lejos de Mount Vernon y hacia lo desconocido. Como nada quiere ser partido por la mitad, cuando el tren 5 llega a esa curva saltan chispas que aterrizan, como diminutos meteoros, en la acera. Las ruedas rechinan fuerte, metal contra metal, y emiten un chirrido: un grito desgarrador que puede oírse a millas de distancia. El sonido hacía jirones las fibras de mis huesos. Lo sentía en cada cavidad, lo oía cuando soñaba despierta.

El sol se ocultaba sobre el vecindario. Algunos jamaicanos, parados a lo largo de la cuadra formando un patrón de zigzag, gritaban: "¿Taxi, miss?". No tenían seguro; algunos, ni siquiera licencia, pero de que te llevaban a donde quisieras ir, claro que te llevaban. Me escurrí entre ellos y doblé a la izquierda hacia Paisano's Pizza Shop. Había cuerpos negros y morenos en pleno movimiento. Una fila ininterrumpida de gente entraba y salía de la tienda de licores. La dueña era la Sra. Li. Había enviado flores al velorio de mi tío Ramón cuando este murió, hace dos años, de cirrosis. Las sirenas de las ambulancias anunciaban que se dirigían a toda prisa a atender la emergencia más cercana para llevar a las víctimas ensangrentadas al Hospital de Nuestra Señora del Sacrificio.

La cuadra nunca estaba en silencio.

Vivíamos a puro grito contra un vecindario construido para contenernos. Nos movíamos como la tierra abriéndose camino a través de las aceras de cemento.

Saqué un dólar de mi bolsillo. "Robert", le dije al hombre agachado entre la licorería y Paisano's. No se movió. Con la cabeza cubierta por el *jacket*, permanecía inmóvil como un muerto. Robert existía en una nube de humo blanco cristalino. "Robert", le dije de nuevo, esta vez más alto. El abrigo se movió, sus grandes ojos castaños se asomaron por encima de la manga.

"Eh, ma", me dijo sin pestañar. Le metí el billete en el bolsillo del abrigo. Inclinó la cabeza para darme las gracias y se la volvió a tapar con el *jacket*. Yo no sabía de qué otra manera podía acercarme a ese hombre que había estado fumando crack entre esos dos edificios por casi 20 años. Incluso en la mañana de Navidad estaba allí, como una garita de piedra de crack. Le he preguntado si necesita algo, y lo único que me ha pedido ha sido un dólar. Eso resume nuestra relación. Asentí con la cabeza y seguí mi camino, dejando atrás su rincón y su humo, la hilera de taxistas, las jovencitas de 17 años metidas ya en la prostitución, y sus chulos de 18 años. Ya estaba cerca de casa. Bien, porque los tipos del metro todavía iban hablando a gritos detrás de mí. ¿Por qué me seguían? Mi celular vibró en mi bolsillo. Era mamá.

—¡Nena!

Alejé de un tirón el teléfono de mi oído.

—Dime, mami.

—Trae recao, cilantro y salsa de tomate para el sofrito. Y algo dulce. Te amo.

—Yo también te amo —contesté, manteniendo el teléfono a una distancia segura de mis oídos. Aprendí hace mucho tiempo que nunca se le dice a mamá que está gritando.

Todo en el Supermercado Imperial era sospechoso. Las frutas y los vegetales casi siempre estaban mohosos. Una vez compré un paquete de dulce de ajonjolí, y tenía una cucaracha. ¡Odio comprar pollo allí! Todos los paquetes de carne tienen un tono grisáceo, y el pasillo huele a sangre. Pero era el único mercado cerca de mi casa. Mami iba a tener los ingredientes para su sofrito. Yo solo tenía que ser cuidadosa y examinar todo, como siempre. Pensé que mejor empezaba por lo más fácil, así que busqué primero la salsa de tomate.

El grupo de payasos del tren me encontró en el pasillo de los vegetales enlatados. Uno de ellos me dijo:

—Oye, mami, te ves bien. ¿Qué pasa con tu número?

No le contesté. Me concentré en la salsa de tomate de

65 centavos que tenía en las manos. Se me acercó por detrás.

—Oye, te dije que te veías muy bien —repitió, con su molesta respiración sobre mi cuello.

La espalda se me tensó. Me chasqueé el dedo del medio con el pulgar. Me cruzaron por la mente todas las formas en que esos hombres-niños podrían agredirme. El miedo me electrificó la columna como un rayo. Apreté la lata, deseando tener el valor de golpearlo con ella. Me encogí de hombros y me di vuelta. Sus amigos se habían acercado y formaban ahora un semicírculo a mi alrededor. Cabrones.

—¿Qué pasa? ¿Demasiado importante para saludar? —preguntó sonriendo.

—Soy lesbiana, no estoy interesada —le espeté.

Toda la cara se me puso roja. ¿Por qué dije eso? Jesús. Con las luces fluorescentes arriba, el piso de lozas blancas manchadas y un círculo de machismo a mi alrededor, no tenía adónde correr.

—Qué mierda. A lo mejor necesitas un bicho bueno como este —dijo, agarrándose la entrepierna.

Se quedó mirándome mientras se tocaba. Sus ojos tenían un fuerte destello. Por debajo de su camiseta asomaban sus tatuajes de feria: un león en el brazo derecho, un crucifijo en el izquierdo, y el nombre *Joselys* cruzándole el cuello.

Los otros le dieron un golpe. Rieron, salivaron y cerraron el círculo a mi alrededor. Me moví a la derecha, y él también lo hizo. Volvieron a reír.

Una mujer que empujaba un cochecito tropezó contra él y me despejó el camino. Sus tres niños avanzaron, ruidosamente, y rompieron la formación. Gracias a Dios.

Con la salsa de tomate en mano, busqué los demás ingredientes que necesitaba mami y me dirigí a la caja. Mantuve los brazos cruzados sobre mi pecho lo mejor que pude. Esa blusa *halter* era media talla más pequeña de lo debido, pero hacía que las tetas se me vieran espectaculares. Quizás demasiado. Me debí haber puesto los otros mahones. O unos bermudas y una camiseta suelta. Tengo menos estática cuando me visto de esa forma. Estos mahones de culo apretado provocan. Lo curioso es que me sentía muy bien cuando salí de casa esa mañana. Pensé que me veía mona.

Mi vergüenza se transformó en una rabia incontenible. El tipo de rabia que no puedes expresar porque terminarías siendo una loca que mató a tres tipos en la bodega y nadie prendería una maldita vela por ti. Me preguntaba qué esperaban realmente tipos así de muchachas como yo en esa situación. O sea, ¿acaso querían que me arrodillara en medio del supermercado y reverenciara oralmente sus pitos? Maldita sea, ¿de verdad estaba tan mal que me pusiera una ropa con la que me sentía segura y sexy? Le recé a la Virgen para que me sacara para siempre de ese barrio.

Nunca le había dicho en voz alta a un desconocido que era lesbiana. ¿Qué estaba pasando? ¿Estaba practicando? Ay, Dios, ahora esos tipos iban a conocerme como la Bucha del Barrio. Me imaginaba que iban a estar por siempre ofreciéndome sus "bichos buenos". Odiaba ese Supermercado Imperial. Mi casa, tenía que llegar a mi casa. Solo tenía que cerrar las puertas con seguro, y respirar.

La mayor parte del tiempo, mi cabeza parecía ser el lugar más seguro. Tal vez exagero. Me sentía segura en casa. Nuestra casa multifamiliar en la Avenida Matilda era mi fortaleza de ladrillo rojo. Había sido construida durante la década de 1930, cuando alguien decidió que ese sería un buen vecindario para familias, sobre todo judías. Mi abuela, Amalia Petalda Palante, se mudó a esa casa en 1941, casada con su tercer marido, mi abuelo Cano, y con mi padre en su vientre. Eran realmente los únicos puertorriqueños en la cuadra. Todos los demás eran judíos o italianos católicos. Pero, según ella, "a los judíos y a los italianos no les importaba que fuéramos puertorriqueños. Solo querían que no hiciéramos ruido y mantuviéramos limpio el frente de la casa". Estoy segura de que ayudó que mi abuela tuviera la piel clara, y que le llevara comida a los vecinos judíos que vivían en el lado izquierdo, y a los italianos que vivían a la derecha. La casa había sido construida con ladrillos, pero era mi abuela la que la mantenía en pie porque fregaba los pisos hasta que le sangraban los nudillos, porque sembró hortensias en el jardín de la entrada en solidaridad con los vecinos, y porque nunca permitió que alguien le dijera que los puertorriqueños no podían vivir allí.

Subí los escalones de mi casa y corrí a la cocina. Mamá y abuela Petalda se ocupaban de la comida que hervía en los calderos y de los pilones llenos de ajo machacado y especias. Solté los productos que me habían pedido para el sofrito, y las besé a ambas en las mejillas. Me abrazaron. Abuela tenía puesta su bata púrpura favorita y chanclas de madera. Mi madre llevaba unos mahones sueltos y una camiseta que compramos de recuerdo en nuestro último viaje a Miami. Estaban bien ocupadas con la preparación de la cena, así que me fue fácil escabullirme hacia mi habitación. Solo quería terminar de grabar las canciones para Lainie y holgazanear un rato con el pequeño Melvin, mi hermano menor. Ni siquiera me importó que él ya estuviera en mi cuarto, babeándose sobre un libro y unas barritas de TWIX.

—Nunca te comportes como un pendejo en las calles. Nunca les digas a las muchachas que quieres agarrarles el cuerpo, ni las acorrales en un supermercado mientras te tocas el paquete —le dije, besándole los cachetes regordetes.

Le robé una barra de chocolate y me la comí para espantar las lágrimas.

—Estoy releyendo mis *Animorphs* viejos porque mami

amenazó con botarlos. Así que definitivamente no estoy en el *team* macho-mamalón. Actuar así sería muy grosero y cafre, hermana —dijo Melvin, levantando la vista de su libro—. A los animales rabiosos los sacrifican, deberían hacer lo mismo con esos tipos salvajes. Qué bueno que estás en casa. Es hora de que me pongas esas canciones deprimentes de mujeres blancas que estás incluyendo en la recopilación de éxitos para Lainie.

Lo abracé con más fuerza de la habitual y me puse a trabajar.

Estaba obsesionada con escoger una canción de Ani DiFranco para incluir en la recopilación para Lainie. Cuando empezamos a salir, yo no tenía idea de quién era Ani DiFranco. Lainie, que estaba metida hasta el cuello en el mundo de las muchachas buchas, se propuso convertirme. Y le costó muchísimo trabajo. Ani les encantaba a estas nenas blanquitas locas. Su música evocaba imágenes de gaitas irlandesas y gatos callejeros que maullaban en celo. Su voz distorsionada me aguaba los ojos, y ni siquiera podía estar segura sobre qué cantaba. Pero con la práctica, animada por Lainie, logré descifrar el código de nena gay de Ani y entendí que yo también era una muchachita que usaba su primer brasier y trataba de entender la vida. La recopilación de éxitos que preparaba para Lainie necesitaba algo de Ani. Mucho de Ani. Tanto Ani como para que Lainie pensara en mí durante todo el verano. Cinco canciones de Ani, más algo de Queen Latifah, Selena y TLC para balancear. Escribí los nombres de las canciones y los artistas con Sharpie negro. La recopilación era exclusivamente para ella, pero le puse cada canción dos veces al pequeño Melvin. Si la aprobaba, me hacía el saludo vulcano de "larga vida y prosperidad". De lo contrario, usaba un teatral pulgar abajo. Pensar que iba a estar lejos de él ese verano me afligía.

El pequeño Melvin creía en la posibilidad de que los humanos mutaran, pero solo para convertirse en otros mamíferos. Se había enterado hacía unos meses que algo oscuro y triste fermentaba dentro de mí. Me quebré una noche después de una pelea con Lainie, y le dije que ella no solo era una amiga, sino mi novia, mi amigovia. Él puso su mano regordeta sobre la mía y me dio un paquete sin abrir de TWIX. Era la mejor muestra de aceptación que un muchacho de 14 años podía dar. Él sabía que yo tenía planeado contarle a la familia esa noche que yo era, simple y llanamente, homosexual. La serie de libros de los *Animorphs* había llegado a su vida en el momento preciso. Un poco de metamorfosis y de fantasía lo habían ayudado a colocarse de mi lado, abierto a las posibilidades de esa noche.

—¿Estás segura de esto, hermana?

—Tiene que ser esta noche. Me moriré si no lo digo, pero me matarán si les cuento.

Decoré las íes en el nombre de Lainie con calcomanías

de bombas negras. Lainie había sido mi primera chica. Escribí un poema de verso libre sobre ella en los márgenes de mi libreta púrpura.

Se oía mejor por partes, así que lo usé como relleno de amor entre las notas en el interior de la recopilación de canciones.

—Yo dudo que te maten. Mamá y papá no son androides que te desintegran con sus rayos mortales.

El pequeño Melvin se llevó una barra de TWIX a la boca y midió la otra. Si descubría que no eran del mismo tamaño, enviaría un correo electrónico a Mars para quejarse de su aparente falta de control de calidad.

—Obvio, hermano, pero yo me refiero más bien a morir en el alma.

Dieciocho canciones y un *skit* de Floetry llenaban la caja del CD. Hacer una recopilación de éxitos era mucho más fácil que anunciarle al mundo que eres lesbiana. Le pegué más calcomanías de bombas, y una foto de Lainie conmigo en Lilith Fair en la contraportada.

—La muerte espiritual es improbable, Juliet. Tu alma encontraría otra criatura a la cual pegarse, y entonces serías un halcón o algo así. Y a nadie le importa si los halcones son gais.

El pequeño Melvin: filósofo, escritor de cartas, ciudadano preocupado y acaparador de cupones de TWIX. Rodó sobre la cama y presionó su frente contra la mía mientras su suave barriga descansaba sobre mi brazo.

—Expresa tus verdades lesbiónicas, hermana.

—*Lesbiónica*. Voy a recordar siempre esa palabra.

Con las manos entrelazadas en mi espalda, levanté la vista hacia mi reloj de pared de la Virgen María y, por un segundo, me pareció que me sonreía. El pequeño Melvin volvió a caer en su coma de *Animorphs*.

Los rostros sonrientes de Selena, Ani DiFranco, TLC, Salma Hayek y Angelina Jolie me miraban desde las paredes como vitrales de santas patronas. Seguro que entendían por qué yo quería sincerarme. Esperaban confiadas, sabiendo que finalmente tendría que hacerlo. Me habría gustado que alguna de ellas pudiera decir algo.

¿Realmente podía bajar las escaleras y sacarme ese demonio del pecho? ¿Puede uno mismo practicarse un exorcismo? Caminé de arriba abajo la ruta gastada de la alfombra roja. La oración siempre libera a los poseídos en las películas. ¿Qué clase de oración hace que tus padres sean como necesitas que sean? Si lo hacía, ya no podría arrepentirme. No podría retroceder mi vida a los tiempos antes de Lainie o de la película *Gia*.

Observé al pequeño Melvin comerse las barras de TWIX sobre mi cama y leer su libro. A lo mejor él tenía razón, quizás a mamá y a papá no les importaba tener un halcón gay en la familia.

¿A qué tendría que temerle después de todo? Estaba hecha un manojo de nervios desde que había vuelto de la universidad. Esquivaba a mis padres y sus preguntas de la misma manera que ellos esquivaban a los Testigos de Jehová cuando tocaban a la puerta: apaga las luces, baja el volumen del televisor. No los confrontes; solo espera a que se vayan.

Pero cuando llegaba la hora de la cena familiar siempre entraba en pánico, agobiada por mi silencio angustioso y una presión carnívora. Sentía que, si no actuaba pronto, nos consumiría a todos. Ya no podía seguir jugando al 'tira y tápate' de lesbiana de clóset, gorda, estofona y torpe ante las preguntas que me lanzaban.

—Nena, ¿no tienes novio?

—No, estoy muy ocupada con el Consejo de estudiantes. Ah, ¿estás haciendo arroz con maíz? Ese es mi favorito.

Esquiva. Mi actuación de hija distante, pero diligente, merecía una nominación al Oscar o, por lo menos, al Globo de Oro. Pero, en lugar de eso, recibía palmadas en la cabeza mientras creaba tramas retorcidas sobre cómo revelarle al mundo mi secreto gay. Y por tramas retorcidas quiero decir que ensayaba en mi mente escenarios muy dramáticos, al estilo de las telenovelas de la abuela Petalda. Tenía que decirles, y tenía que ser ya.

Mi madre, Mariana, y mi padre, Ernesto, presidían la mesa. Abuelo Cano la había construido con madera de arce rojo antes de que yo naciera. La abuela Petalda se sentó entre el pequeño Melvin y yo. Frente a nosotros estaban mi titi Wepa y mi titi Mellie. Todos se habían reunido para despedirme. La abuela Petalda y mami habían pasado tres horas preparando arroz con maíz, alcapurrias y bistec encebollado. Salir del Bronx era causa de celebración. Que me fuera a hacer práctica con una autora que había publicado libros, y que además me lo reconocieran en la universidad, merecía una cena con mis platos favoritos. Nadie en mi familia sabía dónde quedaba Portland, Oregón, exactamente —cualquier lugar al norte del Bronx era "el norte del estado", y si estaba fuera de Nueva York se consideraba "por ahí, en algún lugar"—, pero no importaba. Me habían preparado una comida de despedida, a mí, la primera nieta, Juliet Milagros Palante. Esa era nuestra manera de decir adiós. Comíamos platos puertorriqueños y nos contábamos tan alto como podíamos historias exageradas, queriéndonos tanto que dolía. El acto de comer era una buena excusa para soñar despierta y darle vueltas a los "qué pasaría si...", mientras titi Wepa contaba su más reciente historia de policías.

Nos miraba uno a uno a los ojos mientras gesticulaba con el tenedor, y decía:

—Así que veo a este pendejo robándole a una anciana al lado del Yankee Stadium y le digo: "Eh, soy la oficial Palante, tírate al suelo ahora". Y me dice: "Claro, perra", y se echa a correr. Creyó que, porque yo era mujer, se me iba a escapar. Yo tengo tetas, pero también cerebro, y sabía que iba a bajar por River Avenue. Así que me fui por la 162 y, bim bam, lo agarré. Lo tiré al suelo y lo esposé. Esos bandidos no piensan, solo tienen una movida. Yo no, *baby*, yo tengo todas las movidas en mi cerebro. Toda mujer necesita un plan A, B y C —dijo titi Wepa. Dio un manotazo en la mesa para terminar el cuento y chocó su botella de cerveza con la de titi Mellie.

Su historia me hizo pensar en mis planes. Definitivamente, yo tenía un plan A y un plan B, pero no tenía un plan C. El plan A era quedarme ahí sentada y seguir comiendo, y al terminar la cena meterme en el carro con toda la familia, ir a JFK, decir adiós lloriqueando en la puerta de embarque e irme. Sin grandes anuncios gay. Nada que estropeara esa noche perfecta para mí. El plan B era decirles que me gustan las chicas, y sacármelo todo del pecho para que mis pulmones no se sientan tan apretados y quizás no necesite tanto mi inhalador. Pastilla roja o azul. Caer por la madriguera del conejo o permanecer dormida bajo el árbol, sin sueños y atrapada. Esa cena podría ser una línea recta, si quisiera: sin baches, sin moretones, sin turbulencias.

El pequeño Melvin estaba leyendo su libro de *Animorphs* bajo la mesa. Menos que interesado en el más reciente cuento de policía de titi Wepa, y más conectado con la idea de que algún día él también podría transformarse en un animal.

—Apuesto a que no serías tan buena persiguiendo halcones, titi —dijo el pequeño Melvin sin levantar la vista de su libro.

—A los halcones no se les persigue, se les dispara. Y para eso tengo una nueve milímetros —respondió titi Wepa.

—Aburrido. Los animales no tienen armas. Ahora, titi, si pudieras volar, y volaras detrás de un halcón y lo atraparas, eso sería lo más genial del mundo.

El pequeño Melvin se llevó a la boca un gran bocado de arroz amarillo con maíz.

Titi Wepa se le quedó mirando, tosiendo y moviendo la cabeza. Papá le dio un vaso de agua. Mamá se escabulló detrás de mi silla y dejó caer una segunda alcapurria en mi plato.

—Estás muy callada esta noche. No te pongas nerviosa. Idaho no está tan lejos. —Me besó en las mejillas y se sentó en el extremo de la mesa.

—Oregón, mamá. Portland, Oregón —le dije, tragándome un pedazo de tostón y carne picante.

Seguí la señal del halcón del pequeño Melvin, respiré hondo y me zambullí en mi confesión.

—Unos muchachos me acorralaron en el supermercado y me dijeron que tenían los mejores ya-saben-qué del mundo. Fue tan desagradable.

Titi Wepa y titi Mellie se rieron, como si yo hubiera dicho algo gracioso. Mi padre levantó la vista de su segundo plato de comida y movió la cabeza en señal de desaprobación. La abuela Petalda se lamió los dientes.

—Los muchachos de hoy día no tienen clase.

—Ay, por favor, ellos no saben de qué otra forma decirte que les gustas —apuntó titi Mellie.

Su *halter* rosa brillante hacía lo posible por mantener guardados todos sus encantos. Su pintalabios era exactamente del mismo tono rosa de su blusa, sus uñas de acrílico y la bandita para el pelo.

—¿Gustarles? Deja eso. Ningún muchacho de la cuadra me va a venir a hablar de su paquete si de verdad yo, Juliet, le gusto como persona —le contesté, con el corazón latiéndome tan fuerte que pensé que me iba a desmayar o a morir—. Además, le dije que era lesbiana y retrocedió.

Mantuve los ojos fijos en la imagen de la Virgen María que colgaba de la pared de la cocina.

Titi Wepa aplaudió.

—Ah, el truco de "buchita espantamachos". Yo lo he usado muchas veces. Es un clásico. Pero hay que tener cuidado, algunas veces eso les revoluciona más las pinguitas.

Titi Mellie asintió con la cabeza, como si estuvieran transmitiéndome la sabiduría de la edad.

—Oigan, no usamos esa clase de lenguaje en la mesa —dijo mamá al levantarse de nuevo para rellenar el plato de mi padre por tercera vez. Sus caderas se movían bajo un delantal con la bandera de Puerto Rico—. ¿Por qué no les dijiste que tenías novio?

Ella tenía sus preguntas y yo tenía las mías.

—¿Por qué mentir? Yo no tengo novio, y creo que soy lesbiana.

Sentía como si me succionaran las palabras. Flotaban en el aire encima de nuestra mesa de comedor de madera de arce rojo, compactas y listas para esconderse. Estaba segura de que habría algún tipo de terremoto después de mi revelación. Nada.

Titi Wepa le agregó sal a su bistec encebollado.

—Si por no tener novio fueras lesbiana, Mellie tendría su propio desfile —comentó titi Wepa con la boca llena de comida.

El pequeño Melvin resopló. Su risa burbujeaba alrededor de la mesa, e incluso abuela Petalda se sumó.

—Bueno, suficiente de esta charla absurda —dijo, sonriendo.

Mamá levantó su copa de moscato rosado dulce con hielo.

—Esta noche Juliet deja el Bronx para comenzar una práctica extraordinaria. Brindemos por su carrera universitaria, por su valentía y porque nos enorgullece.

Todos en la mesa levantaron sus copas y me miraron. En sus rostros veía diferentes versiones de lo que yo era. Todo estaba ocurriendo demasiado rápido. ¿Cómo fue que había perdido mi momento?

—Esperen. Todos, esperen —dije, mientras apartaba mi plato—. Les agradezco todo esto, pero escúchenme. Soy gay. Gay, gay, gay. He estado saliendo con Lainie durante el último año. No es una broma. He estado pensando durante semanas cómo decirles, y esto es lo mejor que se me ha ocurrido. Definitivamente soy lesbiana.

Nadie se movió ni rio. No chocaron copas. El chirrido de los trenes 2 y 5 separándose de su vía compartida se filtraba por la ventana hasta el comedor. La abuela Petalda era la única que seguía comiendo. Liberé al elefante, al halcón o a cualquiera que fuera el animal que desparramaba su verdad en las mesas del comedor. ¿Eso era lo que hacían las chochas feroces? Yo no me sentía feroz. El ardiente malestar que crecía en mi pecho era húmedo, de una humedad espesa y agobiante.

No tenía adónde mirar. Titi Wepa se despachó otra cerveza. Titi Mellie se miró el largo de sus uñas de acrílico. Mamá me clavó los ojos desde el otro lado de la mesa.

—Es el libro ese, ¿verdad? El libro ese sobre las vaginas te ha metido cosas en la cabeza y te ha confundido —sentenció, mirando más allá de mí, a cualquier parte menos a mí.

Su voz se oía pesada, pero no enojada. Mi padre buscó su mano y la sostuvo.

—No, no se trata de *La flor enardecida*. Amo a Lainie. Nunca he sentido eso con un muchacho —le confesé.

Las lágrimas traicionaron la poca fuerza de mi voz. El pequeño Melvin inclinó la cabeza, sonrojado. Acercó su rodilla a la mía y la dejó ahí.

Aparté mi plato. Mamá y yo nos quedamos mirándonos fijamente, y yo sentí que me caía.

—Pero, Juliet, tú nunca has tenido un novio, ¿cómo vas a saberlo? Solo conoces a esos chicos del barrio. No les has dado oportunidad a los muchachos de tu universidad. Puede que te guste Lainie, pero no es lo mismo. Eso te lo aseguro —insistía.

—Amor. La amo. Tú no sabes nada sobre mis sentimientos.

—Te conozco mejor de lo que crees, y esta no eres tú, Juliet.

Mamá se levantó de su asiento, colocó la silla en su lugar y subió a su habitación. No dio portazos, no pisó fuerte por las escaleras. Se desvaneció, y nos dejó en la mesa del comedor sin mediar palabra.

Eran las 8:00 p.m. y mi avión salía a las 11:30 del JFK. Me preguntaba si se convertiría en un viaje de ida solamente.

Abuela Petalda recogió la mesa y guardó la comida en envases de cristal, poniendo fin a mi cena de despedida. Titi Mellie me dio un breve abrazo y me dijo que era difícil encontrar un novio bueno, pero que yo dejaría atrás esta fase de lesbiana. El pequeño Melvin salió del comedor para ir a jugar *Final Fantasy*. Mi padre me dio un beso en la mejilla y se levantó de la mesa para ir a hablar con mi madre. De arriba llegaron murmullos ininteligibles que casi llegaban a gritos.

Titi Wepa y yo nos sentamos frente a frente. Nunca la había visto tan quieta. Sus rebeldes rizos castaños estaban peinados con gel en una sobria cola de caballo al estilo de la policía. Sus ojos castaño oscuro estudiaban los míos.

—Bueno, lesbiana, es hora de llevarte al aeropuerto. Agarra tus cosas, vamos a llenar el carro.

Sentía que la casa me quedaba pequeña. Mi padre salió de la habitación y me ayudó a bajar mi bolso. No había señales de mi madre. La cara de papá estaba gris, como asfalto gastado. Las líneas de tensión en las comisuras de los ojos transmitían aflicción, estrés, tristeza, algo diferente a su habitual cara de "los hombres no muestran sus sentimientos". Después de meter mis cosas en el Thunderbird de titi Wepa, me abrazó. Fue el abrazo más largo que había recibido de él. Me preguntaba qué habían hablado sobre mí a puertas cerradas. Abuela Petalda estaba parada en la puerta; me hizo señas para que me acercara.

—Eres como eres, Juliet. Eres mi sangre, mi primera nieta. Te amo como el mar ama a la luna —proclamó abuela Petalda mientras me apretaba contra su suave vientre—. Volverás. Esta es tu casa. Ahora ve a despedirte de tu madre.

Estuve a punto de discutir con ella, de decirle algo como "No puedo volver aquí, abuela", o "Ella ya no me quiere aquí", resuelto y dramático. Pero me contuve. Vi a nuestra familia en sus ojos; ella no me estaba echando. Besé sus mejillas. Sentí el olor a adobo en su piel, y las olas del abuelo Cano, fluir a través de ella. Me soltó y corrí por las escaleras a la habitación de mis padres.

Llegué hasta la puerta, levanté la mano para tocar y me detuve. Mamá estaba dentro y no había levantado un dedo para acercarse a mí. Quizás no quería que yo la interrumpiera, quizás no quería ver mi cara. Me desplomé en el piso con la sensación de haberlo destruido todo.

—Mami —la llamé a través de la puerta cerrada—. Siento haber arruinado la cena. Yo no sabía de qué otra manera contarles lo de Lainie. No sabía de qué otra forma decir nada de lo que dije —le expliqué, respirando con dificultad—. Titi Wepa me va a llevar al aeropuerto ahora. Te quiero mucho, mami.

Tomé una bocanada de mi inhalador amarillo. El suave silbido de liberación llenó el aire a mi alrededor. Esperé. Presté atención a algún movimiento o señal de vida del otro lado de la puerta. Las paredes del pasillo estaban cubiertas con fotos de la familia. Había fotos de la boda de mamá y papá en City Island, en marcos de madera. Mi papá lucía un Afro corto y cuidado, y barba, y un esmoquin azul celeste con volante. Mamá parecía una estatua de la Virgen María, cubierta de encajes y pureza, sonriendo como si supiera en ese momento cómo sería el resto de su vida, que ya era tal y como la había imaginado.

Mamá deslizó por debajo de la puerta una foto gastada de nosotras dos. En la foto me tenía en sus brazos, y el Río Hudson estaba detrás. Mis brazos estaban extendidos hacia el sol. Volteé la foto. En tinta negra había escrito "Mariana y Juliet, 1987, Battery Park".

—Cada vez que te miro, veo a esa bebé. Para mí siempre serás esa bebé, así que perdóname si no puedo aceptar lo que has dicho esta noche. —Mamá habló del otro lado de la puerta.

—¿No me vas a dar un abrazo de despedida?

Esperé su respuesta. Sabía que si abría la puerta y me envolvía en sus brazos todo estaría bien.

—Llámanos cuando llegues a Iowa para saber que estás bien.

—Portland, mamá.

—Tú me entiendes.

La oí levantarse del piso y caminar hacia la cama que compartía con mi padre. Oí crujir el armazón de la cama y supe que se había acostado. No iba a venir hacia donde yo estaba, y yo no podía ir hacia ella. Apreté la foto de nosotras contra el pecho y descansé la frente por un momento en la puerta. "Dios Santo, por favor, ayúdanos", pensé. Bajé las escaleras y me alejé de mi madre.

El Thunderbird de titi Wepa zumbaba en la entrada; en las bocinas retumbaba el tema de Bon Jovi "*You Give Love a Bad Name*". Me subí al carro y respiré profundo. Una barrita de TWIX me golpeó en el hombro.

—No te preocupes, hermana, la Fuerza es intensa en ti —sentenció el pequeño Melvin mientras se metía en el asiento trasero. Le besé los dedos regordetes y le contesté:

—Tú eres mi alma gemela, loco hermano-halcón.

Titi salió quemando gomas, con las ventanillas bajas, su cola de caballo meciéndose al viento. Nuestra casa de ladrillo rojo se fue haciendo pequeña en el retrovisor cuando nos dirigimos, a toda velocidad, al aeropuerto. Titi Wepa se comió una luz roja, se bendijo ella misma y mantuvo el pie en el acelerador. Al cabo de unas cuadras, ya ni siquiera oía el estruendo de los trenes.

CAPÍTULO DOS

LA VIRGEN TOMA EL CONTROL

TITI WEPA MANEJABA súper rápido, como un corrientazo de adrenalina que se libera en el torrente sanguíneo. Cada carril de tráfico era para ella un algoritmo a resolver con más agilidad y rapidez que los demás. Orgullosa portadora de una placa que la identificaba como miembro del NYPD, había aprendido a manejar así para salvar vidas. Sin otra alternativa, íbamos volando. Lo único fuera de lo normal era su silencio. La ausencia de comentarios ingeniosos por parte de titi, y de los sobrenombres profanos que les ponía a todos los conductores que se cruzaban en nuestro camino, creó un profundo vacío. Me preguntaba si mi confesión la había repugnado, o si pensaba que yo era una cobarde por haberlo soltado y salido corriendo. El pequeño Melvin iba callado en el asiento trasero, sin poder seguir leyendo por la oscuridad de la noche. Además, se le habían acabado las barritas de TWIX. Yo mantenía los ojos en el cielo, buscando la luna.

Cuando éramos pequeños, íbamos con mamá y papá a Vero Beach, Florida, a visitar a titi Penny, la única hermana de mamá, en largos viajes por carretera. Viajábamos al sur en nuestra minivan, que estaba dividida en dos secciones: una para dormir y la otra para todo lo demás. El pequeño Melvin y yo peleábamos por la última galletita de la bolsa, mientras tratábamos de ganar jugando a 'veo veo'. Papá manejaba todo el camino, concentrado en los números de las carreteras y en cuántas millas podía sacarle a cada galón de gasolina. La mejor parte del viaje era cuando mamá nos contaba sobre los veranos que ella y titi Penny pasaban en Puerto Rico, y siempre le rogábamos que nos contara. Su mamá, mi abuela Herencia, las enviaba a quedarse con La Perla, su hermana. Mamá y titi Penny perseguían lagartijos y cazaban coquíes. Practicaban arquearse las cejas con el maquillaje de Perla, y se aprendían las canciones de borrachos que los pretendientes le cantaban a su tía abuela bajo la luz de la luna. Puerto Rico se sentía lejos, casi una quimera, pero de alguna manera las anécdotas de mami hacían que el viaje a Florida se hiciera más rápido. Los viajes por carretera y las historias de mamá eran una amorosa introducción a nuestras aventuras de verano.

El viaje al aeropuerto, sin alegría, sin mamá, no se parecía en nada a aquellos viajes a Florida. Mientras íbamos a toda velocidad por la Bronx River Parkway, la luna todavía no se dejaba ver. Yo deseaba que emergiera y me diera su bendición. Estaba triste, así que le envié un mensaje de texto a Lainie, aun sabiendo que probablemente no me respondería hasta el día siguiente. Ella había empezado su práctica en D.C. con College Democrats una semana antes, y no habíamos encontrado el momento para hablar. Mi teléfono vibró en mi muslo. Lo abrí, esperando que fuera Lainie, pero era mi prima Ava:

> Oye, prima, oí que eres tremenda lesbiana declarada. Viva la Revolución. Llámame.

Ava me hizo reír. Para todo decía "Viva la Revolución", hasta para lo más mínimo, por ejemplo, que los Pop-Tarts salieran oportunamente de la tostadora, o que llegara a tiempo a tomar el autobús. Pero, demonios, qué rápido había corrido ese chisme, como plaga del bochinche. Seguramente mamá había llamado a titi Penny y, ¡ay Dios mío!, ahora toda la familia lo sabría. ¿Qué tal si Portland se convertía en el único lugar seguro para mí en todo el planeta?

Titi Wepa cruzó bruscamente tres carriles para tomar la salida hacia el JFK. Llegó chillando gomas y se detuvo en la zona para dejar pasajeros en la terminal de donde salen los vuelos de Southwest. A nuestro alrededor, taxis y autobuses recogían y dejaban multitudes de almas cargadas de maletas. Venían de o se dirigían hacia los confines de la tierra para reunirse con familiares, amigos, o encontrarse a sí mismos, deseando estar en cualquier parte menos en dondequiera que hubieran estado antes.

Titi Wepa no se movió. Me miró fijamente y dijo:

—Naciste a la medianoche del lunes seis de septiembre de mil novecientos ochenta y tres. Nunca olvidaré ese día mientras viva y respire. Mi hermano salió de la sala de parto. Era la primera vez en la vida que lo veía llorar, y nos dijo que eras una hembrita. —Titi se secó las lágrimas—. Te he amado desde ese momento, y te amaré siempre. No me importa si eres gay o si te afeitas la cabeza o…

—O si te conviertes en un halcón —interrumpió el pequeño Melvin desde el asiento trasero. Titi Wepa se rio.

—O si te conviertes en un jodío halcón. Yo soy tu titi y nada va a cambiar nunca mi amor por ti. Ahora sal de mi carro.

Su máscara negra para las pestañas le corría por las mejillas.

Me acerqué y le di un fuerte abrazo.

—Yo también te amo, titi. Te amo hasta el infinito.

Me besó en la mejilla, dejándome la marca de su labial rojo. Respiré hondo e inhalé su perfume *Cool Water* y el olor a carro nuevo que emanaba del ambientador azul en forma de arbolito. Quería embotellarla completa y llevármela conmigo. Salí del Thunderbird y agarré del baúl mi bolso de viaje Adidas púrpura y negro.

El pequeño Melvin apareció detrás de mí, con chocolate todavía pegado en la comisura de los labios. Mi hermano, mi bebé, la versión masculina con ojos grises de mí. Le di un fuerte abrazo. Nos miramos y apretó contra mi pecho una bolsa de papel de estraza.

—No la abras hasta que tengas que hacerlo, hermana —me dijo, balanceando su peso de un pie al otro.

La palabra *confidencial* estaba escrita en la bolsa con marcador negro.

—Está bien, loco —le contesté, pellizcándole el cachete—. Cuídalos a todos y, sobre todo, cuídate tú. Te amo.

Lo acompañé al Thunderbird de titi y le cerré la puerta. Les dije adiós con la mano mientras los veía alejarse entre el hormiguero de vehículos. Cuando los perdí de vista entre todas las demás lucecitas rojas, metí la bolsa de papel del pequeño Melvin en mi mochila. Crucé las puertas tratando de contener el llanto, sintiéndome destrozada y entusiasmada al mismo tiempo.

Todas las noches de esa semana había soñado con Portland. Eran sueños extensos, épicos, en tecnicolor, donde las lesbianas blancas aparecían como hadas para darme la bienvenida a mi llegada a un frondoso claro del bosque. Me colocaban coronas de flores y uvas de Oregón alrededor de la cabeza, las caderas y todo el cuerpo. Las hadas se reunían en un círculo a mi alrededor, y se balanceaban al ritmo de los árboles y el viento. Los ángeles blancos cantaban en armonía un tema sobre una cura a base de cuscús para todas las enfermedades, y sobre cómo alinear nuestros períodos con los antiguos ciclos de la luna.

Mientras yo lo observaba todo, intentaba llamar a Ava por teléfono para que descendiera en picada con su revolución morena y me rescatara. Con los ojos bien abiertos, encendía un cigarrillo y buscaba a mi alrededor a ver si podía tomar un taxi o algo parecido. Mi teléfono nunca funcionaba, y no podía llamar a Ava ni encontrar un taxi en el bosque de mis sueños. Me despertaba y buscaba en el mapa de Estados Unidos que tenía en la pared, solo para asegurarme de que Portland existía realmente. Ningún conocido había estado allí o escuchado sobre ese lugar, así que era legítimo que me preguntara si Portland, Oregón, existía en verdad o no, ¿cierto?

Salir del clóset se había apoderado de mi cerebro durante los últimos días, pero antes, cuando me quedaba un poco de espacio extra para respirar, solo pensaba en cuán diferente sería Portland del Bronx. Supuse que tendría que convertirme en vegetariana o, por lo menos, limitar mi consumo de carne a pollo y beicon, carnes sin las cuales no puedo vivir. Harlowe había escrito sobre no comer carne en *La flor enardecida*.

"La carne roja proviene de lo que el patriarcado llama 'la industrialización de la comida', pero en realidad es la separación de la humanidad de la producción de sus propios alimentos y de la Madre Tierra. Además, depende totalmente de la esclavitud de otras personas y animales. Ese terror y menosprecio por la vida penetra en nuestras almas y cuerpos con cada bocado. Definitivamente, es un veneno para la chocha. ¿No me crees? Baja al pozo de una carnívora y dime si no sientes el sabor de la tristeza".

Definitivamente yo no había sentido "el sabor de la tristeza", pero nunca he salido con una vegetariana, así que no podía comparar realmente. *Vegetariana* era otra de las palabras con las que no me podía conectar. La idea de vivir con Harlowe en Portland me había llevado a crear un espacio para ideas ajenas a mi vida cotidiana. Cualquier cosa era posible en ese espacio con ella; si quería que yo fuera vegetariana, lo sería. Si quería que le aullara a la luna con un bol de sangre menstrual encima de mi cabeza, por lo menos lo intentaría. Las cosas de las que normalmente me reiría se hicieron posibles a partir del momento en que empecé a leer *La flor enardecida*. Portland podría ser cualquier cosa que yo quisiera que fuera.

Me imaginaba que Portland sería un lugar sin pendejadas. Sin pilas de basura llenando las calles y fermentándose bajo el sol ardiente. Sin atorrantes drogados peleando entre sí en el tren. Sin tipos que con guiños y gritos intentan penetrar a cada jovencita que les pasa por el lado. Sin nadie baleado por la policía. Solo jóvenes gay, raros, con ganas de pasarla bien y de ser libres sin que nadie los fastidie. *Sip*, probablemente todos fueran blancos, pero los blancos parecen estar bien con eso de ser gay y diferente en general. Si Harlowe vivía y había escrito allí *La flor enardecida*, tenía que ser casi una utopía.

Debía ser más reconfortante que el maldito Bronx, ¿verdad? Sentada en la salida 14, le contesté el mensaje a Ava:

> No hay ninguna revolución, solo esta triste lesbiana saliendo en un avión. La vida es extraña. Te llamo cuando llegue a Portland.

Seguía sin recibir mensajes de Lainie. Su recopilación de éxitos musicales iba en mi bolso. Sus padres no sabían que ella era gay, ni que estábamos enamoradas. Pensaban que solo éramos dos nuevas amigas de universidad que se habían vuelto muy cercanas.

Yo había querido despedirme de Lainie en su cama personal: tarde en la noche, muy dentro de ella, apretando mis labios contra su clavícula. Pero no. A Lainie le pareció inapropiado, y un poco extraño, que me quedara a dormir en casa de sus padres la noche antes de que se fuera para D.C. Así que, en lugar de eso, nos fuimos de compras a Banana Republic, la única tienda en la que ella compraba, para adquirir un nuevo ajuar para su verano en la política.

Cuando salimos del centro comercial, nos despedimos en secreto. Sentadas una frente a la otra en una cafetería grasosa de mala muerte en Hartsdale, que lucía igual desde la década de 1970, con nuestros codos descansando sobre mantelitos de papel que anunciaban los negocios locales, compartimos una orden de papitas fritas. Lainie sumergió una papita en un charco de kétchup.

—En mi familia no hacemos dramas —me dijo—. No vamos a poder besarnos y ser cariñosas en el aeropuerto frente a mis padres. Por favor, no te molestes.

—No estoy molesta, Lanes —le contesté, tocando su pie con el mío—. Lo entiendo. Es solo que voy a echar de menos tu cara. Eso es todo.

Su corazón se sentía alejado del mío, como si ambos latieran en distintas zonas horarias o en distintas dimensiones del amor. Le debí haber pedido que luchara por nosotras y derramara algunas lágrimas a causa de tener que pasar un verano separadas. Si yo iba a soltarle la verdad a mi familia, ella también debería hacerlo. Pero no encontré las palabras hasta después de que se fue; ni siquiera sabía que eso era lo que quería. Solo deseaba tenerla entre mis brazos toda la noche, pero el ruido de los platos, el olor a café rancio y la vibra absolutamente heterosexual de Westchester me hacían saber lo inalcanzable que era eso. ¿Dónde podría crecer nuestro tipo de amor, *anyway*?

Después de comer, nos grajeamos en el estacionamiento, en la parte trasera del Corolla de su mamá. Besarnos fue una despedida en sí misma. Sus labios encontraron los míos. Nuestro amor estaba seguro si lo manteníamos en nuestras lenguas y entre nuestros dientes. Cuando nos detuvimos para tomar aire, Lainie dijo:

—Vamos a hacer recopilaciones de éxitos feministas de poder lésbico, y enamorarnos otra vez.

—No hay absolutamente nada más que valga la pena, bebé —contesté, sosteniendo su mano sobre mi corazón. Su olor era una mezcla de todas las razones por las cuales no quería decir adiós, ni siquiera por un verano.

Portland, Lainie, mamá, Harlowe. Harlowe, Portland, Lainie, mamá. Estaba sentada en el aeropuerto, esperando mi vuelo, y esos cuatro elementos de mi vida se agolpaban en mi cabeza, disputándose el espacio. Mamá no me despidió con un abrazo. Lainie no me había devuelto la llamada. Volar hacia lo desconocido, sola y sintiéndome tan herida, le dio rienda suelta a mi ansiedad. Sentía el pecho apretado. Respiré hondo y oí un silbido familiar en mis pulmones. Las líneas aéreas deberían asignar acompañantes a toda persona que viaja sola por primera vez. Buscando mi inhalador en el bolso, volví a revisar mi teléfono. Todavía nada.

"Procedemos a abordar el vuelo 333, de Nueva York a Portland, Oregón". La voz de la asistente en la salida de Southwest me trajo de vuelta a la tierra. Llamé otra vez a Lainie. Cayó directamente al buzón de voz, así que le dejé un mensaje.

—Bebé —le dije, con una gran sonrisa a pesar de mi ansiedad—. Estoy a punto de abordar mi vuelo. Lainie, yo sé que vamos a cambiar el mundo con una revolución de amor del tipo "al carajo el patriarcado para siempre". Llámame mañana. Te quiero mucho.

Íbamos a ser como Thelma y Louise, excepto la parte de saltar por el barranco. Como Thelma y Louise, si hubieran sido lesbianas feministas rebeldes que hubieran tomado la clase de Estudios sobre la mujer a propósito. Lainie y yo íbamos a lograrlo.

El despegue me aterrorizó. Le recé a la Virgen, cosa que no hacía a menudo. Mostrar reverencia era una cosa, pero acudir a ella era algo mucho más sagrado. Estaba muerta de miedo. Necesitaba alguna mujer poderosa que me dijera que todo estaría bien. Cerré los ojos y susurré la oración que aprendí de niña, que esperaba ella hubiera escrito para nosotras: "Dios te salve, María, llena eres de gracia, el Señor es contigo. Bendita tú eres entre todas las mujeres, y bendito es el fruto de tu vientre, Jesús. Santa María, Madre de Dios, ruega por nosotros los pecadores, ahora y en la hora de nuestra muerte".

Con o sin los abrazos y palabras dulces de Lainie, partí hacia el mundo, a conocer el Portland ese y la Harlowe esa. Sobre el hombro de María dormí un sueño profundo y cálido. Sin soñar con nada, y sin silbido en los pulmones.

SEGUNDA PARTE

HAS LLEGADO A PORTLAND, OREGÓN

CAPÍTULO TRES

LA DAMA DE LA CHOCHA

HARLOWE. HARLOWE. HARLOWE. La emoción de saber que finalmente iba a conocerla se apoderó de mí. Me senté a esperarla en el área de recogida de equipaje del PDX, ansiosa por ver su cara. Me quedé mirando fijamente mi reloj, contando los segundos. Caminé alrededor de la correa transportadora. Me cruzaban por la mente distintos escenarios de cómo sería Harlowe.

En una versión, Harlowe llegaba con una manada de amazonas lesbianas cubiertas con pintura de guerra y brillo para el cuerpo, coreando pasajes de *La flor enardecida*. Se acercaba a mí marchando, y me llevaba a los cielos para presentarme ante las diosas. En otra, imaginaba que Harlowe me veía desde el otro lado del abarrotado aeropuerto y me dejaba allí. Yo le rogaba a la línea aérea que me llevara de vuelta a casa, a donde realmente pertenecía. Con ambos escenarios intentaba mitigar la ansiedad que se acumulaba en mi pecho ante la posibilidad de que Harlowe se hubiera olvidado de recogerme. Ya era treinta minutos más tarde de la hora en que habíamos quedado en encontrarnos. Cada minuto que pasaba me hacía poner en duda lo acertado de mi decisión de ir.

¿Por qué había decidido viajar al otro lado del país inspirada por unos cuantos correos electrónicos y el amor por un libro?

¿Qué sabía yo en realidad sobre Harlowe Brisbane? La revista *DYKE* se refería a ella como la "Dama de la chocha", y me había invitado a su casa. ¿No debí haber hecho un millón de preguntas antes de ir? ¿Qué tal si ella era una de esas personas que podía provocar un motín, o atraer la atención de una multitud de feministas en una manifestación, pero incapaz de bregar con cosas cotidianas como recoger la ropa del *dry-cleaner* o ir a buscar a una buchita puertorriqueña al aeropuerto?

Treinta minutos. En esos treinta minutos había caído presa de la ansiedad y las fantasías, y casi salto fuera de mi cuerpo cuando Harlowe apareció a cinco pulgadas de mi cara y preguntó:

—Oye, ¿eres Juliet?

Mi boca se abrió, pero las palabras que iba a pronunciar se evaporaron. Cada frase ingeniosa y adorable que había preparado se esfumó.

—¿Harlowe? —pregunté con la boca seca, los latidos de mi corazón eclipsando todas las demás funciones cerebrales.

Asintió rápidamente con la cabeza, mostrando una gran sonrisa. Harlowe me envolvió en sus brazos y me atrajo a su pecho. El aroma a pachulí y tabaco me envolvió las fosas nasales.

—Ay, Juliet, estás aquí —exclamó Harlowe sin soltarme. Me besó en la mejilla y me abrazó tan fuerte que me levantó del piso.

—Dulce niña, tu aura huele tan fresca —dijo, haciendo una pausa para mirarme bien.

Harlowe mantuvo las palmas de sus manos sobre mis hombros. Nos observamos mutuamente por un momento. Tenía el cabello corto, de color rojo encendido, y sus ojos eran de un azul profundo. Asimilarla apaciguó mi ansiedad y me permitió respirar hondo.

—Le he contado a todos sobre ti. Y gracias a la diosa por el olor dulce de tu aura, porque de lo contrario toda esta experiencia sería mucho más difícil, ¿sabes?

Nunca antes en mi vida me había sentido emocionada porque mi aura oliera bien. ¿Cómo iba a saber siquiera que el aura tenía olor?

La seguí hacia la salida del aeropuerto. Caminamos al estacionamiento bajo un cielo negro como la tinta, salpicado de estrellas. La manera en que sostenía mi brazo me recordó a mi madre cuando me acompañó al cuarto de mi hospedaje el día que me mudé a la universidad. Me había guiado con una amable formalidad, introduciéndome en un mundo nuevo. Sentí lo mismo con Harlowe; añoraba a mi madre.

La camioneta de Harlowe era color rosa Pepto-Bismol, y estaba cubierta por margaritas pintadas a mano. Me quedé mirándola, sintiendo la magnitud de la distancia entre el Bronx y yo. En mi barrio no había vehículos como ese. Seguía pensando en qué decirle a Harlowe; pensaba, pero no hablaba. Absorber el momento era más importante: ese cielo, esa camioneta, todas las cosas que se sentían tan diferentes. Quería recordar siempre cómo se sentía estar a su lado.

—¿Te fijaste que no hay luna esta noche? —preguntó Harlowe, y encendió la camioneta.

Dentro había pilas de sobres dirigidos a Harlowe, pedazos de cartas, trozos de papel estrujados.

—Me preguntaba dónde se había metido —contesté, contemplando el cielo desde el asiento del pasajero.

No había visto la luna tampoco en el Bronx. Me preguntaba si mi familia podía ver el mismo cielo.

—Sí, no hay luna, lo que significa que has traído una nueva fase lunar —señaló Harlowe, navegando por los enrevesados carriles del aeropuerto. Tiraba los cambios mientras fumaba un cigarrillo hecho a mano—. Como que, en este preciso momento, el sol brilla tan fuerte que no permite que veamos la luna. Tú debes ser el sol, Juliet.

Harlowe me dio un manotazo en la rodilla, emocionada, y yo empecé a llorar. ¿Cómo iba a ser sol si ni siquiera podía ser hija? Una autopista vacía se extendía ante nosotras. Saqué el inhalador amarillo del bolsillo de mis mahones azules descoloridos. No podía respirar.

—Ay, Dios mío, no quise pegarte, me entusiasmo con los ciclos de la luna y me pongo sobona… —Harlowe buscaba las palabras apropiadas.

—No —jadeé—. Está bien. Yo nunca he hecho nada así, y nunca he estado tan lejos de casa —admití todo esto entre respiros sibilantes. Harlowe extendió el brazo delante de mí y bajó la ventanilla—. Literalmente me sinceré con mi familia justo antes de salir para el aeropuerto y, pues, mi mamá no se despidió, y ahora usted me dice que soy el sol.

—Respira, nena —me dijo, poniendo otra vez su mano sobre mi hombro—. La luna nueva significa una nueva oportunidad.

Harlowe me tocó la mejilla, mientras le daba una calada a su cigarrillo. Yo le di una calada a mi inhalador.

Continuamos el camino bajo el cielo sin luna. El silencio entre nosotras era suave, sin presiones. Dije algunas cosas sobre mi mamá. Le comenté a Harlowe que quizás yo era una fugitiva de las emociones, y que una de mis aspiraciones secretas con relación a ese viaje era encontrar mi verdadera valentía y poder sentirla cuando caminara, no solo cuando enviaba correos electrónicos a desconocidas.

—¿Podemos escuchar la recopilación de canciones que preparé para mi novia? —le pregunté, buscando en mi mochila—. Solo incluí a chicas, por aquello que usted dijo en *La flor enardecida* sobre crear un mundo centrado en las mujeres.

Enjugué las lágrimas de mis mejillas y le mostré el CD a Harlowe.

—Ponlo. Gracias a la diosa, al único cantante masculino que soporto es a Bruce Springsteen, y porque mi papá creció en Jersey —me dijo.

Colocó el CD en la abertura, y la voz melodiosa de Queen Latifah hizo su entrada triunfal en las bocinas: *Just another day, living in the hood, just another day around the way.*

Con las ventanillas bajas, todo flotaba en riffs de guitarra, compases y preguntas sobre las más recientes cantantes femeninas. Todas las extrañas inseguridades y sensaciones sibilantes en mis pulmones se sosegaron, y me sentí tranquila.

Llegamos a casa de Harlowe bien pasada la hora de las brujas. El ciprés frente a su casa reflejaba la tenue luz del poste. "Estados Unidos es una enorme torta glaseada en medio de millones de personas hambrientas", leí, escrito con tiza, en los escalones de la entrada. En su jardín se arremolinaban hortensias, rosales, girasoles descuidados y grama sin cortar.

Harlowe tomó el bolso de mi hombro y me condujo por el jardín y por los escalones cubiertos de tiza. Se detuvo frente a la puerta y puso su mano en el marco.

—Bendita casa, gracias por ser nuestro refugio —declaró.

Tocó tres veces el marco de la puerta y entró. Su ritual me hizo preguntarme si habría espíritus en la casa. Yo también toqué tres veces el marco, por si acaso.

Me quedé pasmada al ver que las puertas no estaban cerradas con llave. Cualquiera podía entrar en la casa de esa señora blanca y robarle todo. No había rejas en las ventanas. Harlowe ni siquiera tenía un perro grande y aterrador. Nunca había ido a casa alguna donde no hubiera visto al dueño abrir la cerradura. Mi papá incluso ponía llave a la puerta cuando nos sentábamos enfrente a tomar fresco, "por si las moscas".

Era tarde y estaba cansada; no podía procesar en qué nivel de hippie se encontraba Harlowe.

Subimos un tramo de estrechas escaleras hasta el ático. Las vigas de madera se extendían por todo el techo abuhardillado. Dejó caer mi bolso en el piso, al lado de un colchón tamaño *queen* que tenía una lámpara y un pequeño librero a un lado. Harlowe caminó hacia él.

—Este es tu lugar, dulce humana —dijo, dirigiéndose

a mí y bostezando—. Es tan tarde que es demasiado temprano para cualquier otra cosa que no sea dormir, ¿verdad? Hablaremos sobre todas las cosas dentro de unas horas. Bienvenida, Juliet.

Harlowe me abrazó de nuevo y me dejó ahí, en el ático.

Me senté en el colchón y miré a mi alrededor. Había llegado a Portland y estaba en casa de Harlowe Brisbane. Santo cielo.

CAPÍTULO CUATRO

SIN PISTAS

UNA LUZ GRIS TENUE se filtraba por las ventanas. Sentía que acababa de acostarme. Sin destaparme, miré la hora: 11:15 a.m. Bueno, por lo menos ya había amanecido. Las escaleras al ático crujieron, y deseé que el ático de Harlowe hubiera tenido una puerta. Busqué a tientas mi camiseta entre las sábanas y me la puse. Saqué la cabeza de debajo del edredón blanco justo a tiempo para atisbar el cabello rojo de Harlowe, que subía por las escaleras. Se detuvo al lado de mi cama en amplias cuclillas, como quien nunca ha tenido que balancear el peso de su barriga sobre sus rodillas.

—Buenos días, dulce humana.

Los grandes ojos azules de Harlowe se cruzaron con mis soñolientos ojos marrones. Eché mano del porro entre sus dedos callosos y le di una calada.

Tosí fuerte al exhalar.

—Espera, ¿tú no tienes asma? —me preguntó Harlowe.

Se volvió hacia mí, toda cuello y ojos, como una paloma en el escalón de entrada.

—Pues sí —le contesté. Le di otra pitada al porro, sin toser—. Pero la hierba me ayuda a controlar la ansiedad, así que negocio un poco de tos a cambio de algo de Zen, ¿me entiende?

—Claro que sí —respondió Harlowe.

Se puso de pie con rapidez y se dio vuelta.

—Juliet, he estado escuchando tu recopilación de canciones toda la mañana, y me ha hecho pensar en tu práctica. Ya sé finalmente en qué me vas a ayudar.

Me miró con los ojos muy abiertos y una amplia sonrisa, una de esas sonrisas de "vamos a hornear una tanda de galletitas veganas y ser las mejores amigas por siempre". Me reí, pero sentí una punzada en el pecho. Habíamos estado planeándolo durante casi tres meses, y ¿hasta esa mañana ella no había tenido idea de lo que yo iba a hacer?

—Las canciones en tu mezcla son todas de mujeres. Todas las mujeres provienen de hadas, diosas, guerreras y brujas, Juliet. Pero no sabemos nada de las mujeres que dieron a luz a estas mujeres. No sabemos quiénes son nuestras madres ancestrales. Quiero que me ayudes a encontrarlas. Tenemos que contar sus historias antes de que desaparezcan para siempre en medio de toda la historia de violencia encubierta por los hombres. Mi próximo libro es sobre reclamar nuestro linaje mítico y político. Y tú, Juliet, tú vas a ser la cazadora de hadas, sin las armas y la cacería real.

—¿En serio cree que todas las mujeres descienden de hadas?

Yo estaba un poco aturdida, pero no aturdida como "cazadora de hadas". Ni siquiera estaba segura de estar completamente despierta.

—Por supuesto que lo creo, Juliet. Digo, ¿de dónde más podemos proceder? Sin duda no de la costilla de un soplón gallina llamado Adán —contestó Harlowe.

—¡Auu! —aullé.

Soplón gallina.

Saqué mi libreta púrpura y escribí sus palabras. Se trataba de mi práctica y de su segundo libro. Lo último que quería era echarlo a perder.

—¿Cómo se va de cacería de hadas? —pregunté.

—Bueno, primero necesitas pistas, y yo tengo una caja llena de ellas —respondió.

Me preguntaba qué significaría eso en el mundo de una señora blanca medio hippie. Pistas. ¿En serio tenía pistas? ¿Acaso estaba yo de repente demasiado *high*?

Harlowe se puso de pie y caminó hacia la esquina de la habitación. El piso estaba cubierto por una fina película de polvo de palitos de incienso. Harlowe arrastró una caja de la pared más lejana, y la dejó a mis pies. Se paseó por la habitación, encendiendo velas e incienso. La caja de cartón estaba abollada y llena de pedacitos de papel. Habían sido arrancados de libretas a rayas y revistas; todos tenían nombres escritos. Mezcladas con los papeles, había fotos de mujeres. La caja lucía como el interior de la camioneta de Harlowe.

—Esas son pistas de las vidas de nuestras mujeres desconocidas y poco valoradas. Esta caja de cosas maravillosas es el comienzo de una obra maestra —sentenció Harlowe, dándome un golpecito en la rodilla—. Pero no tengo prisa. Los descubrimientos no se dan a la velocidad del rayo.

Revisé algunos de los nombres y fotos, sorprendida ante la cantidad. ¿Quiénes eran esas mujeres? Yo no reconocía ninguno de sus rostros. ¿Cómo es posible que yo tuviera diecinueve años y no conociera a ninguna de ellas? Yo siempre había hecho todas mis tareas, había leído todos los libros asignados en la escuela y, sin embargo, estaba ante un mundo lleno de posibles mujeres icónicas de las que no sabía nada.

—¿De dónde salieron todos los nombres? —pregunté.

—Cada vez que leía algo sobre una mujer brava de la que nunca había escuchado hablar, o me encontraba con una mujer osada de quien quería saber más, anotaba su nombre o arrancaba las páginas que la mencionaban —respondió Harlowe—. Acumulé todos mis descubrimientos en esta caja. Sabía que algún día tomarían forma. No sabía cómo, pero estaba segura de que ocurriría. Y aquí estás.

Harlowe se puso de pie y asumió la postura de guerrera, las manos juntas sobre su cabeza, una pierna doblada, la otra extendida hacia atrás.

—Puedes hacerme preguntas en cualquier momento, pero ahora dejemos que esto se asiente en tu piel y en tu intrépido espíritu. Piensa de qué manera quieres empezar, y adelante. Yo confío en ti —concluyó Harlowe mientras exhalaba a los cielos.

Antes de que yo pudiera pensar en algo más que decir, se fue. Miré la caja y busqué mi inhalador. El pánico comenzaba siempre en mis pulmones, y luego se extendía a mis dedos, nerviosos, a mis nudillos, que entonces tenía que hacer crujir, y a mi ritmo cardíaco, que no disminuía. En casa, durante esos momentos de pánico buscaba el regazo de mi madre, y apoyaba en él la cabeza. Ella pasaba sus dedos por mi cabello, y calmaba todo el ruido interior. El ruido que me decía que yo no era lo suficientemente buena, o que no tendría tiempo para terminar lo que fuera en lo que estuviera trabajando. Ahora, en el ático de Harlowe, sentía el mismo ruido, pero estaba sola.

La caja llena de notas sin organizar, y el tiempo de investigación independiente y sin estructura fueron una sorpresa. La parte lógica de mi cerebro sabía que estaría bien, pero esa no era la parte que estaba a cargo. Yo era toda Virgo y estaba confundida. Necesitaba algo de control sobre mi entorno, o al menos un buen masaje en la cabeza. Quizás un archivo con todos los artículos en orden alfabético.

Estaba relajada por fuera, pero por dentro era una niñita en pánico, nerviosa y asmática. Así no era como había imaginado nuestra relación laboral. Pensé que estaría a su lado y combatiríamos juntas el crimen patriarcal, algo al estilo de Cagney y Lacey, pero intergeneracional e interracial. Pero ¿esa caja cizañera llena de billetes de lotería centrados en mujeres, acompañada de unas sinceras palabras sobre tener fe en que yo podía hacer eso sola? ¿Esa era mi práctica? ¿Cómo se supone que nos convertiríamos en el mejor equipo de escritora e investigadora que el mundo jamás hubiera visto?

¿Por qué no había preparado algo sólido para que yo hiciera? Ella había sostenido conversaciones conmigo y con mi profesora de estudios sobre la mujer, la Dra. Jean. Habíamos hablado sobre cómo esa práctica iba a "contribuir a que yo comprendiera el feminismo como herramienta para el cambio social" y escribiera libros morrocotudos sobre la vagina. Y si Harlowe sabía que yo tenía que escribir un ensayo investigativo, ¿por qué actuaba como una novata? ¿Acaso eso no era importante para ella también?

Las preguntas se agolpaban en mi mente. Tal vez

podría encontrarles la vuelta. Las brujas, las guerreras y las hadas eran divertidas, ¿cierto? Por lo menos no iba a estar saliendo con burguesitas demócratas todo el verano. No sé cómo Lainie fue capaz de elegir eso. A mí me parecía una muerte lenta y aburrida. En cambio, la práctica con Harlowe sonaba genial. Tal vez lo fuera. Le di una jalada a mi inhalador, y aún así no pude relajarme. Mis pulmones se expandieron y el silbido se alivió, pero las manos se me crisparon. Abrí una ventana y me escabullí del ático a un pequeño alféizar. El tibio sol de Portland inundó mi piel.

Llamé a titi Wepa. Su timbre era la canción de Lisa Lisa y Cult Jam *"Can You Feel the Beat"*.

—Juliet —contestó titi Wepa, tosiendo y gritando en el teléfono—. Estaba a punto de llamarte. ¿Estás bien allá? —Una música de estilo libre retumbaba en el fondo, sobre un ruido de bocinas y sirenas. Titi Wepa siempre estaba manejando. El mundo necesitaba que ella estuviera en constante movimiento, porque siempre había alguien en apuros, alguien que necesitaba un poco de Wepa.

—Estoy bien, titi. Aquí, relajándome en el ático de Harlowe —le contesté, sin hacer ningún esfuerzo por ocultar mi melancolía.

—¿Esa mujer te tiene en el ático? ¿Revisaron que no hubiera ratas? —preguntó titi Wepa con su voz de aspirante a comentarista de noticias de *Seven on Your Side*—.

Digo, porque sabes que, si a ti te pasa algo allá, juro por Dios que mi abogado va a llamar a esa señora tan rápido que la cabeza le va a dar vueltas. Tú me conoces, J. Lo digo en serio.

Los sonidos del tráfico en el Bronx se filtraban por su teléfono y llegaban hasta mis oídos.

—No, titi, su ático está bien chévere. Está lleno de velas y libros. Muy cómodo… y no hay ratas —le aseguré, sonriendo un poco—. Eso no es lo que me molesta.

—A ver, dime, J. ¿Qué está pasando? —Titi Wepa bajó la música y le dijo a algún conductor que "se fuera al carajo".

Harlowe me dijo exactamente lo que necesita que yo haga, y es imposible —le conté—. Esta mañana sacó una caja llena de papelitos sobre mujeres, y yo tengo que documentar quiénes son, y en eso parece que consiste mi práctica. Son retazos y fotos caprichosas de mujeres de las que nadie ha oído hablar, y se supone que yo, por arte de magia, las encuentre —refunfuñé al teléfono.

Titi Wepa tosió otra vez, muy fuerte. Pronto se convirtió en un ataque de tos. Había estado tosiendo de esa forma después de pasar algunos meses en la Zona Cero de Manhattan. No dije nada. Ella odiaba la atención que generaba su tos. Titi Wepa recuperó el aliento y dijo:

—O sea, que esta señora Harlowe te explica en detalle lo que tienes que hacer, y ¿ahora no quieres hacerlo?

—preguntó Wepa con una mezcla de actitud e incredulidad.

—Titi, Harlowe me está pidiendo que trabaje con retazos de papel y hadas y cosas raras... por favor —le rogué, tratando de traerla a mi bando de nuevo, que es donde pertenecía.

—No, no, ya tú dijiste tu parte —advirtió titi Wepa, parándome en seco—. J, tú eres la que voló hasta donde carajo estés sin haber hablado de eso antes con ella.

—Portland. Estoy en Portland, Oregón —murmuré. El cielo se cubría de gruesas nubes grises.

—Como sea. Escúchame. Tú eres quien la contactó y le pidió esa oportunidad. Yo sé que te pones ansiosa y jadeante, has sido así desde que eras una niña, pero no puedes dejar que eso te detenga. Juliet, eso es solo un rompecabezas, y hay un millón de maneras de resolverlo. Encuentra la tuya y ármalo. Llámame si necesitas otra patada en los cojones. Te amo, Juliet.

Nuestras conversaciones siempre terminaban con titi Wepa diciéndome que me amaba con su fuerte acento del Bronx.

—Yo también te amo, titi —respondí, intentando controlar un poco las emociones que me inundaban por dentro.

Mis ojos se llenaron de lágrimas. El amor incondicional en su voz me niveló.

La intimidación amorosa de titi Wepa siempre lograba calmarme. Ella y mamá eran polos opuestos de energía. Wepa era la incendiaria, la que se te paraba de frente y daba puños en la mesa hasta que se oyera su verdad y se sintiera su amor. Mamá sobaba las cabezas preocupadas, encontraba las manos nerviosas debajo de las frisas, y las sostenía mientras cocinaba ollas de arroz y habichuelas. Debí haber llamado a mamá, pero tenía miedo de que la puerta de su habitación todavía estuviera cerrada.

Titi Wepa tenía razón. Me escabullí de vuelta al ático. Abrí la caja y saqué un papelito con el nombre de Lolita Lebrón. No tenía idea de quién era, pero me gustaba su nombre. Saqué otro nombre de la caja. *Sofía/Sabiduría* estaba escrito en una cartulina verde, sin apellido. Tal vez todo iba a salir bien. Con mamá y Wepa en mi corazón, y Lolita y Sofía en mis manos, decidí ser valiente y aceptar de buen grado lo que había ido a buscar, aun cuando no tenía idea de lo que era.

CAPÍTULO CINCO

SIN ROPA

SOFÍA Y LOLITA estaban en algún lugar del mundo. Yo no estaba convencida de que podría descubrir quiénes eran, pero tenía que intentarlo. Tenía que hacer algo que no fuera pensar en la falta de llamadas de mamá o de Lainie. Esperaba sumergirme en ese mundo de mujeres desconocidas para olvidar a las mujeres de mi vida que estaban ausentes. Guardé los pedazos de papel con sus nombres en mi libreta, la metí en la mochila y bajé los escalones del ático.

En la cocina de Harlowe me encontré frente a frente con un tipo desnudo, un filipino más o menos de mi edad, quizás un poco mayor. Estaba parado en el marco de la ventana, y era tan alto que tenía la columna doblada como luna creciente para caber allí. Su presencia me sobresaltó. ¿Estaba todavía en la casa de Harlowe, o acaso había cambiado de dimensión? Flaco como hueso de pollo, sus brazos y piernas eran largos y estaban a punto de moverse. Se volteó y sostuvo mi mirada desde el alféizar. Yo nunca antes había visto un pene flácido en la vida real. Me recordó las babosas gordas que salen después de un fuerte aguacero y se deslizan por la entrada de autos de la casa. Me pregunté si todos se verían así. ¿Se suponía que fueran así de gruesos y con ese aspecto gomoso? Me di cuenta de que me había quedado mirándolo justo *ahí*. Me sonrojé y viré la cara. Estaba atrapada entre la risa abochornada y el nerviosismo.

—Phen, ¿le preguntaste a Juliet si no le molestaba tu desnudez? —preguntó Harlowe desde alguna parte.

Phen se quedó mirándome sin alterar su expresión circunspecta.

—Juliet, ¿te molesta mi desnudez? —preguntó.

Parpadeé primero y aparté la vista. Bueno, por lo menos estaba en la dimensión correcta.

—No hay problema. Puedes estar tan desnudo como quieras —respondí, caminando alrededor de él para llenar mi botella de agua en el fregadero.

—Tú también podrías estar desnuda y libre, Juliet —propuso Phen—. Primero tienes que soltar el miedo a la desnudez que has interiorizado, y las presiones que la sociedad impone a las mujeres para que tengan una figura perfecta. La decisión es tuya.

Agarró una manzana de la mesa y le dio un mordisco.

—¿Mi miedo interiorizado a la desnudez? —pregunté—. Yo no sabía que lo tenía. Entonces, ¿tú eres al mismo tiempo nudista y criticón? —Me crucé de brazos y lo miré mal.

Sentí unos pasos mullidos entrar a la cocina donde un filipino desnudo y una puertorriqueña indiferente sostenían un duelo de miradas. Harlowe entró a sus anchas vistiendo una bata mega vaporosa color amarillo patito. Estaba descalza y tenía una taza de café con la frase "Alaba a las brujas".

—Phen, siento la energía en este lugar, y las diosas me dicen que tu falo desnudo está alterando nuestro flujo ovárico. Si hoy fuera miércoles, estoy segura de que tu energía fálica estaría en sincronía con nuestros organismos vaginales, pero es domingo. ¿Quizás puedas taparte un poquito?

Phen me lanzó una mirada asesina y mordió con fuerza la manzana.

—Es por ella, ¿verdad? Nunca antes me has pedido que me ponga ropa, Harlowe. No veo por qué tenga que vestirme porque ella no tiene el nivel de iluminación para manejar mi desnudez.

Me contraje. Los chicos en el Bronx me decían siempre que yo era muy rara, o que actuaba muy "blanca" para ser puertorriqueña. Ahora este tipo Phen me decía que yo estaba demasiado adoctrinada por la sociedad dominante para aceptar el nudismo. Ni siquiera sabía qué decir. ¿Puedo vivir? Harlowe se dio cuenta de mi falta de respuesta, y salió en mi defensa.

—Phen, si las diosas me dicen que la energía está apagada, tengo que acatar su voluntad. No importa que otros entes estén en mi presencia —expresó Harlowe sin malicia. Recogió su ejemplar de *The Mountain Astrologer* y prosiguió—. En segundo lugar, Juliet es mi huésped. Sería bueno para todas nuestras energías que la conocieras antes de emitir un juicio sobre ella.

Harlowe volvió a su revista de astrología. Me serví un tazón de *Granola O's* con una buena porción de un sustituto de leche que Harlowe tenía, confiando en que todo saldría bien. Añadí a Phen a la larga lista de imbéciles que me topaba a diario. Harlowe no había mencionado que alguien más viviera o visitara la casa. Quizás Phen había llegado sin avisar y se iría pronto. Esperaba que así fuera. Mis pensamientos volvieron a Lolita, a Sofía, y a tratar de encontrar la biblioteca más cercana. ¿Tendría Portland un sistema de metro? ¿Por qué no había preguntado eso?

Phen agarró un pareo violeta de atrás de la silla de Harlowe y se lo puso alrededor de la cintura.

Los músculos firmes, bien definidos, de su estómago y caderas me hicieron preguntarme si sería bailarín. Phen era hasta cierto punto hermoso, digo, para ser un desconocido, desnudo y criticón.

Toqué la mano de Harlowe con un dedo y le dije:

—Tengo dos nombres en mi mochila y estoy lista para empezar a trabajar. ¿Me da algunos consejos sobre el sistema de transporte y cómo encontrar una biblioteca?

—Juliet, deberías esperar a que tu aura se sintonice con la ciudad y con la mía antes de comenzar. Te di toda la información hoy para que tus poros y tu alma pudieran empezar a absorberla, no para que te sintieras presionada a empezar —me dijo mientras armaba un cigarrillo—. Date tiempo. Ya sabrás cuando tu aura esté lista.

Phen se lamió los dientes.

—¿Qué sabe ella del aura? —preguntó.

Harlowe se dio vuelta rápidamente.

—Los celos no son lo tuyo, Phen. —Harlowe volvió a beber de su taza de "Alaba a las brujas"—. Me parece que sería un ejercicio de paciencia y entendimiento que ustedes dos salgan a explorar Portland —sentenció, como si hubiera sacado esa idea de todas las supuestas energías que se movían por la habitación.

Phen y yo nos miramos. Ninguno de los dos pronunció una palabra.

Lo último que yo deseaba era pasar una tarde con Phen y sus críticas. Yo quería salir a explorar sola, o con Harlowe, no con él. ¿Qué tal si él descubría que, en efecto, yo no sabía un copón divino sobre el aura, y que había entrado en pánico porque no sabía cómo se sentía un aura sintonizada? Yo no había ido a Portland a janguear con muchachos. En el Bronx había suficientes muchachos y nunca había querido nada con ellos. Bueno, excepto con el pequeño Melvin, por supuesto.

Harlowe sacó un frasco púrpura con cierre de metal y una suave funda de terciopelo del gabinete que estaba encima de su estufa. Abrió la tapa abatible, que reveló una pequeña montaña de capullos de color verde brillante.

Esa no era la típica bolsita de yerba con semillas y tallos que consigues con el primo de fulanito calle arriba. No, eso era el maná de los dioses de la marihuana. Las motas destellaban bajo la luz con brillantes cristales y fibras rojas que cruzaban su grosor como cables eléctricos. El aroma nada más me enganchó. Harlowe sacó una pipa de cristal de la bolsa de terciopelo. La boquilla era transparente, e iba adquiriendo color hasta llegar a un naranja sangre al acercarse a la cazoleta.

—Estos son mis árboles y mi pipa para fumar, regida por Saturno —anunció Harlowe con voz melodiosa y calmada—. Juliet, siéntete en libertad de participar cuando quieras hacerlo. Usa todo lo que necesites siempre que quieras. Solo te pido que uses mis instrumentos con cuidado y los vuelvas a colocar en un lugar seguro. Saturno no siempre quiere que la guarden en el gabinete. Ella te dejará saber el lugar de descanso deseado.

Sentí que era un honor, estaba emocionada. Era bueno

no estar en el cuarto de una residencia para muchachos blancos tratando de limpiar un bong de cinco pies mientras escuchas a Dave Matthews y a todos gritando "¡Jala! ¡Jala! ¡Jala!". Los tres le dimos una calada a Saturno.

Phen dejó escapar lentamente una espiral de humo.

—Harlowe, ¿quizás deba llevar a Juliet también a Powell's para que vea dónde va a ser la lectura? —preguntó.

Harlowe dio un manotazo en la mesa.

—Sí, diosa mía, ¿cómo pude haberlo olvidado? Juliet, otra parte de tu tiempo aquí será para ayudarme a preparar esta mega lectura de *La flor enardecida* en Powell's.

Su sonrisa era amplia, sus hoyuelos intermitentes. El rostro de Harlowe estaba abierto al mundo y absorbía toda la luz de la habitación. Su emoción era infecciosa y brillante. Yo la respiraba junto con el humo de la hierba. La mismísima Harlowe Brisbane necesitaba mi ayuda para una lectura en una librería sofisticada.

Phen sacó a relucir cómo había conocido a Harlowe. Fue una noche de micrófono abierto en Olympia. Harlowe había leído pasajes de lo que sería *La flor enardecida*. Los observé intercambiar anécdotas del tipo "recuerdas cuando". Me comí el cereal con la esperanza de llegar a conocer a Harlowe algún día de esa manera.

Investigar mujeres increíbles de la historia y organizar la lectura de un libro era algo que podía hacer. Ambas cosas tenían sentido. Las lecturas en mi universidad eran todas de gente blanca y aburrida. Leían sobre los silencios en los árboles, y la mayoría de las noches algún chico blanco privilegiado, no perteneciente al círculo, tomaba el micrófono para quejarse de que ninguna chica quisiera tener sexo con él. Y en cuanto a los eventos de la comunidad LGBTQ, aún no me sentía familiarizada con ellos. Incluso sus siglas me hacían sentir como flotando sobre ese movimiento, sin conectarme con él a través de la sangre y la carne. El grupo LGBTQ en el campus se hacía llamar la Brigada Gay. Yo necesitaba siempre unos cuantos tragos para soltarme y sentirme cómoda conmigo misma en esas actividades. Yo era la única latina del grupo, de todas formas. Iba principalmente para besuquear a Lainie en público, rodeadas de otros homosexuales declarados. Una lectura de *La flor enardecida* en Portland con homosexuales adultos, en la vida real, sonaba como que podía abrirme el pecho. Lo que fuera que Harlowe necesitara de mí, yo lo haría.

Phen me miró y puso su mano sobre mi brazo.

—Juliet, siento haber sido tan rudo y haberte impuesto mi desnudez. Me sentiría muy afortunado si me permites llevarte a dar un paseo por Portland.

A través de la nebulosa de nuestra fumadera matutina, se me hizo un inadaptado social envuelto en un *sarong*, un igual.

—No hay problema. Me encantaría dar tumbos por esta ciudad contigo.

CAPÍTULO SEIS

LOS PGP Y BIG PUNISHER

TOMAMOS EL AUTOBÚS TriMet en East Burnside y la 16. Phen se puso una andrajosa camiseta roja con la imagen del Che Guevara, pantalones desgarrados verde olivo que le llegaban justo debajo de las rodillas, y unas polvorientas botas de combate negras. Por su porte alto parecía que le había robado la ropa a un activista de diez años de edad. Esta gordita llevaba sus mahones Baby Phat favoritos y una camiseta BX blanca y negra. Usaba espejuelos con una montura de plástico rojo y un piercing en el labio; los espejuelos, porque era una *nerd* cegata, y el piercing, para ocultar ambas cosas. Ah, y nítidos tenis Jordan.

Estarían perfectamente domados al finalizar el verano.

Esperando el autobús en la parada, parecíamos un poste de luz y una boca de incendios que habían salido de paseo. Un autobús se detuvo y Phen me dejó pasar primero. La nariz se me retorció y los ojos se me aguaron. ¿Qué carajos era eso? Un tufo desconocido agredió mi sentido del olfato. No podía entender cómo un autobús lleno de gente blanca apestaba así. ¿Acaso no tenían madres? Cuando cumplí once años y de mi pecho regordete brotaron senos reales, mamá me dio un desodorante Dove y me enseñó a taparme.

—Nena, de ahora en adelante debes usar brasier. Tus senos van a crecer como los míos y los de abuela. Debes protegerlos. Créeme, a la larga vas a necesitar sostenerlos. Los hombres no deben ver la silueta de tus tetitas o la punta de tus pezones, ni en público ni en casa. Ponte el brasier tan pronto te levantes por la mañana. Los hombres no saben comportarse al ver esas cosas. Se vuelven locos. Recuerda, ellos no son tan inteligentes como nosotras, mama. De ahora en adelante tienes que bañarte todos los días, y ponerte desodorante y perfume. No quiero que mi niñita apeste. Eres muy linda para eso.

Bum. En un instante todo lo que tenía que saber sobre higiene femenina. Ese autobús debía estar lleno de huérfanas sin vergüenza, porque vi tetas sin sostén, libres como saltamontes, sudor y mal olor. Algunos hombres lucían como la gente blanca normal, pero sus barbas eran espesas y desgreñadas, y sus camisetas estaban amarillentas por el sudor. Yo no entendía. ¿Qué clase de gente blanca era esa?

En casa, mi hermano y mis primos iban una vez a la semana a Butta Cutterz, la barbería local, para mantener en forma su cabello. Mis primos mayores usaban, además, las mejores colonias. A decir verdad, algunas veces el barrio apestaba, pero yo no estaba preparada para encontrarme en medio de un festival de suciedad en Portland.

Estacioné mi voluptuoso trasero en un asiento al lado de una ventana abierta, y calculé por cuánto tiempo podía aguantar la respiración. Phen estaba inmutable y, a juzgar por las manchas de sudor profundas como el mar que vi bajo sus axilas, se sentía como en casa. Yo, en cambio, respiraba como loca y sentía mucho asco. ¿Cómo se suponía que sobreviviría ahí? Esa gente de Portland era una raza de blancos completamente distinta.

Lo mismo en el colegio católico para señoritas en el Condado de Westchester, Nueva York, que en la universidad privada de artes liberales a la que asistía en Baltimore, Maryland (¡bravo por las becas!), estaba acostumbrada a blancos sobrios, ricos, con piel transparente como Casper, que hablaban siempre en tono bajo de biblioteca y usaban palabras como "pícara" y "sagaz" para describirme. Estaba acostumbrada a la gente blanca que encarnaba el sueño americano de los suburbios, como los padres de Lainie, que deseaban que sus hijas no fueran amigas mías, pero me toleraban y hablaban conmigo sobre la acción afirmativa y cómo yo me había beneficiado de ella. Gente blanca que me invitaban a su casa de verano en el Cabo y me informaba que mis compañeros latinos eran "genéticamente más violentos" que el muchacho blanco promedio. Me sentía cómoda con los blancos que solo sudan cuando juegan tenis con sus viejos amigos de la escuela de derecho, cuyos hijos a menudo trataban de seducirme en senderos apartados o pasillos oscuros en algún ala de sus gigantescas casas, cuidando de que sus novias porristas de cuerpos perfectos no se enteraran de sus movidas conmigo. Con todos sus defectos, esos eran los blancos que yo conocía. Y más vale malo conocido que todo lo demás. Los tipos de ahora me hacían desear tener santos a quienes pedirles que me guiaran. No sabía cómo lidiar con los blanquitos hippies.

Un nubarrón de hipocresía se posó sobre mí. Me sentí mal. Mi madre no me crio así. ¿Quién era yo para suponer que esa gente apestosa no había sido educada en sus casas? ¿O que eran peores que los otros blanquitos pedantes que conocía mejor? ¿Quién era yo para juzgar la manera en que esos hippies elegían vivir en sus cuerpos? Cerré los ojos e inhalé el olor de esas nuevas personas. Después de varios largos minutos, me acostumbré a su crudeza y lo archivé en mi cerebro como *olor a tierra*. Podía asimilarlo. Me giré y los escudriñé a todos. Algunas de las nenas blancas hippies parecían dulces como el verano, del tipo de las que puedes hacerle el amor al lado de un lago en algún lugar rodeado de diente de león, posiblemente puesta con drogas alucinógenas. "Vaya, esa nena en el rincón es preciosa, con sus rastas de pelo castaño, sus ojos azules y su overol manchado de grama", pensé. Ella me sonrió y yo no pude evitar devolverle la sonrisa. La hermosa hippie desconocida se estiró para jalar la cinta amarilla e indicar que se acercaba su parada, y debajo del brazo saltó un sobaco peludo que parecía un Chia Pet. Me ahogué, y me volví para mirar por la ventana. Eso de tener la mente abierta a las cosas de la tierra iba a tomar un poco más de tiempo.

Phen se quedó mirándome, sin sonreír. Se cruzó de brazos y preguntó:

—Bueno, Juliet, ¿cómo te identificas? ¿Cuáles son tus pronombres de género preferidos?

—Perdón, ¿qué? ¿Cómo identifico qué cosa? —pregunté en voz baja.

Quería preguntar qué era eso del pronombre de género preferido, pero la cara de Phen, su ceja levantada, toda su actitud, no me permitían sentirme cómoda. La manera tan casual en que Phen preguntó algo que parecía de conocimiento público hizo que el aire entre nosotros se pusiera pesado como la bruma.

Phen puso los ojos un poco en blanco.

—Vamos, ¿te identificas como *queer*? ¿*Dyke*? ¿Eres trans? —preguntaba, soltándome frases, divertido con mi ignorancia—. Los PGP son muy importantes, aunque no deberían ser *preferidos;* yo los llamaría pronombres de género obligatorio. Entonces, ¿eres ella, él, ze, le?

—Soy solo Juliet —contesté, encogiéndome de hombros.

Me mordí la uña del dedo meñique y miré al suelo.

Estaba rodeada de hippies, y la única persona que conocía mi nombre en ese autobús estaba sentada frente a mí hablando otro idioma. Su desprecio caló en mi corazón y esculpió un espacio para él solo. ¿Trans? ¿Ze? ¿PGP? Esas palabras no formaban parte de mi vocabulario. Nadie en el Bronx, ni siquiera en la universidad, me había preguntado si era ze o trans. ¿Acaso se pueden construir oraciones así? Me sentí pequeña, reducida y estúpida, muy estúpida. Phen colgaba esas frases sobre mi cabeza. Esperaba que yo saltara y le rogara que me enseñara, que me explicara el mundo en el que él habitaba.

—¿Cómo llegaste aquí, para empezar? —preguntó Phen, sin parpadear—. Harlowe me dijo que no iba a necesitar ayuda este verano porque había encontrado una fanática a través de internet.

Phen armó un cigarrillo con tabaco orgánico y papel sin colorante.

—Apuesto a que ni siquiera eres gay realmente. Solo te crees que estás de moda porque vas a una universidad de artes liberales.

Se me aguaron los ojos. Me levanté y caminé hacia la parte de atrás del autobús. No iba a dejar que Phen me viera llorar o se regodeara con mi silencio. El momento del desquite pasó de largo y dejó moretones de manoplas en mi ego. Sus preguntas *queer* me recordaron aquella vez en que unos niños puertorriqueños me preguntaron si me sabía todas las palabras de la parte de Big Pun en "*Twinz (Deep Cover '98)*". Pun disparaba unos versos tan retorcidos que atragantarían al más duro aficionado a los trabalenguas. Pero, por alguna razón, esa canción era una prueba: ¿Qué tan puertorriqueña eres, Juliet Palante? ¿Te sabes las palabras? ¿Eres de los nuestros? ¿O solo eres una blanquita con piel oscura?

Dead in the middle of Little Italy, little did we know
That we riddled some middleman who didn't do diddly

No, yo no me sabía las palabras. No, yo no sabía mis pronombres de género. Todos los momentos en que me había sentido como una intrusa en un grupo donde se suponía que hubiera cabida para mí se acumularon y me hicieron sentir humillada. Mis mejillas encendidas y mis ojos hinchados por lágrimas en representación de todas las palabras que no podía pronunciar eran el reflejo de mi humillación. Quería correr. El mundo tiene bastante espacio para escapar en cualquier momento. Siempre hay una ventana, una pata de cabra para tirar abajo una puerta trancada, o la habilidad para saltar de una azotea a otra, o volar por un tramo completo de escalera; siempre hay alguna manera de escapar.

Después de unas cuantas paradas más, el conductor anunció que estábamos en *downtown* Portland. Dos mamás lesbianas blancas que iban en el autobús se bajaron —una de ellas con el cabello rubio peinado en rastas deshilachadas, la otra con el bebé de ambas a la espalda, envuelto en tejido Kente—. Las seguí sin avisarle a Phen, sin hacer el menor ruido, solo me bajé. En esa parte de Portland había menos árboles y más concreto. Me detuve en la intersección, y justo cuando había decidido hacia dónde dirigirme una mano aterrizó en mi hombro por atrás. Me volteé de prisa, lista para pelear.

—Juliet —exclamó Phen, saltando hacia atrás—. Casi te pierdo.

Encendió el cigarrillo que había hecho en el autobús.

Suspiré y le dije:

—Mira, mano, yo no necesito una niñera, ¿okey? Soy de Nueva York. Puedo defenderme en Portland.

Con la misma salí caminando por West Burnside sin tener la menor idea de hacia dónde iba. Phen me siguió en silencio. Nuestros pasos eran torpes, como los pasos que das cuando tratas de hacer las paces con tu novia después de discutir en público. Me preguntaba qué estaría pensando, si se daba cuenta de que se había portado como un pedante con el asunto del lenguaje en el autobús. No tenía idea de por qué seguía conmigo en ese momento. ¿Entorpecería Phen la capacidad de mi aura de sintonizarse con Portland? ¿Y desde cuándo había empezado yo a pensar en mi aura como una entidad viva? Me sentí mareada y desorientada, así que me detuve en medio de la acera e inhalé todo el aire hippie que mis pulmones pudieron absorber.

Nos detuvimos en la esquina de Northwest y la Décima Avenida. Los colores rojo, blanco y negro de Powell's Books nos atraían hacia ese otro Estados Unidos, educado, de agricultura local y dedicado a cultivar la lectura. "Nuevos y usados", prometía su vitrina, comunicándole al mundo que ningún conocimiento era descartado, que podríamos encontrar lo que necesitáramos dentro de sus paredes. Era como el Ejército de Salvación de las librerías, y ¿a quién no le gusta escarbar un poco por la salvación?

Phen cruzó los brazos sobre la espalda y dijo en tono suave:

—Cuando necesito información que no esté regulada por nuestro gobierno coartador de genios, vengo aquí.

Lo miré fijamente y le pregunté:

—¿Ahora vas a ser amable conmigo? Por favor.

Por un momento, se me hizo demasiado real para

mirarlo, radiante hasta enfurecer. Phen tenía esa clase de belleza que hace que los muchachos con actitud y huesos flacos se salgan con la suya. El tipo de muchacho del que los escritores como Allen Ginsberg se enamoran y desangran en versos.

Me abrió la puerta.

—Yo no fui grosero contigo. Te hice dos preguntas. Tú decidiste no contestarlas. Ser amable es inútil. Tú existes en un plano de conciencia diferente.

No le respondí. Él tampoco estaba en mi nivel de conciencia. Atravesamos la imponente entrada de Powell's, y sus opiniones sobre mí se fueron flotando a la deriva, hacia el polvo. Pasillos y más pasillos de estantes de madera formaban un laberinto en los cuales los *nerds* como yo podrían perderse posiblemente para siempre. Entramos y casi choco con una figura de cartón tamaño real de Harlowe Brisbane. Una copia de *La flor enardecida* descansaba sobre un caballete de metal. Una leyenda sobre su rostro decía: "¡La hija de Portland, Harlowe Brisbane, trae su flor enardecida a la Librería Powell's! Lectura y sesión de preguntas y respuestas el jueves 24 de julio a las 7:00 p.m. Haga su reservación". Alrededor de un centenar de ejemplares de *La flor enardecida,* apilados de diez en diez, yacían sobre una mesa de caoba.

—Intenso, ¿verdad? —Phen agarró un libro y lo hojeó—. Las lesbianas de Portland la idolatran, y los literatos locales nunca se cansan de ella. Me sorprende que no hayas recibido amenazas de muerte por conseguir una práctica tan codiciada.

—Yo no tenía idea de que Harlowe fuera un fenómeno así —le contesté mientras miraba fijamente la cara de la Harlowe de cartón.

—Juliet, en estos momentos, aquí y en toda la costa oeste, Harlowe es la autoridad de las damas blancas en cuanto a chochas, feminismo, sanación y lesbianismo. Incluso la gente que no es *queer* la adora. Tienes tanto que aprender, chica.

Se recostó en la hilera de libros, negando con la cabeza. Luego se volvió en dirección a otros muchachos que vestían de la misma forma, y desapareció en el abismo de libros.

Phen había usado la frase "gente que no es *queer*". Por más que yo quería sumergirme en su lenguaje y entender sus palabras, me negaba a morder el anzuelo. La forma en que usaba las palabras se sentía así, como una carnada. Él quería iluminarme, educarme. Esa no era la manera en que yo quería experimentar Portland u obtener una educación *queer*, no de un engreído. Su energía me drenaba. No me gustaba la manera en que decía *dyke*. Quizás se le permitía decirla por asociación, pero él no estaba asociado conmigo.

Me concentré en la Harlowe de cartón. Verla inmortalizada era surrealista; me produjo un momento de inesperada reverencia. Como cuando estás viendo un espectáculo y aguantas la respiración porque no quieres que se arruine, porque lo que ves en el escenario te hace sentir como si estuvieras en la iglesia. Así me sentía. Me paré frente a ella, sin moverme. Así debe ser como se siente ser una escritora, una de verdad, no una que deja su firma de grafiti en los márgenes de su libreta, ni una que garabatea notas y poemas ilegibles en algo que nunca verá la luz.

La flor enardecida había salido al mundo y, por consiguiente, también Harlowe.

Me quedé de pie al lado de la Harlowe de cartón, y escribí en mi libreta púrpura:

* Preguntarle a Ava acerca de ze, trans, PGP, no *queers* y el uso de *dyke* por quienes no lo son.

* Llorar un poco con Ava. Preguntarle si mamá habló con titi Penny.

* ¿Cómo me identifico hablando de mí misma? Identificarse uno mismo. ¿Es eso posible más allá de "hola, me llamo..."?

* ¿Cómo será ser una escritora de verdad, como Harlowe?

•

No quería olvidar las cosas importantes. Otras personas podrían hacerme las mismas preguntas, y no tener respuesta la segunda vez sería culpa mía. Tal vez otros habitantes de Portland, *queers* o lo que fuera la gente ahí, me preguntarían o me pondrían a prueba, instigándome a demostrar mi lesbianismo. O quizás Phen era solo un enorme bastión de ego desenfrenado. Seguí pensando en eso mientras deambulaba por los pasillos de estanterías.

Mi teléfono vibró en mi bolsillo trasero: Mamá. Contesté sin titubear. Yo la amaba y quería que ella también me amara y no le importara que yo fuera gay. Necesitaba oír su voz y contar con su apoyo. La necesitaba.

—Hola, mamá.

—Juliet —dijo con una voz suave y tranquila—. No me llamaste. ¿Está todo bien con la señora del libro de la flor?

—Sí, mamá. Ella es excelente. Todo está bien —le contesté.

Caminé en círculos, concentrada en su voz. Me enjugué un par de lágrimas que salieron en silencio. Su voz tenía ese efecto.

—Bien, me alegro, nena —respondió mamá, e hizo una pausa antes de añadir—: Tú sabes que titi Penny tuvo una vez una amiga así, y era bien chévere. Eso fue justo antes de conocer a tu tío Lenny. En esa época no se hablaba de esas cosas, pero yo sabía. Me daba cuenta por la forma en que la miraba que eso era diferente a ser solo amigas. He visto que tú miras a Lainie de la misma manera.

Sus palabras me aflojaron las piernas. Recosté la espalda a la pared más cercana y me dejé caer hasta quedar sentada.

—¿Tú sabías lo mío con Lainie? —le pregunté con la mano en el inhalador.

—Soy tu madre, Juliet. Es mi deber saber todo sobre ti. Pero me preocupo. No estoy contenta. No lo entiendo. Tampoco entendía a titi Penny entonces. Pero estoy segura de que es una fase, como le pasó a ella.

—Mamá, no es una fase —le contesté.

Por un momento me había entusiasmado, y con una palabra lo había echado a perder todo. Yo necesitaba que ella entendiera que esa parte de mí no iba a cambiar.

—Nena, eso no lo sabes —respondió con aspereza en la voz. Oí a través del teléfono que el pequeño Melvin la llamaba. Ella le gritó que bajaría en un momento—. Juliet, todavía no sabes quién eres. Vas a dejar atrás muchas cosas; ya te ha pasado. Ahora me tengo que ir a ver mi *Buffy*. Llámame, nena; no me mandes más mensajes de texto.

Le dije "okey", me dijo "okey" y colgó.

En menos de cinco minutos mamá me había soltado secretos familiares y había intentado buscar puntos en común. Por lo menos, creo que eso fue lo que hizo. Pero no se resolvió nada. No me dijo que me amaba. Pero seguro que todavía me amaba, ¿o no? ¿Por qué no lo dijo? ¿Por qué no lo dije yo? No se trataba de una fase. Yo no estaba pasando por una fase. Bueno, quizás pasé por una fase de Backstreet Boys, y hubo una época en que solo comí *tenders* de pollo y papitas fritas durante meses. Fases legítimas. Estar enamorada de Lainie no era una de esas cosas. Para nada.

Como sea, estaba contenta con la llamada de mamá. Significaba que su puerta no permanecería cerrada para siempre. Me quedé sentada en el piso, en un rincón de Powell's, mirando a la gente. Phen se acercó con varios libros bajos los brazos.

—Una oferta de paz —dijo. Se inclinó y puso en mis manos una copia de *A People's History of the United States*.

Le di las gracias. Phen me dio la mano y me ayudó a ponerme de pie. Me acompañó a la puerta, y la abrió para que saliéramos. Yo no sabía qué pensar de sus críticas y sus modales impecables. Guardé el libro en mi bolso y me preparé mentalmente para pasar más tiempo con él.

Phen enlazó su flaco brazo con el mío, juntando nuestros codos. Caminamos de prisa por las calles, hasta detenernos de sopetón en Southwest Morrison. Me anunció que estábamos en la Plaza Pioneer Courthouse. Esta se explayaba frente a nosotros, con grupos de hippies por todas partes. Nos acomodamos en la cima de unos escalones.

Unos muchachos con sandalias y pantalones cortos tipo cargo jugaban con una pelota *hacky*. Phen bajó corriendo los escalones y se les unió. Yo me quedé en mi percha, absorbiéndolo todo. Al pie de la escalera de ladrillos, una pareja cantaba al ritmo de guitarras acústicas. La plaza estaba llena de gente y de perros sin correa; incluso había un rincón para anarquistas. Era como estar en el parque de Washington Square en el verano, sin el ritmo frenético y los trajes de diseñador. Un lugar atestado y libre, perfecto para fumarse los árboles y enamorarse de alguien con demasiado delineador de ojos y poco desodorante.

Phen jugó hasta el cansancio, por horas. Yo escribí sobre mi conversación con mamá e hice anotaciones sobre el descubrimiento de que titi Penny había tenido una novia. Me preguntaba si me contaría sobre ella si se lo mencionaba o si reaccionaría raro. ¿Ava lo sabría? Phen me saludó con la mano. Podía ver las manchas en sus sobacos desde donde estaba sentada. Le devolví el saludo. ¿Acaso quería que yo lo viera jugar ese estúpido juego de patear una pelota rellena de semillas? Recordé el libro que me dio como oferta de paz. Quizás así era como intentaba empezar de nuevo. Lo vi jugar un rato; lucía lindo.

Me incorporé sobresaltada. No habíamos ido todavía a la biblioteca. Recogí nuestras mochilas y bajé los escalones corriendo. Le tiré la suya. Él y los otros muchachos del juego se pasaban cervezas en bolsas de papel de estraza. A Phen no le preocupaba la biblioteca.

—Probablemente ya esté cerrada —dijo, fumándose un cigarrillo de clavo de olor con su cerveza—. Nosotros vamos a una acción sindical pro derechos. Deberías venir y aprender un par de cosas.

Suspiré.

—No sé, Phen. Yo quería dar un vistazo a la biblioteca y no conozco a tus amigos. Mejor regreso a casa de Harlowe.

—Todos son compañeros espirituales, Juliet. Acompáñanos —respondió, poniendo los ojos en blanco brevemente.

—N... no estoy segura —tartamudeé. Eran todos varones, tipos que no conocía, e iríamos a un lugar desconocido.

—Como sea, Juliet. ¿Qué pasó con "Estoy lista para todo"? No tienes sentido de aventura ni curiosidad por otras personas —sentenció Phen con las manos en las caderas.

Sus amigos nos observaban sin decir nada.

Entonces Phen, todo alterado, dijo:

—Tú no estás lista para Portland.

Asintió con la cabeza mirando a los muchachos, y se fueron.

—Phen, ¿qué autobús tomo? —le grité.

—Averígualo —me contestó sin voltearse.

El sol se ponía sobre el río Willamette y yo estaba sola. Phen me había dejado. No podía creerlo. Sí, yo era del Bronx, pero siempre había estado rodeada de mi gente. Mis titis no me habrían dejado. Mis amigos del barrio, tampoco. Siempre estamos juntos. Por lo general no patrullamos solos el Bronx. Deambular en manada te protege de depredadores y de la policía. Regresé a Powell's Books, crucé la calle y encontré el autobús que me llevaría de vuelta a la casa de las maravillas de Harlowe. Me sentía mal por dentro. No quería ir a casa de Harlowe. ¿Qué estaba haciendo ahí? Llevaba menos de 48 horas en Portland y ya había sido juzgada, despedida y abandonada. Además, no había visto a otro latino. Nadie se parecía a mí; no había ningún lugar donde pudiera respirar con facilidad.

El autobús se detuvo y subí, exhausta, con el corazón deshilachado. Si hubiera estado en casa y algún tipo se hubiera comportado conmigo como lo había hecho Phen, una llamada habría bastado para que titi Wepa y titi Mellie llegaran a la escena listas para patearle el trasero. Pero en Portland no tenía a nadie, estaba sola.

Harlowe no iba a levantar un puño por mí, y el

único muchacho que debía ser mi amigo me acababa de dejar tirada en un callejón. Pero ¿quién quiere salir con muchachos desconocidos, aparte de chicas hétero y otros muchachos desconocidos? ¿Acaso estoy loca por no querer abrir una lata caliente de PBR y participar en una acción sindical? Por cierto, ¿qué demonios era eso de una acción sindical?

Desilusionada, me acomodé en el asiento del autobús y me entretuve viendo pasar las calles foráneas. Al lado mío, una anciana negra resolvía un crucigrama en uno de esos grandes libros de pasatiempos. A mi mamá le encantaban esos libros. Siempre los llevaba en el carro cuando íbamos de paseo. Me acomodé en mi asiento. Tres jóvenes mexicanos se sentaron frente a mí. Uno de ellos tenía sobre las piernas una radio casetera. "*Basket Case*", de Green Day, se escuchaba bajito. Sonreí y respiré profundo. Entraba una fresca brisa por la ventana abierta. Aflojé los puños. Cerré los ojos y me recordé que era capaz de manejar cualquier cosa. Yo era del Bronx.

Había llegado ahí por mí misma. Merecía esa práctica. Ningún muchacho celoso me la iba a quitar. Y, maldita sea, debí habérselo dicho en la cara. Ja, como si alguna vez le hubiera dicho las cosas en la cara a alguien en su momento. Las palabras correctas siempre se me ocurrían después, mucho después, algunas veces solo en sueños. En el momento, siempre he sentido miedo y me he quedado en blanco, como si me apretaran con pinzas las agallas, y la boca se me llenara de la bilis que anuncia el vómito. Desastre total. ¿Por qué la gente tiene que ser tan mala?

Tenía que enfrentarme a Phen. Dios mío, de solo pensarlo me ponía a sudar. Si íbamos a compartir el espacio durante todo el verano, él iba a tener que relajarse y no llevarme tan recio. Una ambulancia pasó con las luces encendidas, sin sirena. Conté cuatro banderas del arco iris colgando de fachadas de casas mientras pensaba cuál sería la mejor manera de hablar con Phen. ¿Entraría hecha una furia en casa de Harlowe, sacando pecho bien exagerada, lista para el desafío? No, yo no podría ser tan *cool* como titi Wepa, aunque quisiera.

Tendría que buscar alguna solución más nerda. ¿Quizás escribirle una carta? No. Tiendo a mostrar todas mis debilidades en las cartas. Y no podía ofrecerle eso a Phen, todavía. Ya estaba cerca de casa de Harlowe.

No quería bajarme del autobús. No estaba lista para regresar a esa casa. Phen no estaba allí, pero llegaría en algún momento. Tres cuadras antes de llegar a la calle de Harlowe, decidí quedarme en el autobús hasta que se le cayeran las ruedas, o hasta que el conductor anunciara la última parada. Vi pasar la casa de Harlowe por la ventana. Solo la luz del ático estaba encendida. Me imaginé a Harlowe fumando y escribiendo, con la mirada perdida en su mundo. No halé el cable amarillo. Su casa de desdibujó en la distancia.

No sabía hacia dónde me dirigía, pero no me importaba. Eran las 9:15 de la noche, un domingo. He viajado en los trenes del metro a las cuatro de la mañana en la ciudad de Nueva York, con borrachos cabeceando sobre mi hombro y niños peleándose a los puños. Si podía arreglármelas allí sin problemas, ¿por qué tenía palpitaciones en ese autobús de solo pensar en un encuentro cara a cara con Phen? Más allá de la casa de Harlowe, las luces de las calles comenzaron a desaparecer. Me quedé mirando la oscuridad.

Una segunda oportunidad. Le pediría a Phen que habláramos en el porche y empezáramos de nuevo. Bueno, Harlowe lo había presionado un poco para que me llevara. Quizás por eso había sido todo tan extraño, porque no fuimos nosotros los que decidimos juntarnos. O quizás él era simplemente un idiota. De cualquier forma, iba a intentar arreglar las cosas, y si él no podía soportar oírme, entonces pa'l carajo con él.

—Última parada —anunció el chofer del autobús. Me quedé pasmada y me di cuenta de que yo era la única persona que quedaba en el autobús. Corrí hasta el chofer, temblando por los nervios y sin una moneda en el bolsillo.

Él suspiró y me dijo: "Ven conmigo". Me dio una palmada en el hombro y me acompañó a tomar el siguiente autobús; el último de la noche. Me perdonaron el pasaje y le di un abrazo. Al principio se quedó parado, indeciso, pero luego me abrazó, y se sintió bien. El camino de vuelta a casa de Harlowe fue lento y oscuro. Todo mi día se resumía en volver sobre mis pasos, sin resolver los asuntos.

Pero el día no había terminado, y yo tenía un plan.

Las luces de la cocina de Harlowe estaban encendidas cuando llegué a la casa. Con la cabeza en alto y los hombros hacia atrás, me preparé para pedirle a Phen que habláramos.

—La dejaste en el centro, sola —decía Harlowe, y su voz salía por la ventana abierta de la cocina, dando volteretas hasta llegar al porche.

Me agaché debajo de la ventana.

—Ella no es una bebé, y no es mi responsabilidad —replicó Phen—. Yo la invité a ir conmigo y ella no aceptó. Así que, si está por ahí perdida, es su maldita culpa.

Todo mi cuerpo se puso colorado y me salió un sarpullido en el cuello.

—Estoy preocupada, Phen, tú no eres así. ¿Qué está pasando? —preguntó Harlowe.

—¿No te das cuenta? —respondió Phen—. Yo estoy aquí, y tú la elegiste a ella para hacer la investigación contigo. Yo conozco tu trabajo. Debí haber sido yo.

El alféizar crujió encima de mí. El humo de los cigarros orgánicos de Harlowe me llenó las fosas nasales y tuve que contener la tos.

—No se trata de eso —respondió Harlowe— y ambos lo sabemos. Ella no va a regresar, Phen. Lamento decirlo, pero…

—Tú no lo sabes —rebatió Phen, y el alféizar volvió a crujir.

Ambos estaban sentados en la ventana de la cocina, fumando.

—Han pasado tres años y no he sabido nada de ella —añadió Harlowe.

—Somos dos —comentó Phen en voz baja.

—No puedes desquitarte con Juliet el dolor que te causó la partida de tu mamá, ni con nadie más —agregó Harlowe—. No en mi casa, ni en ningún otro lugar, realmente.

El humo de cigarrillo inhalado y exhalado se arremolinaba sobre mí. Nadie pronunciaba una palabra. Yo seguí con la espalda pegada a la pared de la casa.

—La echo mucho de menos. Cuando ustedes estaban juntas todo estaba bien y era fácil —manifestó Phen—. ¿Qué clase de madre se va, así como así? Este es el único sitio a donde ella volvería.

No estaban cayendo lágrimas calientes por mi rostro. Nones. Claro que no estaba llorando. Ay, virgen, todo el mundo tiene alguna mierda con su madre. Bendito, ¿y ahora cómo se suponía que fuera a confrontarlo? La hora de la verdad tenía que llegar, pero quizás no requería un ataque sorpresa. Con el trasero cerca del suelo, me deslicé por el lado del porche. Di la vuelta y entré por los escalones del frente.

—Hola, regresé a casa en el autobús —dije, sonriéndoles a ambos.

—Ya lo veo —dijo Harlowe. Se bajó de la ventana y me dio un abrazo lleno de humo.

Phen se quedó parado detrás de ella, mirándonos, y luego bajó la vista a sus pies descalzos. Me aparté de Harlowe.

—¿Tienes un minuto? —le pregunté.

Asintió con la cabeza. Harlowe nos miró deliberadamente antes de inclinar la cabeza y entrar. No pude evitar reírme. Phen también rio. La tensión en mi pecho se calmó. Pude respirar hondo sin sentir una opresión.

—Mano —le dije—, yo me esfuerzo para que me agrades, pero ¿qué es todo eso de los juegos mentales extraños y la crítica? Yo no voy a estar lidiando con eso todo el verano. Lo que sea que tengas que decirme, dilo y terminamos con eso.

Sentía el corazón golpeteando en el pecho, los tímpanos, la parte posterior de la garganta. Dios mío, el bum bum de cada latido era lo único que podía oír. Odiaba esta parte. El momento en el que alguien puede perder la chaveta o seguir como si nada siempre me ponía ansiosa.

—Yo no soy simpático —respondió, encendiendo un

cigarrillo—. Y tú eres tan chévere y genuina. Me agarraste fuera de base.

—Para, para —le contesté con los ojos en blanco—. Trataste también de humillarme por no saber algunas cosas. ¿Qué pasa contigo?

—Es la manera más fácil de intimidar a la gente —confesó Phen, encogiéndose de hombros—. Un mal hábito.

Le dio una larga jalada al cigarro y me lo ofreció. Lo rechacé con la cabeza.

—Esta práctica te pertenece. No debí hacerte sentir de otra manera.

—Dejé el pellejo para llegar hasta aquí —le contesté—. Fui camarera, trabajé tres noches por semana en la Casa de exalumnos como parte del plan de trabajo y estudio. Solicité dos becas para las que escribí la palabra chocha varias veces en cada proyecto.

—Haciendo el trabajo del universo —declaró Phen, al tiempo que se apartaba el cabello de los ojos. Me recorrió con la mirada—. Lamento haber sido una rata.

—Tregua —le dije y le ofrecí mi puño. Él lo golpeó suavemente con el suyo.

Nos sentamos en el porche y observamos las estrellas. Él escribió en un diario de cuero del tamaño de la palma de la mano. Yo acomodé mi libreta púrpura sobre las piernas e hice lo propio. La voz de Édith Piaf viajaba en el viento, del tocadiscos de la sala al porche. Escribimos en silencio por un rato. Le envié un mensaje de texto a Lainie y observé el cinturón de Orión. Era la única constelación que conocía al dedillo.

—Me voy por la mañana. Todavía no se lo he dicho a Harlowe —dijo Phen.

—Por favor, no me digas que es porque yo no sé nada de PGP —le comenté, con la mano en el pecho.

—No todo se trata de ti, Juliet —respondió Phen. Se volteó y puso los ojos en blanco lentamente—. Son cosas de la organización del sindicato.

Yo puse los ojos en blanco de la misma forma. Se rio.

—Buena suerte.

Asintió con la cabeza y me hizo un gesto de cortesía con dos dedos. Me puse la libreta bajo el brazo y entré. Me di un duchazo glorioso y me dirigí al ático. Harlowe mecanografiaba sin descanso en la esquina. Todavía estaba allí cuando desperté en la mañana. Me acosté escuchando el intenso repiqueteo de sus teclas, por las que se deslizaba como una pianista. Después de un rato, fui a la cocina. La tasa de té medio vacía de Harlowe estaba sobre la mesa, junto a una nota de Phen.

Harlowe:

Estoy persiguiendo fantasmas en Portland. Mi energía ha sufrido un golpe considerable. Tengo que sacudirme este mal y volver a centrarme. Bendiciones en tu lucha constante por derrocar el heteropatriarcado de la supremacía blanca.

Evolución y respeto,
Phen

Me puse colorada. Phen se había ido. Me asaltó nuestra conversación de la noche anterior. Realmente lo había hecho. El paquete de cigarrillos American Spirit de Harlowe estaba sobre la mesa, arrugado. Su tecleo se filtraba por las escaleras con fuertes pulsaciones y prolongadas pausas. Yo todavía no sabía lo que eran los PGP ni los ze. Pero, por lo menos, sabía que existían.

Quizás el universo me había hecho un favor con eso de que Phen se fuera a sacudir el mal o lo que fuera. Hacer las cosas sola me hacía sentir que el mundo entero podía ver que nadie más quería estar conmigo. Pero no debía olvidar que yo sola me había metido en eso. No necesitaba a nadie quc me sostuviera la mano, aun cuando estuviera hiperventilando buena parte del tiempo.

CAPÍTULO SIETE

PIEL CELESBIANA

A UNAS POCAS CALLES de la casa de Harlowe estaba Blend Coffee. Aproveché la caminata para volver a llamar a Lainie. Sonó una vez y cayó de nuevo en mensaje de voz. Su teléfono había estado muy raro. Dejé un mensaje y seguí caminando. El crujir de la molienda del grano, y los ricos aromas de café y avellana me dieron la bienvenida en Blend.

Las paredes de cemento estaban pintadas con aerosol de color verde lima. Una pizarra de corcho, cerca de la entrada, tenía varios mensajes: "Se necesita nana para niños alérgicos al gluten". "Budista vegana busca círculo de tambores". Las obras de arte en las paredes promovían artistas locales. En Blend no solo se vendía café, se vendía a Portland. El café de la bodega del Bronx, servido en vasos de papel blancos y azules, estaba a demasiadas millas de distancia como para extrañarlo. Le pedí a la jovencita blanca con tatuajes tribales y un piercing en el tabique un café helado con leche. No estaba segura de que fuera gay, pero usaba una camiseta de Ani DiFranco, así que sentí que era seguro suponer que no era hétero.

—Estamos esperando la entrega de leche, lo siento, pero tenemos leche de soya —me dijo, con actitud comprensiva y adorable.

Me quedé pasmada. Fo, ya era difícil beber la leche de almendras de Harlowe (¿cómo es posible obtener leche de las almendras?). Y ahora me ofrecían leche de soya.

—Nunca he probado la leche de soya. Siento que por aquí eso debe sonar como una locura, ¿verdad?

—Quizás un poco, pero suenas a que no eres de por aquí —dijo la linda barista, inclinándose sobre sus codos—. ¿Nueva York? ¿Brooklyn, quizás? Prueba la soya.

—Eres buena. Cerca, el Bronx —respondí, mirando el menú en la pizarra para evitar el contacto visual—. Estoy aquí como asistente de investigación de una autora. Está bien, probaré la soya.

—Excelente. Eso es. —Se volteó para moler los granos de café—. ¿Asistente de alguien que yo conozca?

—Harlowe Brisbane —le contesté, ignorando mi teléfono celular que estaba vibrando— Ella escribió *La flor enardecida: Empodera tu...*

—La señora del libro de la vagina —exclamó, girando rápidamente y dejando caer los granos de café al piso— ¿Te refieres a *la* Harlowe Brisbane? ¿No jodas? —Algunas de las otras lesbianas en la cafetería se reavivaron.

La puerta del frente se abrió de golpe.

—Billie, ¡esta chica trabaja para Harlowe Brisbane!

Billie, cabeza rapada y flaco como un palillo, traía botellas de leche en un cajón.

—No jodas, yo la adoro. ¿Crees que podamos lograr que venga un día a hacer una lectura?

Me volteé y vi a varias mujeres mirándome fijamente, en espera de una respuesta.

—Pues, quizás —respondí mientras la linda barista me servía mi bebida—. Eso sería genial. Le preguntaré. —Busqué mi billetera, deslizando el teléfono de vuelta en mi bolsillo—. ¿Cuánto me dijiste que era?

—No te preocupes —dijo Billie, haciendo un puño—, solo pregúntale a Harlowe sobre esa lectura.

Choqué el puño de Billie.

—Claro —dije, y me dirigí a la parte posterior de Blend, lejos de todas las miradas inquisitivas.

Harlowe Brisbane es una celesbiana bona fide…

Revisé mis mensajes de texto. Tenía uno de Ava:

Chica, llama, textea, lo que sea. ¿Acaso ya eres una *dyke* hippie de Portland? Besos.

¿Alguna vez seré una *dyke* hippie? ¿Acaso eso era lo

que quería? Sentada en una silla de vinilo rojo frente a una mesa que era un mosaico gigante de cerámica, rodeada de lesbianas y muchachos de aspecto alternativo, no supe cómo responder al texto de Ava, así que la llamé.

Ava hablaba rápido entre chasquidos y estallidos de su chicle. Su entusiasmo por todo lo que había oído sobre mi vida en los pasados días se desbordaba por el teléfono. Le conté sobre Phen y la Harlowe de cartón. Hablamos sobre mi estrepitosa salida del clóset. Para cada detalle que sabía ya sobre mí, Ava añadía uno sobre ella. Yo le había dicho a mi familia que era lesbiana. Ava les había dicho que había salido con un muchacho, después con una muchacha, y ahora estaba en "eso casual, informal, universitario, sin etiquetas" —esas fueron sus palabras, no las mías. Le pregunté cómo titi Penny y tío Lenny habían tomado su salida del clóset.

—Prima, en realidad yo no salí del clóset. Solo estoy viviendo, y ellos aceptan lo que sea que yo esté viviendo en el momento, ¿entiendes? —aclaró Ava.

Yo no entendía, pero quería hacerlo. Yo quería ser así de chévere. ¿Cómo tres años de diferencia podían hacer de mí una albóndiga *nerd*, y de ella, una prima *cool*, informal, sin etiquetas? En un intento por subir a un nivel más alto de chévere, le conté a Ava sobre el café gratis y lo emocionadas que estaban las lesbianas que trabajaban en Blend por mi presencia. Sentí que podían ser mis amigas. En esencia, había encontrado a mi gente. Ava explotó una bomba de chicle.

—Juliet, ¿qué te hace pensar que a esas chicas blancas les interesa ser tus amigas? —me preguntó tranquilamente.

—Café gratis es igual a amistad, Ava, por favor —le contesté.

—Ellas están con Harlowe. Se apoyan unas a otras. No están contigo, Juliet Palante del Bronx, ¿entiendes?

—Anda, Ava, no creo que eso sea tan grave. Todos son muy amables. Tú sabes, es chévere estar rodeada de otra gente que no es hétero o tan barriotera que todo el tiempo están fijándose si tú eres igual de barriotero que ellos. Me siento cómoda aquí y, honestamente, necesito ver algunas caras amigables.

El hielo se derritió en mi café. Esperaba su aprobación.

—Entiendo eso. Pero deberías venir a Miami y pasar un tiempo conmigo. Yo siempre te voy a apoyar —dijo Ava.

—Lo sé, prima. Pero dudo que pueda viajar a verte este verano. Estaré aquí hasta agosto —le dije con un suspiro.

Me preguntaba cuándo tendría tiempo para una visita.

—Escucha, ten cuidado con esas chicas blancas, ¿okey?

—Okey, prima —le contesté, negando con la cabeza.

Ava me dijo que me amaba y me hizo prometerle que la mantendría al día. Saboreé mi café y me pregunté en qué momento se había vuelto tan combativa. "*¿Ten cuidado con esas chicas blancas, okey?*", ¿qué era eso? ¿Acaso estábamos en una película de terror o algo así? Las nenas blancas pueden ser irritantes, pero la mayoría son inofensivas. Algunas veces era más fácil estar cerca de las nenas blancas, de todos modos; todo lo que me hacía extraña en mi barrio les parecía bien a ellas.

Había sido bien recibida en Blend. Harlowe me había abierto las puertas de su hogar. La conexión con Harlowe Brisbane me había dado acceso a otras lesbianas, a su amabilidad y a ese café gratis. ¿Acaso era mi aura que ya estaba en sintonía con el mundo a mi alrededor? Harlowe consideraba que la sintonización del aura era un componente necesario para mi práctica, así que, ¿por qué no dejarme llevar? Yo esperaba un hormigueo o algún tipo de presión en el lóbulo frontal. En mi familia nunca habían hablado sobre auras. Quizás el aura y el Espíritu Santo tenían algún tipo de conexión, porque siempre se hablaba del Espíritu Santo, incluso ante algo escandaloso. Yo quería que algo me dijera: "Okey, Juliet, esta es tu aura, prepárate, estamos a punto de volvernos locas".

Mis ataques de asma siempre iban precedidos de alguna señal. Mis pulmones comenzaban a arder como un diminuto pentecostés en mi caja torácica. Luego sentía una opresión, como si los bronquios se llenaran de humo. La respiración se me iba haciendo cada vez más dificultosa, hasta que un silbido perforaba cada bocanada. El silbido es lo peor; es el sonido que emiten los pulmones porque duelen. Es el sonido de la mercancía dañada que se filtra dentro y fuera de tu pecho, más allá de tus oídos, hasta tu siquis. El frío, las infecciones y las emociones no controladas me causaban ataques. Conocía bien esos síntomas. ¿Estarían conectados a mi aura? Si mi aura se ponía muy fuerte, ¿se me quitaría el asma? Me preguntaba si la Virgen también bregaba con las auras.

Había tantas cosas que no sabía. Cuando llegué me sentía segura. Le había escrito la carta a Harlowe en una noche porque solo necesitaba creer que Harlowe Brisbane me escucharía. Ella sabía de lo que yo estaba hablando con respecto al feminismo, al racismo, a la desigualdad y a los asuntos familiares. Pero yo quería más, yo quería el mundo donde existían todas esas palabras que Phen usaba. Atascada, dando tumbos con ellas, se me ocurrió revisar *La flor enardecida*. Quizás se me habían escapado todos los pronombres radicales en medio de la discusión sobre las chochas, el feminismo y el desmantelamiento definitivo del patriarcado. Si Harlowe no había escrito sobre eso, entonces quizás yo no era una ignorante chiquilla gay.

Busqué en mi mochila y me di cuenta de que había dejado la libreta en el ático. Con el café aguado y el zumbido del aura, salí de Blend, despidiéndome con la cabeza de las baristas y preguntándome qué tal sería ser amiga de ellas. Mis amigas de la universidad eran una mezcla de *nerds* del teatro y chicas del consejo de estudiantes, y la mayoría habían sido primero amigas de Lainie. Había pasado gran parte de mi primer año cortejándola torpemente, pero salir con Lainie no me había hecho sentir oficialmente lesbiana. Estar rodeada de gais me ponía nerviosa, como si fuéramos a ser blanco de las críticas de todos.

Pero la gente a mi alrededor no se estremecía; Blend tenía una vibra como ninguna otra cafetería. Nadie se quedaba mirando a las parejas de muchachas que se tomaban de la mano, como hicieron cuando Lainie y yo fuimos a la galería de arte. No había predicadores gritando los pecados de Sodoma, como en el metro camino a casa. Allá sentía bajo la piel el estrés de saberme excluida o atacada en público; aquí no tenía que estar mirando por encima del hombro. No había nada de eso. Yo quería esa vida, reunirme con mis otras amigas gay a tomar café porque es perfectamente natural, sin que ninguna mamá se fuera a enojar. ¿Así era el ser abiertamente gay y estar en paz con el mundo?

Caminando de vuelta a casa de Harlowe, vi pasar en bicicleta a una joven de piel morena que iba vestida con la parte superior de un bikini teñido y pantalones cortos de mahón. Me sonrió y saludó con la mano. Yo le devolví el saludo. No llevaba casco, su rostro no mostraba estrés. No sonaron las alarmas de los carros ni las sirenas de la policía, recordando que eran los dueños de los vecindarios y de los cuerpos que en ellos habitaban. El gemido del Bronx era constante. East Burnside, por el contrario, tenía aceras abiertas, árboles que crecían al sol, y casas sin rejas en las ventanas. El barrio ofrecía una melodía. Quería que mi madre fuera, para que supiera cómo sonaba un vecindario tranquilo, cómo se escuchaba la paz. Mamá y yo incluso podríamos ser capaces de oírnos mutuamente, de hablar y de escucharnos de verdad. Podríamos colocar nuestras palabras en esas ramas bañadas por el sol, y dejar que la brisa nos guiara hacia la solución. Por una milésima de segundo, me pregunté cuál sería el precio a pagar por esa paz.

CAPÍTULO OCHO

EN CAMINO AL POLIAMOR Y A DIOS

ESTABA MÁS O MENOS a una cuadra de distancia, cuando una picop negra se detuvo a mi lado. La ventanilla estaba baja y la cara de Harlowe se asomó desde el otro lado del conductor. Harlowe me llamó "dulce humana" y me hizo señas para que me acercara.

—Quiero que conozcas a Maxine —gritó, saludando con la mano.

Caminé de prisa hacia la camioneta. La tensión entre mis hombros se alivió. No podía ocultar la enorme sonrisa que se dibujó en mi cara e irradiaba de todo mi cuerpo. Qué alegría ver a Maxine: segura de sí misma, negra y vibrante con una energía buena gente. Se bajó de la camioneta y me abrazó, imponente, pero con ternura.

—Qué bueno conocerte, hermana —me dijo, dándome una palmada en la espalda.

Había un deje sureño en su voz.

—Qué placer conocerla. Yo la adoro —le contesté, con los ojos bien abiertos—. Su lacito, ¡me encanta su corbata de lacito!

El corazón me latió con fuerza. ¿De verdad yo acababa de… ? Seguro que sí. Suspiré. ¿Acaso era mi culpa que su lacito púrpura escarchado resaltara perfectamente contra su piel? Maxine dejó de abrazarme, pero mantuvo una mano sobre mi hombro.

—Gracias, lo hice yo misma. Puedo enseñarte a hacer uno si quieres.

Me indicó con un gesto que fuera hacia la camioneta. Sus bíceps y hoyuelos perfectos hicieron que mis caderas se hicieran a un lado, como si hubiera estado esperando por ella. Tuve que recomponerme. Ay, virgen, ¿qué clase de malcriada era que actuaba como una tímida chiquilla frente a Maxine, teniendo novia?

Asentí con la cabeza, atrincherándome.

—Las manualidades no son mi fuerte —comenté—. Harlowe, ¿quieres sentarte en el medio?

—No, me gusta la ventanilla para fumar —dijo, dando una palmadita al espacio entre las dos.

—Entonces, ¿cuál es tu tipo? —preguntó Maxine, deslizándose a mi lado.

Arrancó el motor. Sus mahones negros estaban desteñidos y desgarrados en las rodillas.

—Soy del tipo que observa como otros lo hacen. Odio meter la pata delante de la gente —respondí.

Maxine asintió con la cabeza, pero se quedó callada. Harlowe rebuscaba en un viejo libro de CDs. ¿Por qué yo siempre hacía todo tan raro?

Estrujadas entre ellas, mis tetas copa D llenaban el espacio delante de mí y sobresalían, mucho más que los pechos de Maxine o de Harlowe. Me sentía a la vez incómoda y orgullosa. Siempre me gustaron mis tetas. Me encantaba la manera en que desafiaban la gravedad: rellenitas, morenas, perfectas. Me hacían lucir bien, sobre todo en comparación con mi barriga blanda, otra parte de mí de la que siempre era consciente, otro bulto que se atrevía a existir en mí. Todo mi ser grueso y blando contrastaba con la constitución firme y musculosa de Maxine. Sus sólidos hombros estaban conectados a extremidades esbeltas anudadas con músculos firmes y piel inmaculada. Me sentí tensa, hiperconsciente de cada centímetro de mi cuerpo. Me lamí los labios, sintiendo de repente antojo de algo dulce. ¿Qué estaba pasando? Tenía que enfocarme.

—Tengo que ir hoy a la biblioteca, Harlowe.

Le expliqué que había dejado la libreta en la casa y que quería encontrar sola la biblioteca. Hablé hasta por los codos, y llegó un punto en que yo era la única que hablaba. Se rieron, y Harlowe, entrelazando en sus dedos algunos mechones sueltos de su roja cabellera, me dijo que mi aura no podía haberse sintonizado tan rápido. Maxine me sonrió.

—Por lo que he oído, quizás debas probar este taller para escritoras inspirado en Octavia Butler —comentó—. Pero si dices que eres del tipo que se sienta a observar, quizás no.

—Sí, pero escribir es totalmente distinto —le contesté—. Puedo escribir sin preocuparme por quién me está mirando, o por si voy a decepcionar a alguien.

—Entonces, vamos —dijo Maxine, virando bruscamente a la izquierda con la luz amarilla.

Mi cuerpo se deslizó encima de Maxine. Me pasmé. Ella no se movió ni me empujó. Ni siquiera pensé si Maxine notaría si nuestros muslos se tocaban o si no. Pero yo sí. El aire acondicionado soplaba débiles ráfagas de aire tibio. Me sentía impíamente caliente. Maxine olía tan bien, a manteca de karité e incienso.

Harlowe me miró por un momento, sonriendo, como si pudiera adivinar el vergonzoso sentimiento de cuasienchulamiento en mi cerebro. Pensé que me iba a desafiar, pero en lugar de eso recostó su cabeza sobre mi hombro. Suspiré aliviada y Maxine llamó mi atención. Me aparté rápido, lo suficientemente rápido como para no dejar escapar ninguna sonrisa estúpida con ojos de carnero. Alguien tenía que hablar. De lo contrario, esa tensión de palpitaciones en mi pecho me iba a matar.

—Bueno, y ¿cómo fue que ustedes dos se conocieron? —pregunté—. ¿En realidad hay una sabrosa historia de amor, o son buenas amigas o qué? Cuéntenme todo.

Se rieron y se inclinaron un poco hacia el frente para mirarse a los ojos. Harlowe y Maxine vacilaron, decidiendo quién empezaría. Maxine se aclaró la garganta.

—Fue en el Festival Oly Queer Punk. En el noventa y ocho o noventa y nueve —dijo Maxine. Se acarició la barbilla como si tuviera una barba o una chiva entre sus dedos—. Creo que esa noche era la primera vez que tocaba Gossip.

—Sí, Beth se quitó la ropa hasta quedarse con un liguero de encaje blanco y un brasier de cono —añadió Harlowe—. Tú leías pasajes de Audre Lorde en los intervalos, mientras las bandas montaban y desmontaban los instrumentos. Todos esos cuerpos apretados y ahí estabas tú leyendo en el medio. Imperturbable. Hermosa.

—*Zami* es una de las obras más extraordinarias que se han escrito jamás —afirmó Maxine—. Leí ese libro en baños, en autobuses, en todas partes. Y en medio del caos en ese espectáculo, entre todas esas páginas, estabas tú.

—Una chica blanca hippie con ojos soñadores que no te dejaría, y aún no te deja sola —agregó Harlowe, volteándose para mirarme.

—Eso fue antes de *La flor enardecida*, antes del *Mdiv.*

de Max y antes de ser primarias, poli, todo eso. Fue el *boom* del amor.

Me di cuenta de que, si no comenzaba a pedir que me aclararan las cosas, mi libreta iba a estar llena de frases sin contexto, y de palabras para las que el diccionario Oxford puede que ni siquiera tuviera definiciones. Me aclaré la garganta y pregunté:

—¿Qué es una poli primaria emediv?

Maxine se rio. Yo también me reí, aunque no sabía exactamente cuál era el chiste.

—Parece algo loco cuando lo dices todo junto así, ¿verdad? —comentó Maxine. "Poli" es la abreviatura de poliamor, que es la manera *queer* de decir que estás abierta a tener varias parejas.

—Ah, como el documental de HBO sobre gente blanca madura que tiene fiestas de swingers en sus mansiones —dije emocionada, asintiendo con la cabeza.

—Bueno, algo así, pero no exactamente. —Maxine frunció el ceño—. Digo, quizás para algunas personas sea así, pero para nosotras se trata de ceder espacio para tener intimidad con otras personas, independientemente de nuestra relación —explicó Maxine.

Tamborileó con los pulgares el volante.

—Entonces, Harlowe sería su chica principal —pregunté, pensando en la forma en que los muchachos de la cuadra hablaban sobre las mujeres.

—Exacto, pero en este caso no hay chicas por el lado

porque una persona no se oculta de la otra —concluyó Maxine.

—Ah... —exhalé, pensando en todo eso otra vez.

Poliamor.

Esa mierda sonaba a una manera hippie de racionalizar los cuernos, o de no ser capaz de asumir un compromiso o algo. Pero me gustaba la idea de la honestidad y el respeto.

—O sea, que si Harlowe conociera a alguien increíble ¿usted no tendría problema con que ella tenga un amorío? —pregunté, levantando una ceja—. Eso parece sospechoso, ¿cómo hacen con los celos?

—Los aceptamos —interrumpió Harlowe—. Todos somos humanoides hermosos y curiosos. Así que, ¿por qué no reconocer que algunas veces vamos a sentirnos atraídos por la mente, el espíritu y los rasgos sensuales de otra persona? ¿Por qué no admitirlo y hablarlo como dos personas adultas? Una persona no puede ser el universo entero para otra cada minuto de cada día.

—Mi mamá lo es para mi papá —comenté con suavidad, echándolos mucho de menos.

—Quizás para ellos funciona. Para muchas personas funciona —respondió Maxine—. Pero yo, como persona *queer*, tengo la libertad de crear cualquier tipo de modelo de relación que funcione para mí. Y ¿qué puede ser más sexy que abolir la normativa heterosexual? Ese poder radical vive dentro de cada una de nosotras.

—Guau —fue lo único que pude decir.

Todas las palabras de Maxine sobre el amor me dejaron mareada. Quería hacer un millón de preguntas, pero en lugar de eso pensé en Lainie. Me la imaginé tratando de polirelacionarse conmigo, y yo diciéndole: "No jodas". Quería preguntarle a titi Wepa si alguna vez ella había estado en una polirrelación. Quería saber de algún otro lugar donde existiera ese tipo de cosas fuera de Portland. Jamás oí de un poliamor en el Bronx.

—"Guau" es correcto, dulce Juliet. —Harlowe asintió con la cabeza, sus brillantes ojos azules fijos en Maxine. Se estiró detrás de mí y puso la mano sobre su hombro.

—Ah, y ¿qué es emediv? —pregunté, porque la frase volvió a mi mente—. ¿Es algún tipo de polialgo?

Otra vez, Maxine y Harlowe rieron, de la misma manera que se reían mis tías cuando les hacía preguntas sobre sexo. Se rieron como si fueran mis parientas y estuviera bien divertirse con mi ignorancia.

—MDiv. significa Maestría en Divinidad. Soy profesora de teología con un enfoque en la teología de liberación feminista negra —explicó Maxine.

—Anda pa'l cará, ¿se puede hacer una maestría en divinidad? —pregunté impresionada—. Eso suena a cosa de superhéroes, como ser un dios o algo así. ¿Es predicadora también?

—No —contestó Maxine.

—Entonces, ¿cuál es el punto si no va a traerle a Dios a la gente? —pregunté.

—Todos somos dioses, Juliet —aseguró Harlowe, echando el humo por la ventanilla.

—No, vamos a hablar en serio. Hay un solo Dios, y no soy yo, ni usted, ni Maxine.

Maxine me tocó el muslo y yo me volví a pasmar.

—Voy a suponer que te criaron como cristiana, pentecostal o católica.

Su mano descansaba sobre mi muslo. La sangre me subió a la cabeza y las mejillas.

—Ajá, sí, protestante pentecostal —balbuceé.

—Okey —dijo Maxine, dándole un pequeño apretón a mi muslo—. De ahí viene lo de un solo Dios, y también el por qué yo no soy predicadora. Quieres respuestas. Crea tu propia religión a partir de tus dudas y tu curiosidad. No vayas corriendo detrás de un solo Dios.

—Bueno, y ¿por qué no? ¿Por qué no ir corriendo detrás de un solo Dios? —pregunté—. Digo, obviamente hay otros dioses en otras religiones y eso, pero creo que todo se basa de todos modos en un solo Dios. La interpretación es lo que es diferente.

—Sí y no. Lo único que realmente podemos hacer, Juliet, es desarrollar nuestras propias teodiceas sostenibles. ¿Entiendes? Necesitamos crear nuestro propio entendimiento de la presencia divina en un mundo ocupado por el caos. Mi Dios es negro, es *queer*, es una sinfonía de masculino y femenino. Es Audre Lorde y Sleater-Kinney. Mi Dios y mi entendimiento de Dios se enfocan en quién soy como persona y qué necesito para continuar mi conexión con lo divino —explicó Maxine y respiró hondo—. Es tarea de todos elaborar una teodicea. Una que tenga espacio para cada centímetro de lo que son y de las personas en quienes evolucionarán.

Harlowe chasqueó los dedos para mostrar que estaba de acuerdo, igual que hace la gente cuando los toca el espíritu en los recitales de poesía. Yo quería contarles a Harlowe y a Maxine sobre mi encuentro con Dios, pero no lo hice; no podía. Era mejor disfrutar de ese silencio. Una vez intenté contarle a Lainie. Todo lo que hice fue decir que estaba segura de que Dios era real, y bastó para que desplegara sus habilidades del equipo de debates. Ya sabes, después de reírse y poner la cara de "¿estás hablando en serio?". Desmanteló las razones por las cuales afirmar que Dios existe más allá del ámbito de la fe, en la realidad del mundo humano, era absurdo. Yacíamos en su futón en medio de su habitación en la residencia universitaria, rodeadas por velitas. Ella argumentaba que Dios no podía existir porque no estaba hecho de nada sólido. No podías tocarlo. Dios no podía entrar a un supermercado y comprar un galón de leche. Lainie tenía un millón de razones por las cuales Dios no era real de la forma en que ella y yo éramos reales. Explicaba que Dios era a lo sumo una sensación espiritual elevada o, en el peor de los casos, uno de los mitos más brutales jamás creado por las personas.

Yo la dejé hablar y cerré la boca. Guardé mi verdad en mi garganta. Ese momento entre nosotras me dolió. Mantuve en secreto ese dolor. Lo encerré en mi cavidad torácica. Me lo tomé en broma frente a Lainie, y lo mandé al carajo usando su cuerpo y su futón como transporte. No había vuelto a pensar en eso. Resurgió en la camioneta con Harlowe y Maxine. Yo quería desembuchar todo lo mágico y maravilloso, cada detalle de mi encuentro con Dios, pero no lo hice.

No era el momento propicio y no sabía si alguna vez ese momento llegaría. El silencio se acomodó entre nuestras caderas, hombros y tobillos sin cruzar. Harlowe hurgó en un estuche de CDs, encontró lo que estaba buscando, y deslizó un CD en el reproductor. Revisé mi teléfono y todavía no tenía llamadas o textos de Lainie. Estaba a punto de enviarle otro texto cuando Harlowe subió el volumen del estéreo.

Una canción de rock de chica blanca que nunca antes había oído retumbó en las bocinas. La cantante principal chillaba y gemía sobre una chica rebelde que era la reina de su mundo. Decía que escuchaba una revolución cuando la chica hablaba. Lainie y yo leímos *La flor enardecida* al mismo tiempo. Ella no dejaba de hablar sobre el feminismo apoderándose de la sociedad. Guardé mi teléfono. Esa canción era la manera en que el universo me regalaba un pedacito de Lainie. Algo dentro de mí hizo clic, haciéndome sentir que estaba exactamente donde debía estar en ese momento en mi vida, en la camioneta con Harlowe y Maxine. Lainie estaba haciendo su práctica. Ya llamaría. Siempre lo hacía. Ahí todas éramos chicas rebeldes. Me quedé dormida sobre Harlowe, y no desperté hasta que llegamos a donde íbamos.

CAPÍTULO NUEVE

NO HAY FIESTA COMO UN TALLER DE OCTAVIA BUTLER PARA ESCRITORAS

LAS TRES ENTRAMOS en un pequeño salón de clases. Ya había alrededor de quince personas allí. Una mujer envuelta en ropas fluidas de colores brillantes le dio la bienvenida a Maxine. Sus piernas sobresalían entre aberturas de la tela fucsia y lima. Sus rizos estaban enroscados en un moño alto y denso. Maxine y la mujer se abrazaron. Su abrazo fue profundo, con espacio para saludos suaves y murmullos de "te ves tan serena".

Maxine se volvió hacia nosotras.

—Zaira, esta es Juliet, asistente de investigación y huésped de Harlowe. Juliet, esta es Zaira.

Extendí la mano. Zaira la tomó y me jaló suavemente hasta abrazarme.

—Bienvenida, hermana Juliet —susurró en mi sien.

La abracé fuerte.

—Gracias.

Sentí que la maternidad y la fortaleza envolvían mi cuerpo.

—Hola, Harlowe —dijo Zaira, dando medio paso hacia ella.

—Zaira, qué bueno estar aquí. Me encantan tus talleres abiertos —dijo Harlowe y la alcanzó a medio camino.

Se tomaron de las manos y los brazos, esgrimieron grandes sonrisas y se admiraron mutuamente con respeto. No se abrazaron. Me pareció extraño, pero solo por un instante.

Maxine y Zaira se alejaron enlazadas para saludar a otras personas en el salón.

Harlowe hizo una pausa y las miró moverse por el espacio. Yo me quedé al lado de Harlowe.

Encontramos asientos en la parte de atrás, cerca de un grupito de mujeres blancas. Me senté en la periferia del grupo junto a Harlowe, pero me di cuenta de que ellas eran las foráneas. Mujeres negras y morenas de todos los matices y tamaños organizaban y trabajaban ese espacio. La energía en el salón era cálida y amorosa, como el plato de comida que mamá te trae de la fiesta en casa de tu tía. Era como estar en casa, más o menos. Las mujeres de ahí tenían un estilo diferente a las del Bronx. No se veían duras ni agotadas. Más bien parecía que adoraban al sol y se bañaban en suero de leche. Me sentía como si ese taller para escritoras fuera realmente una reunión oficial de hippies de color o alguna mierda así. Solo sentarme allí a observarlas me hacía ver a mi gente con otra perspectiva, como si nosotros también pudiéramos ser hippies sin que eso nos hiciera menos negros o morenos. Podía explorar eso.

El poder y la seguridad que irradiaba Zaira permeaba el brillante salón. Ella soltó el brazo de Maxine y caminó hacia adelante, unió sus manos, inhaló hondo, cerró los ojos y exhaló. Todos los ojos estaban sobre Zaira. Con una amplia sonrisa abrió las manos, con las palmas hacia arriba.

—Hola, hermosas mujeres escritoras. Bienvenidas a *Honrar a nuestras antepasadas*, la serie de Talleres para escritoras guerreras. Gracias por venir. Quiero pedirles a todas que se vuelvan a sus vecinas, las miren a los ojos y digan: "Gracias, hermana, por compartir tu tiempo y tu esencia".

Por poco me echo a reír, pero el silencio y la reverencia en el salón hicieron que la risa retrocediera a mi pecho. La mujer a mi lado amamantaba a su bebé. La lactancia es algo hermoso y extraño. Sostuvo a su criatura con un brazo y me extendió el otro. Con voz un poco entrecortada, pronunció las palabras: "Gracias, hermana, por compartir tu tiempo y tu esencia". Yo repetí la bendición, sosteniendo su mano y la de su bebé.

Zaira bendijo a sus vecinas a ambos lados.

—*Ashé* a todas. Soy Zaira Crest, fundadora de Black

Womanists United, y estamos aquí para celebrar el legado de nuestra hermana Octavia Butler, una de las mejores escritoras de todos los tiempos. Octavia nos entregó mundos atrapados en luchas postapocalípticas, narrativas henchidas de críticas por la manera en que el racismo y la brutalidad están arraigados en la sociedad blanca estadounidense, cuya cultura también debemos navegar y recuperar. Octavia nos ofreció los medios para hacerlo a través de un género donde no existen los límites. Esta serie de escritura es para empoderar a las mujeres y *femmes* negras, y para desarrollar un grupo de escritoras feministas negras afrofuturistas. Aquí la negritud no se limita a las afroamericanas. Damos la bienvenida también a nuestras afrolatinas y a toda la gente morena, negrita, del color de la noche y del café con leche. Muchas de nuestras reuniones son cerradas para las personas que no son negras o de color, pero algunas socias del club han expresado interés en ofrecer sesiones abiertas. A las aliadas blancas les pedimos que respeten este espacio, reconozcan sus privilegios y permanezcan abiertas a su propia trayectoria. Damos la bienvenida a todas las mujeres aquí presentes, y esperamos que todas podamos encontrar o cultivar más nuestra relación con el trabajo de Octavia Butler y con el mundo de la ciencia ficción. En esta serie de talleres, produciremos también una antología de cuentos de ciencia ficción de escritoras de color con una perspectiva de justicia social. Gracias, hermanas, por compartir su tiempo y su esencia con todas nosotras.

Zaira emanaba fuerza. Sus palabras colmaban el salón y, mientras hablaba, toda la atención estaba sobre ella. Nos dio un minuto para digerirlo todo. Yo tenía mis dudas, pero solo sobre la parte de ciencia ficción.

La ciencia ficción era realmente lo peor. Una Navidad, mis padres decoraron todo el arbolito con adornos de *Star Trek*, y colocaron en la cima un Spock que pregonaba "Larga vida y prosperidad". La palabra *Trekkies* no bastaba para describirlos. Mis padres adoraban la trilogía de *Star Wars*, así como todas las películas de ciencia ficción de la década de 1950. Y ahí estaba yo ahora, de alguna manera metida en un taller de ciencia ficción. Esperaba que a nadie le importara que me muriera de aburrimiento y vergüenza.

Zaira nos pidió que nos pusiéramos de pie. Nos paramos en círculo, agarradas de las manos. Nos imploró que encontráramos un sonido dentro de nuestros cuerpos y memorias, que lo sostuviéramos en nuestros corazones y que luego lo compartiéramos en voz alta. Contó hasta tres, y las mujeres en el salón abrieron la boca dejando escapar secretos, zumbidos profundos y oraciones. Nada salió de mí. Mantuve las manos a los lados. Moví los labios como si estuviera participando, pero igual me sentí súper incómoda. Cuando la cacofonía se apagó, Zaira pidió que repitieran el ejercicio. Una vez más fingí hacer ruido. Zaira me observó, leyó mis labios, se dio cuenta de mi desgano y lo dejó pasar. Después de romper el hielo, siguió un silencio respetuoso. Zaira presentó a dos mujeres, Aleece y Ruby, ante el grupo. Estas leyeron pasajes de *Parable of the Sower* y *Kindred*. Alucinante, de verdad. Escribí los títulos en mi libreta. Zaira y su equipo nos pidieron entonces que pensáramos en términos que asociábamos con la ciencia ficción.

Palabras escritas en amarillo y rosado pastel llenaron la pizarra. *Asteroides, Vía Láctea, inmortalidad, colonización corporativa, rayos gamma, lluvia de meteoros, universo paralelo, futurismo queer, sin aire, Gaia, geeks, colonias en la luna, fuerza de atracción lunar, extraterrestres, abducciones, viaje en el tiempo, apocalipsis…* Nos pidieron que eligiéramos una palabra o frase, y escribiéramos lo que sentían nuestros corazones amantes de la ciencia ficción. Quería salir, fumarme un cigarro y llamar a Ava para contarle esa cosa de la nueva ola de los hippies morenos. Quizás ella sabía algo de eso. Pero las afirmaciones y el extraño zumbido me atraparon. En lugar de eso, me quedé sentada y escribí. Mis palabras eran: *heavy metal, latinas androides* y *túnel del tiempo*.

Cuarenta y cinco minutos después, sonó una campanada para indicar que el ejercicio de escritura había terminado. Zaira animó al grupo a compartir una sección de su trabajo con la persona con la que compartieron el saludo. La madre se giró hacia mí, su bebé estaba dormido en un cochecito anaranjado.

—¿Quieres empezar? —le pregunté.

—De ninguna manera —contestó, y me dio la mano—. Por cierto, mi nombre es Melonie, y este es mi hijo, Nasir —dijo.

—Juliet —respondí.

Nos dimos la mano como si ya fuéramos amigas, sin ningún movimiento estúpido. Fue fluido, como quien comparte con alguien una palabra de jerga.

Tragué, un poco nerviosa, pero también entusiasmada. La ciencia ficción sería otro logro friqui de ese viaje.

Leí mi cuento, que titulé "Starlight Mamitas: Los tres acordes de la rebelión", en el que tres hermanas boricuas de Nuevo Brooklyn formaban, en el año 3035, una banda de heavy metal llamada Starlight Mamitas. Vendían cuartillos de agua biónica y Jolly Ranchers de titanio en el tren para recaudar dinero para sus lecciones e instrumentos. La noche de su primer ensayo de verdad, un meteorito gigantesco golpeó la cúpula del complejo de apartamentos en la atmósfera media donde vivían y....

Ahí terminaba.

Melonie se quedó mirándome. Desplegó una enorme sonrisa que dejó al descubierto unos preciosos labios carnosos y una separación entre los dientes al estilo de Madonna.

—Espera, no es justo. ¡Quiero saber qué pasa después! —exclamó Melonie, con voz susurrante y profunda. Su hijo se contoneaba en el cochecito.

—Entonces, ¿lo hice bien? —le pregunté con el corazón acelerado—. O sea, ¿no es estúpido?

—No, claro que no, hermana. Definitivamente debes presentarlo a la antología.

—¡No, de ninguna manera! Gracias. Significa mucho. Nunca antes había escrito algo de ciencia ficción.

Nasir se despertó y balbuceó al lado de nosotras. Sus deditos de bebé tocaron mi mano. Melonie lo arrulló y luego me miró.

—No le tengas miedo a nada. Entrega tu cuento, pero, sobre todo, entrégate a la alegría. Eso es lo que le enseño a este jovencito, ¿no es así, Nasir? —preguntó, desviando la mirada hacia él.

Guardé sus palabras en mi pecho. Quizás ese pequeño cuento pudiera convertirse en algo grande.

Melonie compartió su obra, que era sobre robots que se apoderaban de la banca y se nutrían de las almas malvadas de los banqueros corporativos. Era intenso, pero chévere. Me preguntaba si estaba permitido que las mamás tuvieran citas. En otra vida, yo la hubiera invitado a salir, y quizás ella seguiría leyéndome.

Zaira anunció el final del taller. El salón estalló en

besos y abrazos, como si todas hubiéramos dado a luz. Melonie me jaló cerca y susurró:

—Presenta ese cuento, nena.

Me besó en la mejilla y se volvió al bebé Nasir.

Harlowe, Maxine y yo salimos del taller después de más abrazos y rondas de presentaciones. Yo estaba agotada. El taller fue hermoso, pero necesitaba un rato tranquilo para relajarme. No estaba segura de dónde podía encontrarlo. Nos cruzamos con dos mujeres blancas que habían estado en el taller con nosotras. Estaban cerca de los bebederos e hice una pausa para tomar un sorbo.

Chica blanca #1:

—Me encantó el taller, pero no entiendo por qué darle tanto énfasis a lo de las aliadas blancas, o sea, ¿por qué nosotras tenemos que ser las calladas? Yo creo que todas nuestras voces cuentan, ¿no?

Chica blanca #2:

—Exacto. En mi feminismo, todas somos iguales. ¿Por qué un grupo tiene que llevar la voz cantante? Yo sé que el racismo inverso no es técnicamente real, pero se sintió así.

Maxine y yo pusimos los ojos en blanco. Yo no sabía realmente por qué estaba mal lo que dijeron, pero se sintió raro. Su tono, y el hecho de que fuera eso lo que recordaban del taller, se sintió extraño, pero bueno, las chicas blancas algunas veces dicen estupideces.

Entonces Harlowe se volteó y les dijo:

—No se trata de llevar "la voz cantante". Se trata de que las mujeres de color sean dueñas de su espacio y de que sus voces sean tratadas con dignidad y respeto. Se trata de que las mujeres de color no tengan que gritar por encima de las voces blancas para ser escuchadas. Nosotras somos la fuerza dominante casi todo el tiempo. Las mujeres blancas son las estrellas de todas las películas y las principales oradoras en los debates feministas. Es el secuestro de niñitas blancas el que provoca la histeria de todo el país. Así que, si por una o dos horas en un pequeño salón de clases de algún lugar de Oregón un grupo de mujeres de color tiene un taller y ha decidido abrirlo para nosotras, debemos estar agradecidas, carajo, y no quejarnos de que no somos más importantes o igual de importantes. Toda nuestra existencia está en constante validación y, sí, es verdad que tenemos que lidiar con mucha mierda debido al patriarcado. Pero, por amor a la diosa, reconozcan su privilegio. Somos nosotras las que tenemos que dar a las mujeres de color espacio para sus voces.

Luego de esa última línea, Maxine se fue. Las dos chicas blancas se quedaron mirando fijamente a Harlowe, con los ojos bien abiertos.

Chica blanca #1:

—Ay, por la diosa, ¿usted es Harlowe Brisbane? ¿La señora de *Empoderarás tu chocha*?

Me quedé solo un momento. Sentí otra vez la misma

sensación de cuando las nenas blancas habían abierto la boca por primera vez; la sensación de que algo estaba mal. Yo no entendía qué quería decir Harlowe con "darnos espacio" para nuestras voces. La dejé para que atendiera a sus fanáticas. Después de todo, ¿qué se suponía que hiciera?

Harlowe debe haber instruido muy bien a esas chicas, porque tardó una eternidad en reunirse con nosotras en la camioneta. Volví a sentarme entre medio de las dos, pero esta vez no nos arrimamos cómodamente. Nuestros muslos no se tocaron. Era difícil contener mis redondeces, pero me esforcé. Harlowe era toda ángulos. Sus rodillas puntiagudas estaban cruzadas una sobre la otra. Las piernas, presionadas contra la puerta del lado del pasajero. La cabeza, prácticamente fuera de la ventana. Maxine estaba sentada erguida, manejando, sin tomar ni un centímetro adicional de espacio. Las ventanillas estaban abiertas a ambos lados. El tenue rugido del viento circulando dentro del vehículo parecía imitar la tensión entre nosotras.

—Después de años de talleres e interminables conversaciones sobre raza, todavía te las arreglas para concentrarte en lo blanco —dijo finalmente Maxine, sin despegar los ojos del camino.

Su aseveración recorrió el vehículo de un tirón. Yo me encogí en el asiento, deseando que no tuvieran que esquivar mi cuerpo para mirarse.

—Yo soy blanca —sentenció Harlowe, enfatizando cada sílaba—. No importa de qué manera lo diga, siempre vas a experimentar primero la supremacía blanca. Ya hemos hablado de esto, Max.

Me mordí el labio inferior, tratando de no abrir mucho los ojos. Yo podía arreglar muchas cosas, pero mi cara no siempre era una de ellas.

—Dijiste "Somos nosotras las que tenemos que dar a las mujeres de color espacio para sus voces" —respondió Maxine, tamborileando sobre el volante con los dedos—. Ustedes no tienen que darnos nada.

Harlowe movió todo su cuerpo para ver a Maxine. Sus rodillas tropezaron con las mías.

—Max, yo respeto tus afirmaciones. Me falta mucho por aprender —dijo Harlowe, con voz queda—. Y también hemos hablado de que te pones muy sensible cuando estás cerca de Zaira.

Maxine se tensó al escuchar el nombre de Zaira. La vena en su cuello se dilató. Tragó en seco, como cuando yo estoy a punto de decir una imprudencia, pero tengo la sensatez de contenerme. Maxine giró la cabeza a un lado y se tronó el cuello.

—Terminemos esta conversación en otro momento —dijo Maxine, y se dirigió a mí—. Lamento si te hemos hecho sentir incómoda, Juliet.

Yo miré a Maxine y después a Harlowe.

—Ah, no se preocupen —respondí, bajando la vista para mirar mis muslos en la oscuridad.

Maxine y Harlowe no volvieron a hablar durante el resto del camino a la casa. Justo cuando nos deteníamos frente a casa de Harlowe, recibí un mensaje de texto de Lainie. Me dio un vuelco el corazón y, a pesar de estar cansada y de mal humor, sonreí. Ahí estaba. Íbamos a estar bien. Dejé a Harlowe y a Maxine en la camioneta y entré corriendo a la casa. Me tiré en la cama, lista para leer su texto y llamarla para hablar toda la noche, porque era lo justo. Sería tan lindo.

Miré el teléfono y contuve los deseos de lanzarlo al otro extremo de la habitación.

Recibí tus mensajes. Llámame mañana.

Dos simples oraciones de mierda. Eso era todo. Las leí una y otra vez por espacio de diez minutos. Oprimí el botón de llamar y marqué el número de Lainie. Quizás tuviera un segundo libre. La agarraría en ese segundo libre y por lo menos podría decirle buenas noches. La llamada cayó directamente en el mensaje de voz. Colgué. Esa noche di vueltas en la cama; soñé que Max y Harlowe discutían sobre las dimensiones del universo. En el sueño, el teléfono de Lainie también iba directo al mensaje de voz.

CAPÍTULO DIEZ

SER GEEK Y UNA CHICA

LLAMÉ A LAINIE en cuanto abrí los ojos. Una vez más, no sonó. Suspiré fuerte antes del bip y dejé otro mensaje. Hice un par de chistes sobre papá, y me esforcé por sonar tan casual como cualquier martes por la mañana. En mi interior, sin embargo, sentía el estómago revuelto y seguía dándole vueltas en la cabeza a nuestras últimas conversaciones. ¿Acaso había hecho algo malo? ¿O ella estaba tan comprometida con salvar al mundo intentando introducir una nueva política demócrata tras otra que no tenía tiempo para la novia demandante que no podía soportar no saber de ella por unos cuantos días?

Me arrastré por las escaleras, deslizando la espalda por el pasamanos. El aroma a canela y batatas flotaba desde la cocina, donde Maxine estaba de pie frente a la estufa, espátula en mano, preparando el desayuno.

—Hice de más, si quieres —dijo Maxine, al tiempo que sacaba otro plato de la alacena.

—¿Qué? Muchas gracias —le dije. Sonreí y encogí un poco los hombros—. ¿Un abrazo matutino?

Maxine me envolvió en sus fuertes brazos y me abrazó con fuerza. Yo también lo hice. Se sintió bien.

—¿Cómo sabías que necesitaba uno? —preguntó Maxine, con sus hoyuelos haciéndome señales.

Miré por la ventana y noté que la camioneta de Harlowe no estaba al frente.

—Porque yo también lo necesitaba —respondí, preparando café.

Llené la pequeña cafetera con café expreso El Jefe. Lo puse en fuego alto y dejé que hirviera. Calenté leche de almendras con nuez moscada y canela en una pequeña cacerola. El vapor zumbaba en la máquina de expreso a medida que colaba el café. Maxine sirvió batatas y setas en los platos, y se puso a freír quimbombó en la estufa.

—Creo que mi novia me está evadiendo —le conté, mientras vertía el café en la leche caliente.

—La mía también —me contestó, poniendo los platos sobre la mesa—. Pero el privilegio blanco hace que sea fácil hacerse la víctima, así que me he quedado en casa preparando el desayuno en lugar de correr detrás de ella.

Tiré el azúcar al oír lo del *privilegio blanco*.

Maxine se rio.

—Hablando del rey de Roma.

—Eso no está bien —exclamé y también me reí.

—Maxine, ¿qué debió haber dicho Harlowe anoche de otra manera?

Ella sirvió el quimbombó sobre las batatas.

—¿Por qué no intentas responderte tú misma? —contestó—. ¿A ti no te pareció nada mal?

Me metí un pedazo de quimbombó en la boca para darme tiempo a pensar. ¿Algo se sintió mal? Desde que llegué a Portland, solo había acumulado preguntas. Preguntas sobre palabras y frases, sobre lo *queer*, sobre los espacios para personas de color y la blancura. Todo me daba vueltas en la cabeza, y no sabía qué hacer. Todo parecía blanco y negro, rico y pobre, *queer* y extraño. Carajo, claro que se sentía mal.

—Harlowe lo hizo parecer como si esas nenas blancas tuvieran que darnos algo —respondí, levantando un poco la cabeza—. Como si nosotras no pudiéramos hacer lo nuestro sin ellas.

—¿Ves? Lo captaste. Ellas no son dueñas del espacio para dárnoslo. Y Harlowe no es distinta a esas muchachas. Son iguales. Los aliados blancos necesitan mantener esa distancia, debido a su educación comunitaria.

—Coño, pero por lo menos dijo algo, ¿no? —pregunté.

Maxine levantó una ceja y negó con la cabeza. Su risa plena y sonora me envolvió. Esas batatas con setas no eran chorizo con tostones, pero sabían a amor. Yo aporté mi risa sibilante. Sus hombros subían y bajaban con cada respiración. Ella encajaría bien en la mesa de desayuno de mi casa. Maxine se pasó la servilleta por los ojos. Con amor y seriedad, redujo la velocidad y me miró directo a los ojos.

—Sabes, decir algo puede ser bueno, hasta que ya no lo es. Para nada.

Asentí con la cabeza. Me preguntaba si ya Maxine sabía eso, o si acababa de darse cuenta justo en ese momento, en la mesa conmigo, entre sorbos de café. Y ahí estaba yo, herida porque mi novia no me devolvía las llamadas. Terminamos de comer y fregamos los platos juntas. Me ofreció llevarme a la biblioteca, y acepté. Maxine subió el volumen para escuchar *"A Sunday Kind of Love"*, de Etta James, cuando doblamos la esquina en su camioneta. Yo volví a leer los papelitos que tenía en mi libreta sobre Sofía y Lolita. Tras Etta James vino Prince, cantando sobre las bellas. Maxine esperó que yo entrara en la biblioteca para irse.

La biblioteca central del Condado de Multnomah era gigantesca comparada con la de mi escuela. Vibré con entusiasmo palpable. Yo era una bestia en la biblioteca. Allí era donde las *nerds* como yo iban para recargar las pilas. Eran el puerto seguro donde el ruido contaminado del mundo exterior, con sus bravucones y macharranes, y la retórica antifeminista, se quedaba fuera.

Las bibliotecas tenían cero tolerancia para las pendejadas. Sus paredes nos protegían y nos mantenían seguros de todos los bastardos que nunca leyeron un libro por placer.

Caminé sin rumbo un rato y terminé en la sección de referencia. El olor de la sala me recordaba al sótano de mi casa. En medio del salón había un enorme Diccionario Webster's sobre un pedestal. Curiosa, me acerqué y lo abrí. Busqué *Sofía* y encontré lo siguiente:

* Sofía es un nombre femenino derivado de la palabra griega para sabiduría.

* Sofía (∑οφία, sabiduría en griego) es un término central en la filosofía y la religión helenísticas, el platonismo, el gnosticismo, el cristianismo ortodoxo, la cristiandad esotérica y el misticismo cristiano.

¿Misticismo cristiano? Prácticamente podía sentir a Harlowe haciendo un bailecito de alegría menstrual. Dejé a Lolita Lebrón en mi bolsillo y reduje mi búsqueda a *Sofía/Sabiduría*. En una de las computadoras abiertas busqué la historia de Grecia y el origen de *Sofía*. Aparecieron cuatro posibles opciones de libros. Fui al mostrador de ayuda y le pregunté a una anciana bibliotecaria que tenía mechas púrpuras en el cabello dónde podía encontrar libros sobre la antigua Grecia. Me envió a la parte posterior del segundo piso. Electrificada, mi tarea se me hizo fácil de hacer y excitante. Encontré la sección sobre la historia griega, y estaba tan inmersa en la investigación que no vi a la chica que acomodaba los libros hasta que nuestros hombros chocaron con fuerza. Mis notas y todos sus libros se cayeron al piso.

—Lo siento. Siempre hay tanto que recoger que se me va la cabeza —soltó abruptamente.

—No hay problema.

Distraída también, me agaché y recogí mis cosas. Algunos de mis papeles se mezclaron con los suyos. Los separé.

La chica se agachó para recoger los libros. Olía a loción de vainilla y perfume de cítricos. Alcé la vista y vi que era sexy. La clase de sensualidad de cabello negro azabache con una gruesa pollina, ojos verdes, piel aceitunada, tatuajes en las muñecas.

—Eh, soy Kira y, cuando no estoy tropezando con desconocidos, trabajo aquí como bibliotecaria junior. Así que, si necesitas cualquier ayuda, solo déjame saber —ofreció, recogiendo los libros del piso—. Te debo una.

—Gracias, soy Juliet —le contesté.

Mi cerebro empezaba a aturdirse, intentando asimilarla. Sabía que mi boca seguía abierta, pero no podía cerrarla porque no podía pensar.

—Juliet, nunca había conocido a alguien con ese nombre. Me gusta —expresó Kira.

—Sí, este, mi mamá era súper fanática de la versión de la película de *Romeo and Juliet* de 1968 —le dije, con el corazón acelerado y las mejillas coloradas—. Entonces, creo que fui concebida cuando mis padres estaban viendo esa película, así que, medio en broma, pero también debido a la adoración de mi mamá por esa película, me pusieron el nombre de Juliet, de lo cual estoy agradecida teniendo en cuenta que mi hermanito se llama Melvin.

Kira se rio, y toda la presión que sentí acumularse en mi interior porque era linda y dulce se desvaneció.

—Bueno, Juliet, tal vez me encuentres más tarde y me digas adiós antes de irte, ¿de acuerdo?

Asentí con la cabeza y me fui, pensando cómo sería pasar el resto del día hablando con Kira. Me obligué a borrar esa estúpida gran sonrisa de mi rostro, y regresé a los libros de historia griega. Las horas pasaron entre las páginas de los libros. Una de las primeras cosas que aprendí sobre *Sofía* es que estaba anclada en la palabra *filosofía*. También se vinculaba con las tradiciones cristianas, de acuerdo con algunos textos, pero ninguna de las menciones era lo suficientemente específica.

Desconfiaba de la Biblia. Nunca es particularmente expresiva cuando se trata de historias sobre mujeres. María Magdalena en realidad no era una prostituta, y Eva no obligó a Adán a comerse la manzana. ¿Qué tenía que ver esa descripción de las mujeres como seres poco dignos de fiar, o promiscuos, con el amor de Dios? Las historias de la Biblia no eran directamente sobre las mujeres. Eran historias sobre hombres en las que las mujeres tenían papeles secundarios, como madre, segunda esposa o hija en venta. El hecho de que yo hubiera crecido en un hogar religioso y nunca hubiera oído hablar de Sofía era prueba de que las personas que interpretaban la Biblia eran misóginos y no les importaba nada de lo que tuviera que decir una mujer sabia. El cristianismo no estaba aportando nada a esa búsqueda mía.

Había referencias a la existencia de Sofía, pero nada real, y me sonaban las tripas. Ya era casi la hora de cenar y todavía no había investigado nada sobre Lolita. El último libro me desafiaba, listo para humillarme. Lo volteé, aburrida, y medio dormida avancé por su glosario. Nada, nada, hasta *Sofía*, página 48.

Sofía es la representación femenina de la sabiduría de Dios.

Carajo. Leí esa línea una y otra vez. Leí la página 47 para captar el contexto de la página 48. Sofía era la sabiduría divina manifestada como una fuerza femenina. ¿Dios tenía un lado femenino? ¿O ella era una entidad completa, como el Espíritu Santo? ¿Acaso Sofía era el Espíritu Santo?

—Atención, la biblioteca cerrará en treinta minutos —anunciaron los altoparlantes. Sobresaltada, agarré los libros que necesitaba y corrí a la fotocopiadora. Eché unas monedas en la máquina, y copié páginas y páginas con información sobre Sofía. Algunos papeles atascados me hicieron perder tiempo y maldije a la máquina.

—Cuidado. Esa es un poco sensible —dijo una voz detrás de mí.

Me volteé. Era Kira.

—Entonces, ¿debo patearla? —le pregunté, intentando no tartamudear ni hacer el ridículo— ¿Cuál es el secreto?

—Es más un caderazo.

Kira se acercó y golpeó la ranura de las monedas con la cadera. La copiadora se recuperó y siguió imprimiendo.

—¿Por qué no los tomas prestados?

—No tengo tarjeta de la biblioteca.

—Bueno, la próxima vez que vengas, búscame. Lo resolveremos.

Se marchó. La vi irse caminando y deseé sus Doc Martens y su atención. Eh, aguanta los caballos, tenía que reducir la velocidad. Kira era mega agradable y muy linda, pero ser servicial era su trabajo. No debía soñar despierta. Ni siquiera venía al caso. Yo era la nena de Lainie y ella era la mía. La tapa de la fotocopiadora se cerró de un golpe. Las personas que estaban cerca levantaron la vista. Giré mi cuello hacia ellos y me encogí de hombros. De alguna manera, me las arreglé para hacerla funcionar. Saqué las copias que necesitaba sin romper la jodida máquina, y salí de la biblioteca.

Mi teléfono vibró en mi bolsillo trasero. Me lamí los dientes y lo busqué decidida. Lainie. Agarré el teléfono y contesté.

—Bebé —contesté con entusiasmo—. ¡Me alegro tanto de que por fin podamos hablar!

—Sí, yo también. ¿Está todo bien? —preguntó.

—¿Qué quieres decir? —le pregunté mientras buscaba un lugar cerca de la parada de autobuses donde esperar.

—Has llamado y enviado tantos mensajes que pensé que tenías algún tipo de emergencia —me dijo.

—No, es que no habíamos hablado desde que me fui de casa y te echaba de menos —respondí.

Suspiró:

—Juliet, yo estoy tratando de aprovechar el tiempo en D.C., y que me estés buscando cada cinco minutos me distrae, para decir lo menos. Tú puedes entender eso, ¿verdad?

Esa última frase me dejó pasmada, como si me hubiera sacado el dedo del medio hasta el cuello. Tocaba mi punto débil, dejando ver que la necesitaba. No debí haberle dicho que la echaba de menos. Me senté en el concreto, recostándome al delgado poste de metal de la parada de autobuses.

—Lainie, lo siento, yo…

—Está bien. De todos modos tengo que irme. Hay una reunión de grupo a la que la gente en mi caucus tiene que asistir. Me llamas cuando tengas algo realmente bueno. Te amo.

Las palabras salían disparadas de su boca, demasiado rápido para que yo pudiera captarlas o contestar. Sentí un clic y un tono. El autobús se detuvo. Sus puertas se abrieron y cerraron, y un puñado de personas entraron y salieron. Me quedé ahí, sentada en la acera, mientras una docena o más de autobuses llegaban y salían. Pasaron unas cuantas horas antes de que pudiera levantarme del piso y echar a andar hacia casa de Harlowe. Todas las luces estaban apagadas para cuando llegué. Me quedé dormida, sudando y ansiosa, repasando todos mis mensajes de texto a Lainie, y preguntándome qué había hecho mal.

CAPÍTULO ONCE

ORGANA-PON

"Conoce tu período como a ti misma. Toca los trémulos coágulos de sangre y tejido que escapan y caen intactos en tu panti favorito para el período. Fíjate en los tonos marrón, púrpura y rojo volcánico que salen a borbotones, se derraman y chorrean anunciando su presencia. Desliza tus dedos en la profundidad de tu chocha y aprende cómo se siente tu período antes de salir de tu cuerpo. Mastúrbate para aliviar los dolores, y medita para calmar el espíritu. Conéctate con tu ciclo menstrual. Crea rituales sagrados alrededor de tu cuerpo durante este momento de renovación".

La flor enardecida: Empodera tu mente y empoderarás tu chocha, Harlowe Brisbane

•

CARAJO, ESTOY MANCHANDO. Me levanté de un tirón, con manta y todo. Se me enredaron los pies y aterricé de culo. La manta cayó a un lado y ahí estaba: una brillante mancha color rojo manzana acaramelada de primer día del período. No me jodas. Me adelanté una semana completa. Oí movimiento escaleras abajo y entré en pánico. Sentí náuseas, mi ropa interior estaba empapada en sangre y la mancha en la cama me revolvió el estómago. No sangras en el colchón de otra persona. Es repugnante. Dios, no creía que Harlowe me tiraría una chancla, pero tampoco creía que le parecería bien. Qué mortificación. Por lo menos ahora sabía por qué me había sentado el día anterior en la acera de la parada de autobuses durante horas.

El baño estaba abajo. Y también mis jabones y el acceso al agua o a un blanqueador.

La sangre corría por mi muslo. Mierda. Tenía que limpiar, o esconderme o algo. Busqué en mi mochila y encontré una botella de agua de hacía tres días y mi desodorante. Ofuscada por el pánico, pensé que eso ayudaría a limpiar de alguna forma. Eché lo que quedaba de agua en la botella y restregué con el desodorante. Los retortijones me corrían por la espalda baja y los ovarios. Con los puños apretados, restregando de un lado a otro la mancha, debo haber parecido una loca. No dejé de frotar ni siquiera cuando oí pasos acercándose al ático. "Quizás pueda sacarla…", pensaba.

—¿Qué demonios? ¿Estás bien? —preguntó Harlowe.

—Bueno, aquí, eh, limpiando el colchón. —Escondí el desodorante detrás de mí, y apreté las rodillas. Era un desastre, pegajosa y adolorida. Todo lo que quería era que Harlowe desapareciera y me diera tiempo a recuperar la dignidad.

En cambio, Harlowe se encorvó con las rodillas dobladas.

—¿Sangraste sobre él?

—Sí, lo siento mucho, pero si tiene un blanqueador...

La miré, y enseguida quité la vista. Quería que la tierra me tragara y me salvara de los crecientes niveles de vergüenza que recorrían mi cuerpo.

—Es increíble. —Harlowe me agarró por los hombros y me abrazó—. ¿No te das cuenta de que es una bendición?

La barra de desodorante machacada y teñida de sangre se me cayó de las manos.

Harlowe la miró y se rio.

—No creo que el desodorante funcione. Lo que necesitamos es sal y agua para esta ceremonia.

—¿Ceremonia? —pregunté—. ¿Acaso me va a pedir que haga gárgaras con la sangre de mi período? Porque no creo que pueda manejar eso ahora.

—No, no voy a pedirte que hagas gárgaras —me aseguró Harlowe, riéndose. Caminó al otro lado del ático y me buscó una toalla limpia—. Pero es una buena idea, tendré que investigarlo. No, la sal y el agua son para limpiar la mancha en el colchón. En cuanto a la ceremonia, siempre hay que celebrar los períodos.

Me dio la toalla y la envolví alrededor de mi cintura. Harlowe fue a la cocina y regresó con un envase de sal de mar y un trapo frío mojado. Espolvoreó la sal sobre la mancha y me dio el trapo.

—Restriega la mancha. No porque yo no quiera hacerlo, no me importaría, sino para que aprendas cómo sacar las manchas de la menstruación cuando sea necesario.

Pasé el trapo sobre la sal y la mancha. Después de restregar varias veces, la mancha en el colchón desapareció.

—Guau, eso es un truco de magia. Me adelanté una semana y, de nuevo, pido disculpas. —Sostuve fuerte la toalla en mi cintura y me dirigí a las escaleras. Harlowe me siguió. Corrí al baño y cerré la puerta. Harlowe se quedó parada afuera.

—Te adelantaste porque nuestros ciclos se han sincronizado. No te alarmes, Juliet. Mi ciclo probablemente será el mentor del tuyo.

—Entonces, ¿su período le va a dar a mi período algún calmante o narcótico, o solo vamos a pasar los terribles cólicos con esperanza y polvo de hadas? Jodidos cólicos, es como si aparecieran en cuanto ves la sangre, ¿no? —dije, alterada.

—¿Jodidos cólicos? Juliet, tu cuerpo está pasando por

una transformación extrema. Se está purificando del comienzo de la vida. Mi diosa, ese tipo de pensamiento es el que nos mantiene pegadas a los tampones blanqueados y los tóxicos calmantes placebo. Yo nunca uso esa mierda, Juliet. La meditación y la masturbación son los únicos métodos para aliviar los dolores menstruales. Estoy convencida de que los calmantes empeoran tu ciclo. Espera, ¿se siente extraño que esté parada fuera de la puerta? Es que me honra que tengas tu período en mi casa. Diosa, la energía será extraordinaria.

Me quedé parada con los brazos alrededor del pecho y las rodillas y los muslos apretados, en un intento por evitar que mi período no alfa se saliera. "Carajo, esta no es mi casa. En este baño no hay nada ni remotamente parecido a un Tylenol, y yo no voy a masturbarme en su bañera", me dije. Me paré en la bañera, todavía envuelta en la toalla, con la ropa interior manchada de sangre. Pensar que podía sangrar en su piso, o manchar cualquier otro lugar, me paralizaba. Además, la idea de pasar la mañana corriendo detrás de las manchas de sangre con sal y agua fría tampoco me gustaba para nada.

—Harlowe —le dije con voz débil y avergonzada—. Tengo tampones en mi bolsa, arriba, creo. Y tengo tanto dolor de ovarios que quiero morirme en este instante. Siento tanta vergüenza como con el primer período, para que sepa.

—No te preocupes, Juliet. Déjame ayudarte. Puedo

traerte tus tampones, o mi estuche del ritual del período sagrado —dijo desde el otro lado de la puerta—. ¿Cuál prefieres?

Qué pregunta más cabrona.

—Yo no quiero ser nunca la persona que rechaza un estuche de ritual del período sagrado —contesté, instalándome en la bañera de Harlowe.

La oí alejarse de la puerta y subir por las escaleras. Me encorvé y sostuve las rodillas, y pensé en la primera vez que tuve el período.

Durante toda una semana, justo un mes antes de cumplir los 12 años, escondí, metí y apreté mi ropa interior en un bolsillo lateral de la maleta que había empacado para visitar a titi Penny y a mi prima Ava. Esperaba que nadie los encontrara. No quería arruinar nuestra mini vacación, la única vez que mamá, el pequeño Melvin y yo viajamos sin papá. Ellos no podían saber que yo me estaba muriendo, todavía no. Las manchas marrones y pegajosas en mi ropa interior eran una señal inequívoca de que tenía algún tipo de cáncer o enfermedad de la sangre. Claro que yo sabía sobre la regla. Mamá me había dado la charla y hablaba todo el tiempo sobre su período.

Ava ya lo había tenido y me contó algunas cosas, como, por ejemplo, cuánto dolía. Pero se suponía que fuera rojo, como las manzanas y los camiones de bomberos, no marrón como la mantequilla de maní. Las manchas color marrón oscuro que veía entre mis piernas eran síntomas obvios de que me iba a morir, así que escondí mi ropa interior en la maleta, confiando y orando a Dios cada noche para que me permitiera vivir otro día.

Llegué al jueves. Estaba cepillándome los dientes en el baño de titi Penny cuando mamá entró de sopetón con tres pantis sucios en las manos. El cepillo de dientes se me cayó al piso. Nos quedamos mirándonos mientras el agua seguía saliendo a chorros por el lavamanos. Corrí hacia ella llorando, y me disculpé por haberle ocultado el hecho de que me estaba muriendo. Le conté que había estado orando toda la semana, pero los pegotes marrones de la muerte seguían apareciendo. Ella me abrazó riendo, pasó sus dedos por mis negros rizos sudorosos y me aseguró que no me estaba muriendo. Yo no le creí. Le dije que estaba bien, que yo era una niña grande y podía aceptar la verdad. Ella se arrodilló frente a mí en el piso de azulejos del baño de titi Penny y me juró por Dios que yo no me estaba muriendo. No solo no me estaba muriendo, sino que, en realidad, me estaba convirtiendo en una mujer, una mujer de verdad, y que esas manchas marrones eran mi período. Me dijo que el período podía ser marrón, púrpura o rojo oscuro; acuoso o espeso. Me hizo prometerle que no volvería a ocultarle las cosas, particularmente si pensaba que me estaba muriendo. Le prometí a mamá que siempre le diría la verdad. Me bañó, me trajo ropa limpia y me enseñó a usar una toalla sanitaria. Pasé de sentirme avergonzada a sentirme mágica.

Harlowe regresó con los brazos llenos de productos, como una Santa Claus del período. Encendió velas blancas y rojas alrededor de la bañera de porcelana. Quemó un incienso de canela en la esquina del baño, y ofreció su sacrificio de humo a la Virgen María. Empezó a llenar la bañera de agua tibia mientras yo todavía seguía sentada en ella. El agua entibió los dedos de mis pies, calmó mis sentidos. Harlowe esparció pétalos de rosa y gotas de aceite de lavanda en el agua. Vertió un poco de jabón con aroma de violetas. Las burbujas cubrieron mis tobillos. Me extendió una mano para que le diera la toalla ensangrentada, y se la di. Salió del baño para darme privacidad. Me quité la camisa del pijama y la ropa interior manchada, me sumergí en la profundidad del agua, y me relajé en el silencio y la espuma. Ese ritual sagrado del período se sentía bien, y al mismo tiempo extraño. A mamá le habría encantado.

Harlowe me trajo un té de menta, libros de cómics y un tazón lleno de flores frescas. Sacó una caja gris en forma de nube del gabinete de madera y la colocó sobre la tapa del inodoro. Se sentó en el piso, de espaldas a la bañera, y me leyó la etiqueta.

—"Organa-pones: La manera en que la Madre Naturaleza absorbe Tu esencia. Los Organa-pones están hechos de algodón puro, sin blanquear, para ayudar a las mujeres de todo el mundo a reducir su huella de carbón durante la menstruación".

—No sé lo que tú usas, pero los Organa-pones son una opción. Ahora hablemos de los cólicos. En este momento todo tu calor se concentra en tus ovarios, y eso te hace sentir como si alguien estuviera pateándote tus partes privadas. Toma té para equilibrar tu temperatura abdominal.

Eso era un curso avanzado de sangrado, de nivel 300.

—Relájate con las flores. Ellas añaden la vitalidad de la Tierra a tu cuerpo adolorido. Ahora te voy a dejar sola. Si necesitas algo, me pegas un grito.

Agregó más pétalos de rosa a mi baño, tocó mi hombro, salió y cerró la puerta.

Volví a sumergirme en el agua mientras me concentraba en los pétalos flotantes y pensaba en el poder de su energía. ¿Podría traerla a mi cuerpo, o era solo un cuento hippie? Los pétalos parecían dejarse llevar por el ritmo de las pulsaciones de mi corazón. Salí a la superficie con pétalos de rosa en mi cabeza. El té de menta templó mi pecho y abdomen. Mi confianza en Harlowe pasó de las palabras a una total experiencia corporal. La energía de Harlowe palpitaba a mi alrededor. Era como la energía del taller de escritoras, pero enfocada en mí. Había llegado el momento de creer en el aura, las hadas y todas las demás locuras. Tenía que dejarme llevar o regresar a casa. Y no iba a regresar a casa. Volví a sumergirme, sensible y reflexiva, y dejé que el agua del baño me tragara toda.

Oí que tocaron a la puerta. Harlowe entró. Colocó uno de mis pantalones cortos, una camiseta y una enorme toalla amarilla sobre el inodoro y se fue. Terminé mi baño, me inserté uno de sus bizarros Organa-pones, me puse la ropa cómoda que me había traído y me reuní con ella fuera del baño.

Harlowe me acompañó al ático. Este fulguraba debido el laberinto de velas que ella había encendido. Había improvisado una cama con almohadas y edredones mullidos; el colchón manchado todavía se estaba secando. Me recosté en las almohadas. Harlowe ahuecó otra frazada y la acomodó sobre mis piernas, como si nos halláramos en la Iglesia Pentecostal y yo estuviera llena del Espíritu Santo. Harlowe era la médium entre yo y cualquier espíritu que ella estuviera conjurando.

—Tú controlas la energía en tu cuerpo. Nunca lo olvides, Juliet.

Coloca tus manos en donde más te duela.

Coloqué mis manos justo sobre las caderas, en mi bajo vientre. Harlowe colocó sus manos encima de las mías, pero sin tocarlas.

—Visualiza tus ovarios como un color y dime lo que ves —dijo Harlowe, con una concentración absoluta.

Cerré los ojos y me obligué a creer. Bueno, por lo menos no me está pidiendo que aplauda para darle vida, como Campanita en esa vieja película *Peter Pan* de Mary Martin. Con los ojos cerrados, no veía nada y estaba muy consciente de lo absurda de mi situación. Una punzada de dolor atravesó mi terquedad y me concentré en la corriente dentro de mí. Entonces una visión de mis ovarios inflamados saltó a mi mente. Respiré nerviosa. Harlowe apretó mis manos y me animó a fluir con ese pensamiento.

—Los veo, pero están desgarrados. Están arañados, rojo brillante. Esto es tan extraño, Harlowe —respondí, sorprendida de haber encontrado las palabras para expresar lo que veía.

—Extraña es la única forma de vivir —dijo, con fe firme—. Puedo sentir el rojo en ti solo con mis manos. Tienes que concentrar tu flujo de energía a tus ovarios y cambiar ese color. Tienen que visualizarse en paz, y esta se manifestará con un color diferente. Cuando los veas con ese color, habrás experimentado tu primera sanación.

En algún momento, Harlowe salió de la habitación. Me dejó su fortaleza, que usé para concentrarme.

El sudor se acumulaba en mi frente a medida que mi cuerpo liberaba sus inhibiciones y se ponía a trabajar. Mis ovarios pasaron del rojo del biombo de la policía a un púrpura suave y aterciopelado. Entonces el púrpura se fue atenuando hasta tornarse azul de piscina. Azul. Calma. Frío. Suave. Redirigí esa calma azul para sosegar la vergüenza que sentía porque Lainie no me había dicho que ella también me echaba de menos. Eso me quemaba el corazón como el viento del ártico sobre la piel expuesta. Eso era parte de todo lo que sentía. La sangre en la cama y ese dolor en el cuerpo. Tenía un bajón de amor y de hierro. Y, en vez de levantarme el ánimo, me dio una patada y yo le pedí disculpas. Seguí respirando hasta que el dolor cedió. Los colores en mi cuerpo me mantuvieron calmada. El azul funcionó con todos mis dolores. Me quedé acostada en ese espacio azul meditativo, sin dolor, y perdí la noción del tiempo. Ava va a alucinar cuando le cuente sobre esta mierda de la sanación. (Y, claro, también le dará un patatús con lo de Lainie).

Oí a Harlowe darle la bienvenida a Maxine. Sus voces flotaban por las escaleras cuando me acosté en el colchón. Le di unas cuantas caladas a Saturno y exhalé el humo al aire. Harlowe y Maxine susurraban y reían, y sus voces subían por las escaleras para unirse con el humo de la yerba.

La puerta del dormitorio de Harlowe se cerró rápidamente. El sonido de dos cuerpos sudando el amor subía con el viento. Mi cuerpo añoraba ese tipo de contacto y conexión. Hacer el amor en voz alta, en tu casa, con la mujer que amas, era la base sobre la que había construido las metas de mi vida. Pensar en apretar a la increíblemente sensual bibliotecaria Kira contra una pila de libros me hizo morderme el labio inferior. Fuerte. Nos besábamos contra la fotocopiadora, pero soñar despierta no cuenta como infidelidad, ¿verdad?

La meditación y la masturbación son los únicos métodos para aliviar los dolores menstruales. Tomé una decisión ejecutiva y pasé la siguiente hora poniendo a prueba la segunda parte del ritual sagrado de Harlowe para el período. Lainie ni siquiera me pasó por la mente.

CAPÍTULO DOCE

LAS REPÚBLICAS BANANERAS Y LOS CICLOS DE LA LUNA

"Lee todo cuanto puedas meter en tu cabeza. Lee el diario de tu madre. Lee a Assata Shakur. Lee todo lo que escribe Gloria Steinem y bell hooks. Lee todos los poemas que tus amigas dejen en tu casillero. Lee libros sobre tu cuerpo escritos por personas que tienen cuerpos como el tuyo. Lee todo lo que apoye tu crecimiento como una chica humana, rebelde y dinámica. Lee, porque estás cansada de los secretos".

La flor enardecida: Empodera tu mente y empoderarás tu chocha, Harlowe Brisbane

DESPERTÉ DE MI siesta horas más tarde, con los dedos pegajosos de la vergüenza de los sueños. No podía ir a la biblioteca. Si me tropezaba con Kira, se me notaría en la cara que había sido en ella y no en Lainie en quien había pensado de la forma más descarada. A ver, los sueños y las fantasías son privadas y casi todo es permitido, pero, aun así. Y si de alguna manera Kira percibiera algo de esa vibra "por favor, no me mires", me moriría literalmente.

Ni un carajo me iba a arriesgar a eso. Pero también estaban mi cuerpo, mis orgasmos, mis fantasías. Así que no me sentía mal. Obviamente, me olí los dedos, porque eso es lo que la gente hace en la vida real y yo no me avergüenzo de admitirlo. Todo estaba fresco. Gracias por preguntar.

Me tapé la cabeza con la frazada. Envuelta en la brillante calidez del sol de plena tarde y en un edredón blanco y mullido, deslicé mis manos por mi cuerpo. Revisé los lunares que salpicaban mi clavícula y mi escote. Toqué mis senos, todavía hinchados, pero menos adoloridos que antes. Bajé las manos hasta los bolsillos de las caderas, protectoras de los ovarios, y las dejé ahí. Me envolví con mis propios brazos y sonreí.

—Hola cuerpo —susurré.

Un escopeteo y un rugido afuera avisaban que Harlowe acababa de irse. Me levanté lentamente de la cama y eché un vistazo por la ventana. Tampoco estaba la camioneta negra de Maxine. Tenía toda la casa para mí sola. Eso nunca pasaba en casa. Aleluya.

Me preparé el café en ropa interior: unos pantaloncitos cortos negros y un brasier deportivo rojo de soporte completo, pero no uno de esos feos, sino uno de los realmente monos que tienen malla en la parte de arriba de las copas.

Bueno.

Me dejé caer en el sofá de Harlowe con mi café con leche de soya y revisé mi mochila. Saqué mi libreta púrpura y vi en el fondo el libro *A People's History of the United States*. Lo saqué también. Uf, Phen me había dado ese libro. Harlowe y yo no habíamos hablado sobre él desde que se fue. Todavía me sentía mal por todo el drama con él. Si hubiera sido auténtico y no tan sentencioso, quizás hubiéramos podido entender juntos las cosas de las madres.

Volteé el libro. Prometía ser mejor y más completo que cualquier cosa que hubiera aprendido en la clase de historia. Transé. Ningún día en la biblioteca se comparaba con consagrarme a un grueso libro de historia. En algún momento, pensé, iba a tener que combinar todo lo que había aprendido en esa práctica en algún tipo de tesis o algo. Incluiría el libro de Phen, que engordaría mi sección de bibliografía.

Leer algo escrito por un hombre blanco en casa de Harlowe era como romper una regla no escrita de vivir tu feminismo: sin pensamientos de hombre, nunca. Pero, por otra parte, ese libro no tenía esa vibra molesta de lo importantes que son los hombres blancos y bla, bla, bla.

Ese tipo, Howard Zinn, era como: "¡Oye, tú, despierta! ¡Mira qué fue lo que realmente pasó! ¡El gobierno ha estado mintiendo!".

A People's History explicaba los actos de terrorismo y brutalidad en los que Estados Unidos había estado involucrado. Me mordí la uña del pulgar leyendo, y relacioné esa mierda con lo que había sucedido en el país después del nueve-once, cuando los niveles codificados con colores de presuntas amenazas terroristas saltaban de cada televisor. Me preguntaba si en Latinoamérica había pasado algo semejante cuando United Fruit Company la saqueó en nombre de las bananas, el café y otros recursos naturales. Mierda, justo cuando pensabas que Estados Unidos no podía ser más brutal.

Mis padres me habían enseñado a estar orgullosa de vivir en la tierra de la libertad. Pero ¿qué carajo significa eso cuando es a costa de los países y las vidas de otras personas? O sea, que yo soy libre, pero toda tu vida está destruida y toda la gente que conoces está muerta o endeudada con alguna corporación gringa, ¿no es así?

Leí los fragmentos sobre América Latina unas cuantas veces. Yo no sabía nada sobre esa región. ¿Una latina educada no debería saber? Nuestra nación democrática se había adueñado de las tierras de otras personas, las había despojado de todas las cosas hermosas oriundas de su suelo, y había esclavizado a las poblaciones que vivían ahí para que lo cosecharan. Quiero decir, eso fue lo que pasó en Estados Unidos. Los colonizadores blancos cometieron genocidio contra los nativos, les arrebataron la tierra y crearon todo un sistema violento de esclavitud, robándose a la gente de África para crear en América un lugar seguro y rentable donde los blancos pudieran vivir. Pero yo no sabía que habíamos hecho lo mismo en todas partes. Esa es la mierda que disfrazan en la clase de historia avanzada del Sr. McGregor.

Las entrañas de Estados Unidos me ponían los pelos de punta. El patriarcado sociópata seguía siendo un viejo verde incapaz de reformarse.

Escribí los términos que sobresalían: *United Fruit Company, Guatemala, intereses estadounidenses, Política del buen vecino, república bananera.* El libro mencionaba las repúblicas bananeras, pero no las definía. ¿Qué carajo era una república bananera? Me preguntaba si tendría que ver con la tienda favorita de Lainie.

Me dio escalofríos pensar en todas las veces que me había hecho ir a esa tienda burguesita aburrida. Los empleados nunca me dirigían la palabra, y mi culo no cabía en nada de lo que vendían allí. Busqué en el índice de *A People's History* y no encontré nada más específico sobre las repúblicas bananeras. Me levanté de un brinco del sofá y escudriñé un maltrecho diccionario en el librero de Harlowe.

República bananera: término peyorativo que se refiere a un país políticamente inestable, que se limita a producir productos básicos (ej., bananas), gobernado por una pequeña élite autoelegida.

¿Qué carajo? Repugnante. Gente blanca con su mierda imperialista acaparándolo todo. ¿Y como necesitaban ropa especial para ir a apoderarse de los países tropicales decidieron abrir pequeñas tiendas monas llamadas Banana Republic? Guau.

Abrí mi teléfono. No tenía mensajes ni llamadas perdidas. Claro que no. De repente había que tener un motivo "realmente bueno" para llamarla. Eso me había descolocado, porque ¿quién se creía que era ella para tomar esa decisión? ¿Y qué es lo que es "realmente bueno", después de todo? ¿Acaso no es suficiente "quiero oír tu voz"?

Pero esa mierda de la república bananera era importante. Este era el tipo de cosas que hablábamos en clase. Tenía que llamarla. Si contestaba, caeríamos de nuevo en nuestro ritmo de debates intelectuales y coqueteo de *nerds*. Caminé en círculos mientras sonaba. Contestó. ¡Milagro!

—Hola, bebé —dijo, sin entusiasmo en su voz.

No dejé que eso me molestara. Nones.

—Lanes, ¿sabes lo que es Banana Republic? —le

pregunté, mientras jugaba frenéticamente con mi cabello.

—Sí, es el único lugar donde consigo pantalones kaki que me queden bien.

—No, Lainie, no puedes comprar más ahí. Ese nombre tiene que ver con una mierda que el gobierno de Estados Unidos le hizo a América Latina por sus bananas, y para controlar la región, entre otras cosas turbias.

—¿Y tú crees que yo no sé lo que es una república bananera? Me sorprende que tú no lo supieras —dijo, y sonaba divertida.

—Espera, ¿eso es algo que la gente sabe? ¡¿Tú lo sabías?! Eso es una mierda, Lainie. O sea, una tienda está sacando provecho de un nombre que viene de joder a la gente en América Latina. ¿No es contra ese tipo de cosas que debemos protestar, boicotear, o cualquiera de esas cosas que probablemente estás haciendo en el campamento para lesbianas demócratas?

—Juliet, cálmate. Es solo el nombre de la tienda, como Gap. De nuevo, unos kakis increíbles, y el nombre no significa nada realmente. Relájate.

—Eres igual que ellos —dije en voz baja.

—¿Qué? —preguntó.

La crispación en su voz me reveló que todo su cuerpo de repente se había puesto en alerta, enfocado en mí.

—Lo sabías y no te importó. Eres cómplice —le dije.

—Basta —me interrumpió— ¡Yo no le puse el nombre a la tienda! ¿En serio, Juliet? Te dije que me llamaras con algo realmente bueno, y en vez de eso me llamas para acusarme. Parece que no podemos tener una conversación agradable en estos días, ¿eh?

—Las conversaciones requieren llamadas, algo que tú pareces haber olvidado cómo se hace —le respondí, perdiendo oxígeno en los pulmones—. Yo te he llamado y enviado mensajes de texto. Tú no te has comunicado conmigo para nada. Me sorprende que estemos hablando ahora. —Caminé de un lado a otro de la sala—. Pensé que te ibas a emocionar con este chiste materialista sobre corporaciones que financian toda una región del planeta, pero a ti te parece normal.

—Ajá, llámame "Lainie, la invasora de Latinoamérica". Por Dios, Juliet —dijo, se lamió los dientes y suspiró.

La cháchara de voces amistosas del otro lado me recordó que vivíamos en dos mundos diferentes.

—Si el nombre te va bien —le dije.

Le di una jalada a mi inhalador plástico. Lainie saltó antes de que mis pulmones pudieran siquiera expandirse.

—Discúlpate —me exigió—. ¿Sabes qué? Tú no tienes la menor idea de la presión que tengo encima. Tú estás con Harlowe Brisbane, la Dama de la Chocha. Dudo mucho que ella te tenga un horario para cada minuto de tu vida. —Lainie fue tajante, y su voz, punzante—. No voy a discutir contigo en este momento.

Oí el repique de mensajería instantánea de AOL de su lado, y entonces Lainie colgó. Eso fue todo. Eso fue todo lo que nos dijimos. El inhalador de albuterol me agitó más. No podía relajarme. "¿Estoy loca? ¿Le di el trato Harlowe? Me acaba de colgar el teléfono", me dije.

La puerta del frente crujió al abrirse y di un brinco, todavía en ropa interior.

—Hola, dulce Juliet —canturreó Harlowe —. Traje cosas deliciosas para cenar, de la finca comunista de mi amiga.

Traía varias bolsas reutilizables con comestibles. Corrí a la puerta a ayudarla. Me dio un fuerte abrazo, con las bolsas todavía en la mano. Llevamos las bolsas a la cocina. Me puse una camiseta, me subí al mostrador y la observé desempacar todos los víveres. El reloj de pared de Juana de Arco dio la hora.

—¿Cómo estuvo tu día? —preguntó Harlowe.

—Le grité a mi novia por comprar en Banana Republic.

—Es gracioso que tengas una novia que compra en Banana Republic.

—¿Por qué?

—Bueno, ¿tú compras ahí?

—No.

—¿Por qué no?

—Porque es burgués.

—Exactamente.

—Bien, pero la cosa es que realmente yo solo quería preguntarle por qué no ha hecho un esfuerzo por llamarme y hablar conmigo. Quería decirle que la extraño, pero lo que hice fue quejarme del imperialismo y de United Fruit Company y los pantalones kaki y la mierda, y ella me colgó.

—¿Ella te colgó? —Los ojos de Harlowe se abrieron, interesada, molesta por mí, o eso parecía—. Juliet, eso es horrible. Digo, primero es una grosería, es de muy mala educación colgarle a alguien, a menos que tú la hayas insultado, pero no creo que lo hayas hecho, ¿o sí?

—No, no creo. Bueno, la llamé cómplice, en confabulación con la supremacía blanca y las invasiones extranjeras.

—Uy. Digo, desde el principio para mí el asunto de Banana Republic hubiera sido un factor decisivo, pero, ¿por qué te importa ahora?

¿Por qué me importaba?

—Yo no sabía antes todas esas cosas malas. —Le enseñé el libro *A People's History*—. Phen me dio este libro, de la forma más idiota, pero bueno. Empecé a leerlo y ahora me importa, ¿entiende? Y yo quiero que a Lainie le importe y, mano, estos cólicos son de lo peor.

Harlowe me dio una palmadita en la rodilla y una

bolsa de granola. Sacó pimientos, setas y zanahorias de la bolsa reutilizable. El chop chop que hacía al cortar los vegetales sobre el mostrador llenaba la cocina. Yo no me moví de mi lugar. Mamá ya me hubiera regañado con cariño para que me bajara y ayudara. Pero Harlowe no era mi mamá. Harlowe era otra cosa. La observé rebanar pimientos y zanahorias en finas tajadas. Calentó panes sin levadura en una sartén de hierro, y los colocó en una bandeja. Llenó boles pequeños de humus y chutney de mango.

—Ella sabía que el nombre Banana Republic significaba algo, ¿sabe? Es un sarcástico 'jódete' a los países explotados por sus recursos naturales. No puedo creer que yo no lo supiera y ella sí. O sea, me siento humillada. He estado parada en esa tienda con ella millones de veces, y siempre se me ha puesto la piel de gallina. Ninguna de esa ropa fue hecha para que me sirviera. Ninguna de las personas que compran allí lucen como yo. Las pocas veces que he entrado sola, los empleados de la tienda me han seguido. Todos son blancos, flacos y ricos, ajenos al hecho de que soy una persona. Creía que esos pensamientos estaban en mi cabeza, que eran producto de mi imaginación, pero tal vez no. Quizás hay algo intrínseco en una tienda así que me hace sentir de esa manera. Es incluso más grande que la tienda, ¿verdad? Todo es así en este mundo. Es fuerte.

—Fuerte como un enorme par de hermosos ovarios.

Ponte un poco histérica, Juliet. Digo, por eso se inventaron los vibradores, ¿no es cierto? Haz las preguntas que te hagan sentir que el corazón se te sale del pecho. La sociedad, el gobierno, las estructuras del poder supremacista blanco, el odio descarado a las mujeres, y otro montón de instituciones conspiran para que tengas que escarbar para poder encontrar una pizca de verdad. Ellos no quieren que escarbes. Así es como está configurado este mundo. Las personas ni siquiera quieren decirte que tu vagina se llama vagina, ¿entiendes? ¿Por qué alguien explicaría la historia racista y violenta de su negocio? Capitalismo, bebé.

—Y lo gracioso es que fue Phen quien me compró este libro —le comenté—. A pesar de lo duro que fue conmigo, me ofreció otro lugar para empezar a excavar. El libro de usted fue el primero, pero este, ¿me entiende?

Harlowe me miró con sus grandes ojos azules aguados.

—Sí, Phen es espléndido —respondió.

—¿Le entristece que se haya ido? —le pregunté.

—De ninguna manera. Él tomó la mejor decisión para él. En realidad, estoy orgullosa.

—Vale. —Asentí con la cabeza.

Comí un bocado, y le deseé lo mejor.

A medida que comíamos, Harlowe me habló de sus amigas comunistas de la finca, quienes además eran parteras y tocaban en una banda *hillbilly* funk. La que se llamaba Jug tocaba jugs. Yo le conté los detalles de mi encuentro con la increíblemente sexy bibliotecaria Kira, capaz de inducir fantasías, y de las atractivas lesbianas de Blend que quieren que ella presente allí una lectura. Le dije que no estaba muy segura sobre qué era lo de las aliadas blancas, y le pregunté por el taller de Octavia Butler y si Maxine no iría a casa esa noche.

—Maxine tiene su casa en Northeast Alberta, pero hoy es la noche de Zaira. —Harlowe se encogió de hombros.

—Espere, ¿qué quiere decir que es la noche de Zaira? ¿Están haciendo otro taller? —le pregunté.

Los celos se apoderaron de mí rápidamente. Yo quería estar allí también.

—No, no es otro taller. Zaira es la pareja secundaria de Maxine —dijo Harlowe.

Escándalo. Tres Mujeres, Una Relación. Portland.

Me quedé con la boca abierta.

—Usted es la primaria, y Zaira, la secundaria. ¿En serio? ¿Tienen a Maxine en noches diferentes? ¿Así es que funciona esa cosa de 'poli'? —pregunté, con los ojos muy abiertos.

Tenía que guardar la compostura.

—Sí y no. Maxine comparte su tiempo como ella estima conveniente y como ella desea. Así es como funciona eso del 'poli' para nosotras. Zaira y yo no somos pareja en el sentido romántico, pero nos conocemos hace mucho tiempo. Hay respeto mutuo. Además, ella es una de las mujeres más brillantes y hermosas que he conocido. Me alegra que hayan encontrado el amor juntas también.

El rostro de Harlowe era dorado, incluso en la oscuridad. Y lo que dijo fue la poesía de amor más hermosa y gay. Si Harlowe podía estar enamorada de Maxine mientras Maxine y Zaira se amaban, entonces yo podía tener un *crush* con Kira, la bibliotecaria, y con Maxine, y seguir enamorada de Lainie, incluso después de todo el asunto ese de Banana Republic.

La mente de Harlowe parecía estar en otra parte. Preparó un cigarrillo y lo dejó sobre un muslo, sin encender. Comí un poco más y saqué dos Sierra Nevada del refrigerador.

Harlowe colocó un calendario sobre mis piernas. Era casi tan ancho como mis regordetes muslos color marrón.

—Se basa en los ciclos de la luna. Yo lo uso para monitorear mi período, y creo que será esencial para ayudarnos a dar seguimiento a esas mujeres que estamos investigando.

Una luna de color amarillo brillante, fluida en su diseño con base de acuarela, se extendía por todo el frente del calendario.

—¿Quiere que monitoree sus períodos?

Harlowe se rio. Su risa podía confundirse con un graznido, un alegre graznido. Hojeó el calendario.

—No, bueno, sí. Si pudieras de alguna forma. Ay, diosa mía, ¡eso sería brillante! —Harlowe volvió a reír graznando—. Pero lo que estaba pensando era que podríamos anotar sus fechas de nacimiento y sus signos astrológicos, no solo sus logros, para así quizás conectarlas de alguna manera espiritual, tipo guerreras de la luna. Eso sería genial, ¿verdad?

—Sí, completamente —dije, hojeando el calendario.

Ese día y el anterior estaban marcados con una P roja gigante. De hecho, todos los días de la semana en curso estaban marcados con la P gigante.

Harlowe tocó la fecha actual con un dedo.

—Esa soy yo, aquí, período alfa. Siempre regular. Siempre conectada a la Señora Luna.

—¿En serio cree que importa que llevemos cuenta de sus fechas de nacimiento? O sea que, ¿de verdad cree en eso de la astrología?

Harlowe tomó un sorbo de cerveza.

—Hay mucha sabiduría en el mundo que ha sido descartada porque proviene de tradiciones creadas por mujeres, indígenas, o culturas distintas a la del hombre blanco. Así que, claro que sí, creo en esas cosas.

—Vale, me apunto. Tiene razón.

Agarré el calendario, añadí mi cumpleaños y puse una

P gigante en la siguiente semana. Ella encendió el cigarrillo. Nos sentamos hombro con hombro y hablamos sobre lo que había descubierto de Sofía, y nos preguntamos qué clase de período majestuoso y surreal tendría la representación femenina de la sabiduría de Dios. Harlowe y yo hablamos hasta bien tarde en la noche.

Antes de acostarme, revisé mi teléfono. No tenía mensajes nuevos de Lainie. Me contuve de llamarla, enviarle mensajes, o deshacerme en disculpas melodramáticas en su correo de voz. Apagué el teléfono y respiré hondo. Inhala y cuenta hasta diez, aguanta y cuenta hasta diez, exhala y cuenta hasta diez. Necesitaba dormir, y tiempo para pensar.

CAPÍTULO TRECE

YO NO VINE A MATAR A NADIE, YO VINE A MORIR

—NI SIQUIERA DEBERÍA estar hablando contigo por teléfono en este momento —susurré.

—Pero, ¿por qué no? —preguntó mi prima Ava con acento puertorriqueño, que usaba o escondía según la situación.

—Porque estoy en la biblioteca. —Me escondí entre dos pasillos de libros. Era mi tercer día consecutivo en la biblioteca. Es curioso cómo una pelea con tu novia puede hiperimpulsar tu concentración.

—Ay, Juliet, a nadie en la biblioteca le importa. Y te digo que el libro que necesitas sobre Lolita Lebrón se llama *Galería de mujeres*. Lo escribió su nieta, y me molesta que tú no sepas quién es y tenga que venir una gringa blanca a hablarte de tus antepasados.

—Oye, tú y yo crecimos juntas y nunca te oí hablar

de ninguna Lolita Lebrón. ¿Cómo iba a saberlo? No es parienta nuestra, y Harlowe no me dijo nada. Encontré su nombre en una pila de nombres, así qué cógelo suave.

Ava dejó escapar un suspiro a medias.

—Juju, si tú fueras una blanquita despistada, ahora te menospreciaría. Pero, como eres mi sangre, te perdono. Lolita Lebrón fue la nacionalista puertorriqueña más increíble. Luchó por la libertad. Quiso poner una bomba en el Congreso en los años cincuenta.

—Vale, pero ¿cómo tú sabes sobre ella y yo no?

—Nena, esa es mi rutina en estudios étnicos. Por eso debes venir a visitarme. No tengo clases hasta agosto. Ven a sentarte en este balcón conmigo, a fumarnos unas plantas, divertirnos, hablar sobre el impacto global de la colonización y los méritos de la sexualidad desviada.

—Tantos méritos. Todo eso suena bien, Ava, pero no puedo dejar esta práctica. Tengo que quedarme en Portland hasta terminar. Pero, nena, sabes que si pudiera lo haría.

—Está bien, pero te extraño, y si encuentras algún otro escollo con las doñas en esos papelitos mágicos, me llamas ¿okey? Bueno, llámame de todos modos. Te amo.

—Yo también. Ah, y oye, tengo un montón de cosas del período que contarte —le dije, un poco alto en medio de la biblioteca.

—¿Cosas del período? —preguntó Ava—. Sabes que me encantan las cosas de período.

—Vale, hablamos pronto.

Ava me hizo sonreír en grande. Ella era chévere, bien chévere, y siempre me abría su corazón. Nuestra relación tenía la solidez que solo se da entre primas. Si en algún momento la necesitaba, sabía que ella me apoyaría, pero nos faltaba el contacto diario. ¿Desde cuándo sabía tanto? ¿Cómo pudo dejar caer lo de la colonización, así como así, en la conversación? La quería muchísimo. En cualquier otro momento hubiera agarrado el primer avión a Miami. Pero sentía que era necesaria donde estaba. Harlowe me necesitaba. Mi propósito estaba claro. Digo, no es que antes no hubiera estado claro. Mamá y papá solo me pedían tres cosas: buenas notas, obedecerlos y tener fe en el Señor. Siempre cumplí con las tres. Fajarme estudiando, obtener A en los exámenes y obedecerlos a ellos y a Dios era mi manera de agradecerles y de respetar su ética de trabajo. Como primogénita, no tenía mucho que decir al respecto. ¡Saca buenas notas o vas a ver! Adora a Dios o vete al infierno. Haz lo que te digan o atente a las consecuencias. Cuáles eran las consecuencias, estaba demasiado asustada para averiguarlo. Pero esa práctica me había dado un propósito diferente. Yo la había elegido. Yo le había escrito a Harlowe. Yo había pedido, había deseado y había recibido.

De todos modos, la idea de ir a visitar a Ava y a titi Penny era tentadora. Ava, la rebelde, la diosa morena, la bella que había recibido becas completas de todas las universidades a las que había solicitado matrícula, la que usaba lápiz labial negro y medias de red en el templo. Y titi Penny, mi titi favorita en secreto, la animaba y le permitía todo, manteniendo al mismo tiempo la norma de excelencia a la que ambas se habían comprometido. Pasé muchas noches escuchando los trenes pasar rugiendo, y la música cristiana de mis padres, deseando en cambio haber sido hija de titi Penny, que Ava y yo fuéramos hermanas, que yo estuviera en otra parte.

Pero no era el momento apropiado para viajar a Miami. Ya yo estaba en un lugar hermoso y extraño. Tenía una misión y nada iba a distraerme. Nada.

Kira estaba en el mostrador de información. Sabía que ella trabajaba el turno del sábado por la mañana. Me ayudó a obtener la tarjeta de la biblioteca, y a encontrar la única copia que tenían de *Galería de mujeres*. Me senté en un cubículo, totalmente inmersa, absorbiendo imágenes de una mujer puertorriqueña fuerte y de su lucha por la liberación, a través de los ojos de su nieta. Me sentí también su nieta, sentada a los pies de un sillón, asimilando la historia de la vida que la abuela de alguien había vivido alguna vez. El legado de Lebrón pesaba mucho, como un tumor, sobre la vida de su nieta. De hecho, desde el principio Irene Vilar admitía que había intentado suicidarse, y que había estado en una institución mental. Mano, si mi abuela tratara de derrocar al gobierno y terminara en prisión por el resto de sus días, yo también tendría problemas bien profundos con los que lidiar. Ese tipo de dolor tiene que ser hereditario, ¿no?

Pero, me sentí orgullosa de la osadía de Lolita Lebrón de entrar a la Cámara de Representantes de EE.UU. y disparar en nombre del nacionalismo puertorriqueño. Corría el 1954 y el gobierno estadounidense trataba a Puerto Rico como su isla privada: extraían azúcar, usaban sus costas con fines militares y aprobaban leyes contra el despliegue de banderas puertorriqueñas o la lucha por independizarse de Estados Unidos.

Aparentemente, EE.UU. no le había preguntado al pueblo de Puerto Rico si querían ser un protectorado o no. Nunca le preguntaban nada al pueblo. Solo se habían apoderado del territorio después de la Guerra Hispanoamericana. Lolita no se tragaba nada de eso. Se había hecho nacionalista en la Isla, y cuando se mudó a EE.UU. a finales de la década de 1930 vio cómo discriminaban a su pueblo, condenado a una pobreza obscena. Siguiendo las órdenes de Pedro Albizu Campos, líder del Partido Nacionalista Puertorriqueño, Lolita Lebrón encabezó el *coup d'état* a la Cámara de Representantes. Disparó los primeros tiros y gritó: "¡Viva Puerto Rico Libre!".

¿Mi Estados Unidos le había hecho eso a Puerto Rico?

El país al que juré lealtad durante todos mis años de escuela, el país donde supuestamente cualquiera puede salir de la pobreza y convertirse en alguien de provecho, ¿ese país diezmó a una isla entera? Y yo que pensaba que las repúblicas bananeras eran la peor parte. ¿Cómo es posible que yo no supiera esa historia? ¿Cómo podía caminar por mi cuadra con un pañuelo boricua alrededor de mi cabeza, o desfilar por la Quinta Avenida junto a la carroza de Goya en el Desfile Puertorriqueño sin tener idea de que algunas personas fueron encarceladas o asesinadas por manifestarse en contra de la ocupación estadounidense de Puerto Rico?

¿Cómo es que yo sabía quiénes eran Walter Mercado y Jennifer López, pero no sabía nada de Lolita Lebrón? Veíamos *West Side Story* todos los años en Acción de Gracias, nos identificábamos con los Sharks, llorábamos por las penas de María y sufríamos con ella. Asociábamos nuestra identidad puertorriqueña con una película cuyos protagonistas eran blancos. Mis padres tampoco me habían dicho eso. Tuve que enterarme en AMC que Natalie Wood era blanca, y lloré como una condenada ese día. Sentía que me habían arrebatado algo, como si la narrativa de mi identidad de Nuyorican se hubiera entretejido con una mentira. ¿Por qué era más importante en nuestro hogar repetir interminablemente un musical, pero no un acto de valentía en nombre de un Puerto Rico libre? Quizás Estados Unidos nos había tragado a todos con nuestras historias, y había escupido lo que fuera que quería que recordáramos de una forma cinemática, llamativa y llena de canciones pegajosas. Y los que no teníamos ese otro conocimiento de primera mano, los que no sabíamos de los disturbios y los actos de desobediencia política, solo inhalábamos lo que nos daban.

Leí y tomé notas sobre la vida de Lolita Lebrón sin prestar atención a la gente que se paseaba por la biblioteca. Ni siquiera pensé en Kira. Escribí y leí hasta que me dolían los nudillos. Las preguntas en mi cabeza no me daban descanso. ¿Mis padres sabrían sobre ella? Tenían que saber, ¿no? ¿Por qué nunca me dijeron nada? ¿Por qué todos estaban en la mierda de "no le cuentes nada a Juliet sobre la vida"? Hubiera intercambiado todo lo que sabía sobre Abraham Lincoln o sobre Jesús convirtiendo el agua en vino por una tarde de historias sobre Lolita con mamá y papá. ¿Cómo pudieron no decirme algo así? ¿Qué clase de puertorriqueños querían que fuéramos el pequeño Melvin y yo?

Una parte de mí quería llamar por teléfono a mis padres, pisar fuerte por la biblioteca e interrogarlos. Pero eso es lo que había hecho con Lainie y me explotó en la cara. Ya habían pasado dos días completos desde el fiasco de Banana Republic y no habíamos hablado más. Pasar por todo ese drama innecesario con mis padres parecía estúpido.

Además, lo último que quería hacer era complicar más las cosas, distanciarme aún más de ellos. Prefería quedarme sentada en el purgatorio emocional que lanzarme de lleno a las ardientes entrañas del infierno y cuestionar los métodos de mis padres con relación a nuestra crianza. Quizás solo estaba perdiendo los estribos. De cualquier modo, no iba a precipitar nada en esa dirección. Conté hasta diez en mi mente y seguí leyendo.

Cuando arrestaron a Lolita Lebrón después del atentado a la Cámara de Representantes, afirman que dijo: "¡Yo no vine a matar a nadie, yo vine a morir por Puerto Rico!". Escribí sus palabras en mi libreta púrpura y me imaginé cómo se verían tatuadas en mi pecho. ¿Cómo se sentiría estar tan comprometido con algo como para morir por eso? Yo no había sentido eso por nada. Ni por ser gay ni por tratar de convertirme en feminista, por nada. Quizás esa era la diferencia entre Ava y yo, o entre Lainie y yo, o entre todos los demás y yo. ¿Acaso todos los demás tenían ese sentido de propósito en sus vidas?

Una nota cayó sobre las páginas de *Galería de mujeres*. Levanté la vista a tiempo para ver a Kira dar vuelta en la esquina empujando una carretilla.

Hola, tengo galletitas. ¿Nos vemos en la escalinata del frente en 10? —K

•

Leí la nota de Kira varias veces. Un golpe de calor me recorrió todo el cuerpo. Galletitas. Ella tenía galletitas y las iba a compartir conmigo. Di un salto, lancé el libro de Lolita en mi mochila y me revisé la bragueta para asegurarme de que tenía los pantalones cerrados; no podía permitir que pasara algo vergonzoso. No había probado ni una jodida galletita desde que salí del Bronx y aterricé en la saludable y vegana Portland. Caminé hacia el frente, vi las escalinatas por la ventana, me puse nerviosa y me oculté en el baño.

Pensaba demasiado. Demasiado.

Los senos me empezaron a sudar. La piel sobre mis labios también empezó a sudar. Ay, Dios. ¿Encontrarse con una chica para comer galletitas contaba como una cita? ¿Tenía que informárselo a Lainie? Bueno, de todos modos, ahora no podía hacerlo. No, estaba bien. Si Lainie iba a "aprovechar" al máximo su práctica, yo tenía derecho a hacer lo mismo.

Además, carajo, alguien fuera de Harlowe o Maxine estaba siendo dulce conmigo. ¿Me estaba tardando demasiado? Miré mi reloj. Quedaban ocho minutos. Quizás era totalmente normal, un escenario de amigas compartiendo galletitas, en cuyo caso estaba perdiendo el tiempo valioso de comer galletitas. Respiré hondo.

El espejo me devolvía la imagen de alguien muy estresado, regordete en algunas partes, con el cabello demasiado crespo en las puntas. No me había sacado las cejas en dos semanas. ¿La linda bibliotecaria quería janguear conmigo? Me sequé el sudor de los senos y el cuello. Me eché un poco de agua en la cara y me acomodé los pelitos sueltos. Yo podía hacer eso. Podía comer galletitas con Kira. Empujé la puerta del baño para abrirla y caminé hacia la puerta. Ella estaba sentada en el primer escalón. A su lado había una lata repleta de galletitas de chispas de chocolate, mis favoritas. Me hizo señas con la mano. Tenía dos mitades de una galletita en su mano; me ofreció una. La acepté y me senté a su lado.

Comimos en silencio, mirándonos de refilón y tratando de disimular tímidas sonrisas. Las botas negras le llegaban a la rodilla. Me quedé mirando las hebillas doradas que las cruzaban a la altura de los tobillos. En dos mordiscos, la mitad de Kira desapareció. Partió otra galleta a la mitad y me la ofreció.

—Me gusta hornear, mayormente galletitas. Es raro, pero no puedo confiar en las personas que no comen dulces. —Los bordes de sus labios se fruncían contra sus dientes cuando hablaba. Tenía una perforación en el labio inferior. Deseaba besarla.

—Tampoco yo. No confío en las personas que no comparten, así que, gracias —respondí, tratando de que los nervios no me mataran.

Oficialmente ocurrió contacto visual entre nosotras. Me acerqué un poco más a la lata.

—No hay de qué —contestó Kira, limpiándose las

migajas de los labios y corriéndose, sin querer, el pintalabios color ciruela—. Te pasé por el lado dos veces y está bien que no te dieras cuenta, pero me hizo preguntarme qué estabas leyendo porque, digo, yo he estado leyendo todo el día y eso no evitó que te viera.

La cantidad de mariposas revoloteando dentro de mí era descomunal. O sea, mega descomunal.

—*Galería de mujeres*. Es la biografía de una mujer llamada Lolita Lebrón. Para resumirte el cuento, ella protagonizó un tiroteo en el Congreso en los años 50 en nombre del nacionalismo puertorriqueño. Me he pasado buena parte de la tarde preguntándome por qué mis padres nunca me hablaron sobre ella. Entonces una dulce chica dejó caer una nota en mis piernas y yo casi me quedo escondida para siempre en el baño porque me ofreció galletitas.

—Me alegra que hayas podido salir del baño. Y, para ser justa, tuve tres ataques cardíacos antes de dejar caer la nota. Quiero saber más sobre tu investigación y la mujer que hizo estallar el Congreso, y sobre ti.

—¿Más sobre mí? —le pregunté.

—Sí, de ti. Pero mi descanso se termina —dijo Kira, y deslizó su larga cabellera negra sobre un hombro, con un movimiento lento—. Quizás te puedo llevar o acompañar a algún sitio más tarde, ¿te parece?

Se puso de pie, y yo también. Nos separaban solo unas pulgadas; no había a dónde escapar. Me sonrió, y un hoyuelo del tamaño de una moneda de diez centavos se dibujó en su mejilla. Podía presionarlo con un dedo o con los labios.

—Sí, claro, cualquiera de las dos. Me puedes llevar a casa o acompañarme a cruzar la calle hasta la parada del autobús.

¿Podría darse cuenta de que yo estaba a punto de enloquecer? ¿De que si se me acercaba se la daría justo ahí en las escalinatas?

—Te espero aquí después de cerrar. Qué bueno que te gustaron las galletitas —dijo.

Recogió la lata y entró. Desapareció por las puertas de la entrada. Yo todavía tenía la mitad de una galletita en la mano y mucho tiempo para hiperventilar antes de que la biblioteca cerrara.

No recuerdo haber vuelto a entrar. Solo recuerdo la calidez que sentía. Hacía mucho tiempo que nadie se fijaba en mí de la manera que lo había hecho Kira. En el Bronx estaba acostumbrada a que los hombres me pitaran en la calle o me hicieran una encerrona en la bodega. Imponían o exigían una atención no deseada. Y en la universidad fui yo quien persiguió a Lainie. Puse empeño en ser dulce y buscar la manera de hablarle. Pero Kira, le nena de la biblioteca, fue ella quien me buscó. Ella me había encontrado mona. Ella quería conocerme mejor. Kira. Escribí su nombre en el margen de la libreta. Las galletitas también estaban riquísimas. Tendría otra cita con ella para comer galletitas cualquier otro día de la semana.

De regreso en la biblioteca, intenté recobrar la compostura. Me faltaba trabajo por hacer. No pude encontrar otros libros sobre Lolita Lebrón. Incluso le pedí ayuda a Kira y no encontramos nada. Encontramos algunos libros sobre Puerto Rico durante la época en que ella había sido una activista, antes del atentado al Congreso. Pero esos libros hablaban de los hombres que lideraban la revolución. Cualquier cosa sobre Lebrón se limitaba a lo sumo a un párrafo, y con frecuencia era solo una nota al pie de página. Ella no había estado sola en la emboscada del Congreso. Había varios hombres con ella. Nada sobre ella o sobre el atentado era tan sustancial o tan interesante como *Galería de mujeres*. La investigación me mantuvo ocupada por varias horas más y me hizo olvidar los nervios que sentía por Kira y la angustia que tenía por el silencio que había entre Lainie y yo.

—Atención, la Biblioteca Central del Condado de Multnomah cerrará dentro de quince minutos.

Saqué mis copias y pedí prestados los libros. Estaba ya saliendo de la biblioteca cuando recordé el ofrecimiento de Kira de llevarme a casa. Volví sobre mis pasos y me encontré otra vez en el baño. De nuevo los pelitos rebeldes y yo nerviosa. Estaba bien. Solo caminaríamos hasta la parada de autobuses. Me eché agua fría en la cara, y con las manos mojadas alisé otra vez los finitos cabellos rebeldes. Recogí mis rizos negros en una cola de caballo estilo serio. Impecable. Tranquilo. Inmutable. Saqué el delineador negro, difuminé una línea oscura a lo largo de mis párpados, la luz de color gris pizarra del baño no ayudaba. Después, la máscara para pestañas largas y abultadas, para verme menos como un personaje de *La casita de la pradera* y más como *Mi Vida Loca*. Me puse en los labios el brillo Explosión de manzana y me miré al espejo. Mejor, rostro fresco. Contemplé mi imagen en la estática del espejo del baño, intentando imaginarme que ella quisiera besarme. Me miré otra vez y me vi bien. Yo me besaría.

El viento afuera se sentía frío en la cara. La gente salía en masa de la biblioteca, solos o con sus niños. El cielo se rajaba en pedazos de naranja neón y suaves rosados. Una pareja de adolescentes se grajeaba en la esquina de la calle. Qué envidia. Estaban recostados en un buzón. El autobús que yo tomaba habitualmente pasó volando por la parada. Le dije adiós con la mano, como queriendo decir: "Los veo luego, tontos, conseguí una cita con una bibliotecaria".

Me senté en las escalinatas de la biblioteca y esperé a Kira. La oleada de gente que salía del edificio disminuyó. Los rosados suaves se transformaron en tonalidades naranja sangre, el cielo se movió al oeste y se llevó las nubes. Kira no aparecía. Más abajo de la cuadra, el motor de una motocicleta rugió. Sonaba como una motocicleta urbana, quizás una Kawasaki o una Honda.

Ese sonido me recordaba a mi vecino de al lado, Big B. Él corría con el grupo Ruff Ryders y se ganaba la vida arreglando motoras. Los sonidos de los motores rugiendo y las gomas chillando en las curvas cerradas llenaban mis noches de verano. Me preguntaba qué estaría haciendo esa noche. Absorta en echar de menos al Bronx, no vi la motora hasta que se detuvo frente a mí. Pero no era una motocicleta urbana, era una vieja Harley, como las que verías en una película de los años setenta o algo así. El motociclista llevaba mahones azules apretados y una sudadera con capucha debajo de un *jacket* de cuero negro. Las botas negras me parecían muy conocidas.

—Hola, espero no haberte hecho esperar mucho —dijo una voz, y se quitó el casco.

Me acerqué boquiabierta. Eso definitivamente me estaba pasando a mí. Una chica sexy en motora. La boca se me secó, otras partes del cuerpo no tanto.

—¿Todavía quieres que te lleve a casa? —Kira me sonrió, sosteniendo el caso sobre la cadera.

—Me encantaría —le dije.

Estaba aturdida y nerviosa. ¿Cómo salían siquiera las palabras de mi boca?

Le di la dirección de Harlowe y amarré fuerte a mi espalda las correas de mi mochila.

Kira solo tenía un casco y me obligó a usarlo. La

cortesía no había desaparecido en Portland. Rodeé firmemente su cintura con mis brazos e inhalé el olor a cuero de su chaqueta. Pasó volando el centro de la ciudad, como un cometa que atraviesa la oscuridad de la galaxia. Me emocionaban los rugidos y chillidos de la motora cuando aceleraba y viraba, y hacían que me dolieran los muslos de buena manera. Necesitaba ese ruido para recargarme. Era como estar en casa, como el zumbido de cientos de motocicletas urbanas, y como el vecino, que era casi un hermano para mí. Cerré los ojos e imaginé a Kira zumbando por la Bronx River Parkway, y agachándose bajo el tren elevado en White Plains Road.

—¿Estás bien? —me preguntó al detenerse en una luz roja.

—Me siento increíble.

Por un instante puso su mano sobre la mía. Mariposas del tamaño de dinosaurios volaron en mi estómago. Ella olía a cítricos y a cuero. Yo estaba en las nubes. Toda la escena se sentía como si no fuera yo. Estaba en la parte de atrás de una Harley clásica, paseando por una calle desconocida con una hermosa bibliotecaria motociclista. No tenía inseguridades. No me preguntaba si lo merecía, ni siquiera dudaba de que esa fuera mi vida. Nadie me gritaba ni trataba de hacerme sentir inferior. Nadie me decía que eso era solo una fase, o que necesitaba conocer mejor mi historia. No me preocupaban ni mi madre, ni mi novia, ni nada.

Me aferré a la cintura de Kira a medida que aceleraba para cruzar la intersección. Zigzagueaba entre las calles, tomaba caminos tranquilos. Su trayectoria a casa de Harlowe no seguía la ruta del autobús. Puede que fuera más larga, pero no me importaba. Pudo haberme llevado en un viaje por el país y yo habría estado bien. Cada vez que nos deteníamos en una luz roja o una señal de pare, posaba su mano sobre la mía. Y cada vez me hacía desfallecer, como si por primera vez me embelesara en la vida.

Kira detuvo su motora frente a la casa de Harlowe. No me moví. Sentí otra vez sus manos sobre las mías. Le di las gracias de prisa, metí el casco entre sus brazos, deseando que fuera mi cuerpo, y me dirigí a los escalones del porche. Esperó a que entrara a la casa. Otra vez la cortesía. ¿Quién era esa chica? No podía dejarla ir. De ninguna manera. No cuando sentía esas malditas mariposas y todo eso. Me di vuelta, volé por los escalones y la abracé. Sus brazos enfundados en cuero me jalaron hacia ella; se sentía fuerte. Nos miramos por un momento. Nuestros labios estaban tan cerca que si yo hubiera lamido los míos habría tocado los de ella. Ni siquiera podía respirar.

—Sabes que esto significa que tenemos que dar otro paseo pronto —me dijo Kira, mirándome fijamente con sus ojos verdes.

—Palabra —le dije, y asentí con la cabeza, conteniéndome para no besarla pese a que era todo lo que deseaba hacer. "¿Palabra? ¿No se me ocurrió nada mejor?", pensé.

Kira sonrió.

—¿Tienes un bolígrafo?

Sin poder pronunciar palabra, saqué un Sharpie de mi mochila y se lo di. Escribió su número en mi brazo.

—Llámame cuando quieras —dijo, encontrándose con mi mirada.

La temperatura de mi cuerpo debe haber subido como diez grados. Y entonces me besó en la mejilla, encendió el motor y se fue.

Esa nena sabía manejar una motocicleta. La observé alejarse hasta que solo era una mota de polvo mágico en la distancia. Respiré hondo y mis manos se calmaron, pero no el aleteo en mi pecho. Todavía sentía el olor de su cabello y de su chaqueta de cuero.

Un pequeño paquete me esperaba en el porche del frente de la casa de Harlowe. La dirección del remitente era la de la casa de Lainie, no la de donde hacía su práctica. Lo recogí, todavía sin aliento por haber estado tan cerca de Kira. El paquete se sentía fuera de lugar en mis manos, como si no perteneciera a ese momento. Lainie no encajaba en esa sensación de bienestar que había dejado otra persona. Ella nunca me había besado en la mejilla de esa forma. El beso de Kira fue atento y agradable. ¿Por qué Lainie tenía que aparecer en la puerta justo en ese momento?

Me senté en el porche con su paquete en el regazo y recuperé la compostura. Había estado deseando la atención de Lainie, y ahí estaba. ¿Por qué tuvo que llegar justo después de tan horrible pelea? ¿Y de ese paseo tan hermoso y delirante con Kira? Ambos mundos me estaban halando, la Juliet que era cuando me fui y la que estaba deseando ser.

Tenía el beso de otra persona en la mejilla, y me gustaba. Tenía el amor de Lainie en mis manos y en mi corazón. Pero algo era diferente. Había llamado cómplice a Lainie. La había acusado de apoyar a todos los sistemas contra los cuales luchábamos juntas. Y ahí estaba yo sosteniendo un pedazo de su afecto y cariño por mí, sin siquiera haberle enviado la recopilación de canciones que preparé. Entré en la callada oscuridad de la casa de Harlowe llena de emociones.

Quizás lo que realmente necesitaba era una carta de amor y una recopilación de éxitos de poder feminista lésbico preparada por Lainie. Respiré hondo. Todo estaría bien. Tenía que ser así, ¿o no?

Querida Juliet:

Tengo cinco papeles estrujados sobre mi escritorio. Espero que este no sea el sexto. Tengo que hacer esto. Te lo mereces.

Sé que he estado un poco fría y distante. Te he esquivado a ti, a mis padres, a otras amistades. Les he dicho que lo único que importa es esta práctica, con nuestros políticos y sus campañas. Que nada más importa.

Pero es mentira. Sarah importa. Sarah es una chica de Texas que conocí en la Casa Blanca. Espera, déjame empezar de nuevo. ¿Puedo empezar de nuevo?

Antes de hablarte de Sarah, tienes que saber que mi corazón ha sido tuyo desde el instante en que entraste en la clase de estudios sobre la mujer de la Dra. Jean. Te amé desde ese momento, Juliet.

Debes saber que al principio ignoré a Sarah.

Debes saber que intenté combatir mis sentimientos por ella.

Debes saber que nunca, ni por un segundo, pensé que esa recopilación de canciones feministas sobre el poder lésbico sería un CD de ruptura.

Te amo, Juliet, pero no he sido honesta contigo.

Estoy enamorada de Sarah. Es a ella a quien quiero presentarles a mis padres como mi primera novia oficial.

Creo que ella es mi persona para toda la vida.

Nunca quise herirte, Juliet. Nunca jamás. Lo siento muchísimo. Espero que podamos seguir siendo amigas.

Te veo en septiembre,
Lainie

CAPÍTULO CATORCE

OPERACIÓN: SUMIRME EN LA TRISTEZA PARA SIEMPRE

"Amar a otra mujer es atravesar desnuda los cielos, tragarse el sol de un bocado y vivir en llamas. Amar a otra mujer es mirarte al espejo y decidir que mereces la galaxia y su furia. Amar a otra mujer es amarte a ti misma más de lo que la amas a ella".

La flor enardecida: Empodera tu mente y empoderarás tu chocha, Harlowe Brisbane

MI PRIMERA RUPTURA. Me ahogué en sus imágenes, en el recuerdo de nuestra última noche juntas y en cada nota de la jodida recopilación de canciones que me preparó y de la que nunca tuve oportunidad de enviarle. Lainie estaba enamorada de otra. Sarah. Sarah. Sarah. Había intentado luchar contra sus sentimientos, así que la cosa era fuerte entre ellas. Solo podía pensar en cómo sería Sarah. Probablemente blanca, de pelo lacio y rubio, perfectamente femenina. Todo lo que yo no era. Todo lo que siempre odié de mí me salía por los poros. Sarah iba a conocer a los padres de Lainie como su novia; no, perdón, su "persona para toda la vida". Yo no había sido lo suficientemente buena. Yo era gruesa, cuatro ojos, cautelosa, demasiado puertorriqueña, de piel morena, comelibros, soñadora. ¿Eran todos esos elementos la suma de por qué Lainie se rehusaba a llevarme a su casa en serio? ¿Por qué me chingaba en la oscuridad y en la parte trasera del carro de su mamá, pero nunca me presentaba en la mesa como algo más que una amiga de la universidad? ¿Por qué una nueva novia del carajo llamada Sarah había ocupado mi lugar?

Durante tres días completos me escondí en casa de Harlowe, debajo de las mantas en el ático. Sin biblioteca. Sin bañarme. Con el celular apagado. Mi estómago devolvía cualquier cosa que intentara ingerir, así que dejé de intentarlo. De todos modos, no tenía apetito. Lloraba durante el día mientras Harlowe y Maxine se movían por la casa como de costumbre. Ellas estaban pendientes de mí, me preguntaban si necesitaba algo y se iban cuando yo no podía estar cerca de nadie. Lloraba de noche cuando nos quedábamos solos el ático y yo y todos mis pensamientos. Escuchaba su CD de canciones en mi Discman, y luego el mío, y otra vez el de ella. Cuando no estaba llorando o tratando de evitar las arcadas, escribía y volvía a escribir cartas de respuesta a Lainie. Luego las estrujaba o las hacía añicos. En sueños, las quemaba.

Ya no tenía novia. Nada iba a cambiar eso. Y había puesto la dirección de sus padres en el paquete de rompimiento para que yo no le contestara. Se aseguró de que yo no pudiera invadir su mágica práctica-refugio demócrata de mierda. Se aseguró de que ninguna parte de mí pudiera caer de sorpresa sobre ella o sobre su "persona para toda la vida". Cada vez que pensaba en esa frase, sentía náuseas y quería golpearlas a ambas. *Persona para toda la vida.* Quería gritarle a Lainie y decirle que se fuera al carajo, y preguntarle cómo se había atrevido a incluir esa mierda hiperbólica cursi en una carta para romper conmigo. ¿Qué ser humano tan imbécil, vanidoso, miserable y traidor podía hacerme eso?

Llamé a Ava y lloré. Rompí en llanto desde que dijo 'hola'. Ella me dejó llorar. Ava escuchó cada sollozo, suspiro y gemido/grito que tenía dentro de mí. Ni siquiera intentó decirme que me lo merecía porque Lainie era blanca y nadie me mandó a salir con una chica blanca. No lo hizo. Ava me escuchó cuando le leí la carta de Lainie y la lista de canciones en el CD de ruptura. Me dio buenos consejos que llamó "cuidar de mí misma". Me dijo que era importante llorar hasta sacarlo todo, para evitar que las emociones se agolparan más tarde con mayor intensidad. Me hizo prometerle que comería más y que me bañaría si podía. Colgamos solo después de haberle jurado que me iba a cuidar y que volvería a llamarla.

Fumé un poco de yerba para tratar de calmar las náuseas. Pensé en llamar a mamá, pero no tuve el valor. No necesitaba a alguien que no entendiera por qué estaba llorando por una chica. El sol penetró por entre las cortinas. No estaba segura de qué día de la semana era. Era otro día de llanto, de no comer, de escribir cartas terribles que nunca le enviaría a Lainie. Me quedé dormida de puro agotamiento y soñé que me ahogaba en un río. El sueño no me soltaba. Dormí hasta golpear fango y rocas, hasta que una pelea en la vida real me despertó abruptamente.

—Maxine, quiero asegurarme de que esta conversación esté basada en el respeto y el entendimiento.

La voz de Harlowe resonaba como un eco en las escaleras del ático.

—Yo no estoy insegura por tu amor hacia Zaira; lo que me incomoda es la frecuencia con que la estás viendo en lugar de pasar tiempo conmigo. Tenemos noches específicas por una razón.

—Lo sé, quiero disculparme contigo por faltarte el respeto, Harlowe. Me he estado planteando la mejor manera de decirte que mis sentimientos por Zaira se han desbocado de una forma incontenible. Nuestra relación está evolucionando en un tipo de amor revolucionario que necesito que siga prosperando.

Mis ojos se abrieron de golpe. Todavía envuelta en las mantas, me acerqué sigilosamente a los escalones para escuchar.

—Entonces, ¿conmigo no estás "prosperando"? —preguntó Harlowe en tono irónico—. Excelente. Y en lugar de decirme de frente que lo nuestro se está marchitando, pasas nuestras noches con ella prosperando una con otra.

—Puedo recordar momentos en te pasó lo mismo a ti, con menos conexión con la otra persona —le soltó Maxine.

—No saques el tema de Samara. —La voz de Harlowe se oía más estridente—. Yo ya me disculpé por el asunto de Samara. No es justo que me lo saques en cara.

—No lo hice. Simplemente estaba recordándonos que hemos estado en situaciones donde la pasión por otras personas ha nublado nuestro juicio.

—Max, tú no tienes que recordarme nada. Y esta conversación es sobre tu metida de pata, no la mía.

Me senté y me tapé la boca con la mano. Esa pelea era una tregua a mi agonía personal de Operación: Sumirme en la tristeza para siempre. Ellas discutían de una manera muy civilizada, pero no menos desgarradora. Como si el objetivo no fuera derramar sangre, apuntaban al alma de la otra.

—Nada sobre mi amor por Zaira es una metida de pata. Absolutamente nada. La metida de pata fue seguir contigo cuando ambas sabíamos que no estaba funcionando.

Se me apretó el corazón. Mierda.

Deben haber trasladado la conversación a otra parte de la casa, porque después solo pude escuchar sus pasos abajo y la puerta del dormitorio que se cerraba. Me ahogó una nueva ola de aflicción. Yo no quería que Harlowe y Maxine se pelearan o se separaran. Me angustiaba; yo necesitaba que ellas fueran un ejemplo de amor lésbico adulto duradero. O algo así.

Miércoles. Las cinco de la tarde. La misma ropa. El mismo colchón. Yo mirando fijamente al techo. Lloré sola, deseé estar en casa. ¿Qué estaría haciendo el pequeño Melvin? Echaba de menos que nunca se fuera de mi lado cuando yo llegaba de clases. Me preguntaba si estaría bien. Recordé la bolsa de papel de estraza que el pequeño Melvin me había dado en el aeropuerto. La abrí. Otra vez se me anegaron los ojos. Echaba de menos su trasero regordete.

Dentro de la bolsa había dos paquetes de barritas TWIX, una tarjeta de juego de la Guerrera Castor de *Yu-Gi-Oh!* y una nota. La descripción de la tarjeta de la Guerrera Castor decía: "Lo que a esta criatura le falta en tamaño, le sobra en defensa cuando batalla en la pradera". Guerrera Castor, nada más el nombre me hacía reír. Mi hermanito había hecho su primer chiste gay, y era perfecto. Abrí su nota:

Hermana:

Estoy completamente seguro de que soy piroquinético. Además, tengo una certeza de cerca del 78 por ciento de que soy homosexual como tú.

La Fuerza es intensa en nosotros.

**M*

Guau. Leí su nota tres veces más, sin poder asimilar su mensaje desde el principio. El pequeño Melvin era gay también. Ambos éramos gais. Y ¿qué carajo era un piroquinético? Me comí las barritas de TWIX como si nunca antes hubiera probado un chocolate. El que el pequeño Melvin admitiera que era gay me dejó emocionada, pero insegura al mismo tiempo. ¿Cómo podría yo ayudarlo en su camino? Guardé la carta en su sobre y lloré un poco más. Había llegado al límite de las cosas que podía manejar en un solo día.

Me arrastré de vuelta a la cama. Los pensamientos de Lainie revolcándose con Sarah me llenaban la cabeza. El sueño se apoderó de mí, ayudándome a esconderme de todas las emociones que no sabía controlar. Antes de quedarme dormida, pensé en todas las promesas que le había hecho a Ava sobre bañarme y cuidarme.

Mañana. Haría todo eso al día siguiente. Dormí toda la noche sin soñar.

Harlowe me sacudió para despertarme. No fue un acto de agresividad. Sus manos se sentían seguras sobre mis hombros. Me pidió que me sentara. Abrió las ventanas y dejó entrar la suave luz solar de tonos pasteles a la habitación.

—Feliz jueves, Juliet. Hoy no te vas a quedar en la cama. Hoy nos vamos a cuidar la una a la otra —me dijo, y me mostró una pila de *pancakes*—. Son veganos.

Yo no había comido nada sustancial en los últimos días. Mi estómago rugía fuerte. Los *pancakes* olían deliciosos. No importaba si estaban hechos de sueños y esperanzas solamente; eran gloriosos. Harlowe se sentó frente a mí. Comimos juntas. Me di cuenta de que el número de teléfono de Kira todavía era legible en mi brazo. La tinta del Sharpie no era cosa de juegos. Harlowe también lo vio.

—Has tenido un par de días intensos. Estoy en un buen lugar de mi ciclo de 28 días y tengo mucho espacio en mi espíritu para oírte. No hablar sobre una ruptura puede causarte una infección vaginal —sentenció.

—Una infección vaginal para acompañar mi CD de

ruptura. Esta podría ser la mejor semana de mi vida —respondí.

—Yo puedo curar la candidiasis, pero es mejor dejar salir los sentimientos antes de que desequilibren tu pH, Juliet.

Lo que me faltaba, una infección vaginal. Saqué la carta de Lainie de abajo de mi almohada. Había que empezar por ahí. Era de una sola página. Se la di a Harlowe y sentí lo liviana que era. Eso me devastó todavía más. ¿Acaso yo no merecía una carta de cuatro páginas al estilo de Aaliyah? ¿No merecía que escribiera por ambos lados, y que presionara con tanta fuerza el bolígrafo contra el papel que le imprimiera textura a la carta y la estrujara de dolor? ¿No merecía esa intensidad? Harlowe leyó su nota y murmuró:

—Carajo.

—¿Qué? —le pregunté.

—"Estoy enamorada de Sarah. Es a ella a quien quiero presentarles a mis padres como mi primera novia oficial. Creo que ella es mi persona para toda la vida" —leyó Harlowe. Frunció el ceño y puso los ojos en blanco—. Añadir eso a una carta de ruptura es cruel. "Persona para toda la vida", por favor.

—¿Verdad que sí? —exclamé, y comencé a llorar otra vez.

Me tapé la cara, avergonzada de llorar de forma tan imprudente frente a Harlowe. Harlowe me abrazó y apretó su frente contra la mía. Nuestros ojos se encontraron.

—Todo va a estar bien. Lo único que tienes que hacer hoy es terminar estos *pancakes* y quizás darte una ducha —me dijo.

Me eché a reír sobre su hombro.

—De acuerdo, creo que puedo hacer ambas cosas.

Hice lo que me dijo. La ducha les devolvió la vida a mis pulmones. Pasar las manos por mi cuerpo despejó parte de la tristeza de mi piel. Pensé en mis ovarios y en cómo al visualizarlos de diferentes colores el dolor se había aliviado. El poder y la capacidad de cambiar la química espiritual dentro de mí me energizó. Me concentré en el color violeta; se sentía cálido y sanador. Mientras me bañaba y me vestía, pensaba en el color violeta. No lloré. No pensé en Lainie. Elegí unos mahones negros desteñidos, mi camiseta rosa fosforescente de BX Girl, y me dejé el pelo suelto, rizado y acomodado con gel. Limpié mis tenis Jordan hasta dejarlos relucientes. Me puse brillo labial, delineador de ojos y, lista. Despierta, sin llorar.

Encontré a Harlowe afuera, rebuscando en su camioneta.

—Mírate, limpia y fresca —me dijo. Una pila de sobres y papeles descansaba sobre el bonete—. Tengo una reunión hoy, y todas estas facturas y correspondencia de las fanáticas. ¿Podrás ayudarme con algo? Me he atrasado en responder como ocho meses, y me gusta contestarles a todas y enviarles tantas calcomanías de *La flor enardecida* como pueda.

—De acuerdo —respondí, y tomé la correspondencia de las fanáticas.

Harlowe sacó de la guantera un pañuelo de color púrpura claro y me lo dio.

—En caso de lágrimas o moqueo —me dijo.

Violeta. El pañuelo era violeta.

—¿Puedo decir una cosa más sobre esta ruptura? —le pregunté.

—Claro que puedes, dulce humana —contestó Harlowe.

Se sentó a mi lado en el porche a abrir la correspondencia vieja.

—Ni siquiera me ha llamado. Han pasado días. Quizás eso quiere decir que yo debo llamarla, pero me niego a hacerlo. Se siente como una emboscada. ¿Está esperando que la llame histérica y llorando? ¿Tiene algún tipo de discurso preparado? No sé. Espero que así sea. Espero que al igual que yo estoy aquí toda jodida, ella esté allá preguntándose por qué no le he contestado. Me rehúso a concederle eso. No voy a dejar que me oiga llorar o que sienta el peso de mi rabia y mi tristeza. Si en algún momento piensa en mí este verano, prefiero que sea con un signo de interrogación presionándole las costillas.

Me limpié las lágrimas no deseadas y el moqueo con el pañuelo violeta de Harlowe.

—Y si piensa en ti durante el verano, quizás vea el error tan estúpido que ha cometido y regrese corriendo con otro CD de canciones. O quizás, por el resto de su vida, tú serás la que se fue, y por la diosa que eso sería dulce —añadió Harlowe.

Eso me pareció bien. La idea de ser el error más grande que Lainie tendrá que lamentar aplacó mi alma. Harlowe y yo trabajamos juntas. Ella revisó sus cuentas mientras yo me las arreglaba con la correspondencia de las fanáticas. Era alentadora. Leí las mejores en voz alta.

Colleen—Denver, CO

Queridísima Harlowe, Dulce Diosa del Canal del parto:

He monitoreado mi ciclo menstrual de acuerdo con la Madre Luna. La fortaleza celestial llena todos mis pasos. Gracias por conectarme con el ámbito interno de mi vulva y su conexión con el cosmos. Por favor, venga a tomarse un té de jengibre si alguna vez está en el área de Denver.

Buenas nuevas y saludos,
Colleen

PD: Estoy pensando cambiarme el nombre legalmente a Aysun, que significa agua de luna. ¿Cree que eso sería demasiado?

•

KC—Olympia, WA

Hola, Harlowe:

Dejé de cortarme, lo que es increíble y muy bueno para mi crecimiento espiritual. Para celebrar mi primer año sin cortes, me hice este tatuaje genial de La flor enardecida. Terminé con mi novia porque ella no quería leer su libro, lo que obviamente quería decir que no teníamos un jodido futuro juntas.

En Solidaridad,
compañera guerrera lesbiana
amante de la chocha,
KC

Le mostré la foto a Harlowe. Era una Polaroid de una filipina morena con la cabeza rapada, levantando la pata del pantalón de mezclilla para revelar un enorme tatuaje de la portada de *La flor enardecida*. Con la mano libre, sacaba el dedo del medio.

Angela—Redwood Falls, MN

Harlowe:

Mi hija de siete años ahora le dice a la gente que ella "tiene una chocha y está orgullosa de ella". ¡Solo quería compartirlo!

XOXO,
Angela y Adele

Las calcomanías de *La flor enardecida* eran girasoles enormes con la palabra *vag*na* en letras rosadas cruzando el centro. Las metí en todos los sobres con franqueo pagado que las fanáticas habían enviado.

Samara, una amiga de Harlowe, pasó para hablar sobre la presentación en Powell's. Su conversación entraba y salía de mi atención. Un minuto giraba en torno a la manera en que comer distintas semillas afecta la menstruación, y al siguiente se trataba de una debacle de compost en la finca comunista de sus amigas. Parecía interminable. Ni siquiera me había fijado que Samara tenía el brazo alrededor del hombro de Harlowe hasta que Maxine se acercó por el pasillo.

Harlowe se zafó de Samara. Corrió a darle un abrazo a Maxine. Samara dijo hola y adiós de una manera un tanto incómoda, demasiado entusiasta, y se marchó. Maxine abrazó a Harlowe, pero no cuerpo con cuerpo. Fue como uno de esos abrazos cristianos de lado. Careçía de energía, y la falta de palabras me puso la piel de los brazos como carne de gallina. Harlowe y Maxine entraron. Hablaron en murmullos. Yo no moví el trasero del porche. Seguí revisando la correspondencia. El drama de ellas me recordaba mi propio drama. Se me retorcieron las tripas de extrañar a Lainie y todavía tenía el número de Kira en mi antebrazo. No estaba segura de qué iba a hacer con ninguna de las dos cosas. Así que dejé pasar el día y encontré consuelo en el sueño.

CAPÍTULO QUINCE

OPERACIÓN: SIGO SUMIDA EN LA TRISTEZA

"... y, en medio de todo —todo el autoempoderamiento, toda la feminidad radical, todo el desarrollo de la comunidad—, todavía te sentirás destruida. Permítete sentirte destruida. Tienes que saber que no es interminable".

La flor enardecida: Empodera tu mente y empoderarás tu chocha, Harlowe Brisbane

DESPERTÉ A LA mañana siguiente con el teléfono en la mano. Revisé mi lista de llamadas y Ava había sido la última persona con quien había hablado. Terminó la llamada diciéndome que "¡claro que ella sabía esa mierda!" y que mejor me "olvidara emocionalmente de esa gringa engreída" y me concentrara en mí y, claro, en terminar pronto para ir a visitarla. Pero no fue el teléfono lo que me despertó, sino el aroma del desayuno. Olía como un sábado por la mañana en casa y, por un instante, olvidé que estaba en Portland.

Maxine estaba de pie en la cocina vestida con una camisa de mezclilla con las mangas cortadas y un delantal amarillo desteñido amarrado a la cintura. Estaba echando rebanadas de papas en una sartén caliente. Las noticias en la radio zumbaban sobre el chisporroteo.

Maxine se veía encantadora. Deseé haberme arreglado el cabello con gel, o haberme puesto unos pantalones cortos más limpios y monos.

Maxine me ofreció café con canela y azúcar de caña. Estaba fuerte y espeso, el tipo de café que despierta todo el cuerpo. Batió unos huevos y los dejó reposar. El plato no estaría listo enseguida. La tortilla española tomaba su tiempo, el secreto para que supiera bien era que la cocinera no tuviera prisa. Eso fue todo lo que dijo. Yo quería saberlo todo: ¿Ella y Harlowe seguían juntas? ¿Por qué Maxine estaba ahí todavía? Pero, por respeto, no pregunté cuál era la historia y no me la contaron. Tomamos el café en silencio. Hacía tiempo que no compartía un rato con Maxine, y se sentía muy bien estar con ella.

Harlowe irrumpió por la puerta del frente como una aparición, como de costumbre.

—Ninguna de las lesbianas estaba trabajando hoy en Anarchy Books —dijo Harlowe suspirando mientras dejaba caer dos libros usados sobre la mesa—, así que pasé las últimas dos horas con hípsters barbudos, uno de ellos, por cierto, con una camiseta que decía "Así se ve una feminista". Hablamos sobre por qué es importante purgar el alma de los autores masculinos y enfocarnos exclusivamente en las mujeres escritoras. Y cuando digo hablamos, quiero decir que yo hablé y ellos escucharon.

—Yo ya estoy agotada —dijo Maxine vertiendo los huevos sobre las papas—. No sé cómo puedes entretener a los tontos.

—Alguien tiene que presionar a estos tipos. En mi corazón de diosa, les estoy haciendo un favor a sus hijas, novias, madres, compañeras de trabajo o cualquier mujer que conozcan —dijo Harlowe, mirándonos a ambas—, y los ayudo a ellos a convertirse en mejores hombres.

Harlowe sacó una hoja suelta del bolsillo trasero de sus pantalones cortos.

—Y te traje esto —dijo, mientras se la daba a Maxine—. ¡Piensa en todo lo que puedes aprender en este panel!

Feminístas negras unidas contra Bush.
Temas de discusión: Encubrimientos del nueve-once,
Pánico capitalista,
Antinegritud, islamofobia.

—¿Todo lo que puedo aprender? —preguntó Maxine dándole vuelta a la hoja.

—Sé que es para feministas negras solamente. Obviamente yo no puedo ir, pero tú sí, y quizás Juliet puede ir contigo. ¿Un espacio cerrado significa que las puertorriqueñas tampoco pueden ir? No sé.

Maxine suspiró.

—Harlowe, no tienes que traer a casa todo lo que veas dirigido a los negros, ni animarme a que vaya a aprender cosas de negros con otra gente negra, ¿okey? Y si la islamofobia es uno de los temas, no será nada más para mujeres negras.

Me levanté para irme, pero ambas me detuvieron. Dijeron que estaba bien, que esas conversaciones no eran un secreto. Estaban hablando de un tema importante, pero nadie tenía que marcharse. De hecho, una tercera persona podría ser útil si necesitaran un mediador. Bebí un sorbo de café de mi taza y las escuché. Harlowe giró la cabeza y me miró directamente.

—¿Qué opinas, Juliet? —preguntó Harlowe—. ¿No debería estar bien que una lesbiana blanca le traiga a su pareja de color información sobre eventos relacionados con su raza o su etnia?

—Espera un momento —reaccionó Maxine—. ¿Vas a pagarnos con cheque a Juliet y a mí por nuestros análisis sobre la raza? Porque nuestro trabajo no es gratis.

Abrí los ojos y me reí. Maxine detuvo la retórica con esa salida. Me encantó.

—¡Max! Solo estoy compartiendo información —dijo Harlowe—. Yo estaba allí cuando llegó Janae, de Black Womanists United y colocó las hojas sueltas.

Maxine me dio un codazo y puso los ojos en blanco. Se volteó, sin responderle a Harlowe, para revisar las papas y los huevos.

Harlowe intentó aclarar las cosas, pero Maxine no cedió. Entonces, en un arrebato dramático Harlowe agarró sus velas y sus libros y salió de la cocina. La oímos subir las escaleras al ático, pisando fuerte.

Max sacudió la cabeza, casi sin alterarse.

—Max, si tengo preguntas sobre la raza y eso, ¿debo buscar mi chequera también? —le pregunté.

—Sí, que no me entere que no le pagas a las mujeres negras por su sabiduría.

Asentí con la cabeza y me levanté enseguida, dispuesta a salir de la cocina, cuando Maxine puso su mano sobre mis hombros, riéndose.

—Siéntate y come tu desayuno. No te voy a cobrar todavía —añadió.

Seguimos conversando. Los puntos principales de Maxine eran que Harlowe no debería estar preocupada por su negritud y que, en esencia, Harlowe estaba cometiendo micro agresiones contra Maxine. Maxine sentía que Harlowe debería concentrarse en educarse ella antes de preocuparse porque Maxine se involucrara en la comunidad negra. Era todo muy complicado, pero, para mí, también era muy simple: si Maxine no quería, Harlowe no debía hacerlo. Le agregué salsa picante a mis papas.

—Si Harlowe no fuera blanca, ¿estaría bien? O sea, si saliera con una latina morena y llenita y ella le trajera algo de una colectiva feminista negra o lo que sea, ¿estaría mal también? —le pregunté mientras saboreaba un delicioso bocado.

Maxine respiró hondo, lento, y cruzó sus musculosos brazos sobre su pecho.

—Lo que pasa, Juliet, es que nunca me ha gustado que alguien me ofrezca una orientación no solicitada sobre mi identidad. No deseo que alguien más interprete quién soy o considere cuáles deben ser mis políticas. Mi negritud, mi lesbianismo, mis inclinaciones teológicas, cómo soy en una reunión familiar, quién soy en el salón de clases o en una relación, todo eso es mío —expresó Maxine con palabras elegidas, meditadas—. Y si Harlowe hubiera preguntado, le habría dicho que Janae me llamó hace dos días para hablarme del evento. Marcado rápido entre personas negras, ya sabes.

Me reí, asintiendo con la cabeza. Comimos nuestro desayuno en un cómodo silencio. Justo cuando me devoraba el último bocado de huevos, mi celular vibró en mi bolsillo trasero. Era mi mamá. Pedí excusas para levantarme de la mesa, y contesté.

—Hola, mamá —cerré la puerta y me senté en los escalones del porche.

—"Hola, mamá", ¿eso es todo? Han pasado días desde que me llamaste, nena. Yo estoy aquí preocupada por ti en los campos de maíz, y tú ni siquiera llamas —dijo de un respiro.

—Mami, lo siento. Las cosas han estado... complicadas.

—¿Por qué te oyes cansada? ¿Estás enferma?

—No, mamá, no estoy enferma, solo...

—Probablemente no tienes un horario para dormir. Siempre te acuestas tarde, igual que tu padre. —Su voz se suavizó, e hizo una pausa.

La distancia entre nosotras era palpable. Se aclaró la garganta.

—Tú sabes que te amo, ¿verdad?

Se me llenaron los ojos de lágrimas. Pasé los dedos sobre la escritura con tiza en los escalones de Harlowe para que mis manos tuvieran algo que hacer, y mis ojos, un lugar donde enfocarse.

—Sí, claro. Yo también te amo —le contesté—. ¿Mamá?

—Dime, Juliet.

—Ay, mamá.

La voz se me resquebrajó. Toda la angustia de la ruptura se me acumuló en la garganta. Su voz borró mi reserva.

—Juliet, ¿cuál es el problema? ¿Qué pasó? Háblame.

—Lainie me dejó, mamá —le dije, dudando de si podría mantener la voz firme.

—Ah.

—Me envió una carta, un estúpido CD de ruptura, y eso fue todo. Ni siquiera me llamó. Yo no le hice nada. Se enamoró de otra, mamá. ¿Cómo pudo hacerme eso?

—Bueno, nena, esas cosas pasan. Lo mejor es seguir adelante. Déjalo en manos de Dios.

—¿De Dios, mamá? No puedo dejarlo en manos de Dios ni seguir adelante. Mamá, por favor.

Devastada, estaba completamente devastada. Odiaba a todos los pájaros que trinaban a mi alrededor. Quería oír el metal de las vías del tren y las alarmas de los carros.

—Juliet, tienes que calmarte. Todo estará bien. Escucha, yo sé que todo va a mejorar pronto. ¿Sabes cómo lo sé?

No le contesté.

—Lo sé porque justo ayer me encontré con Awilda, de mi antiguo trabajo. Estábamos las dos en la parada de autobuses. Y adivina qué. Me preguntó por ti y me dijo que su hijo, Eduardo, está de vacaciones y estará aquí la semana que tú regresas. Vamos a cenar todos juntos. Eduardo y tú harían una buena pareja.

—Mamá, no creo que eso vaya a mejorar las cosas —le dije, mordiéndome el labio, furiosa, molesta.

—Juliet, Eduardo es un buen hombre —dijo mamá con el tono reverente que usaba a menudo para referirse a otros buenos hombres.

—No, mamá. Eduardo es un bruto. Y, mamá, no me importa. No puedo creer que yo esté llorando por lo de Lainie y tú estés tratando de emparejarme con el hijo bruto de Awilda, o con el hijo de cualquiera, de hecho.

—Nena, tú nunca le has dado oportunidad a un hombre. Por eso tu corazón está hecho pedazos ahora. Ese amor con Lainie no era real, no como el amor entre un hombre y una mujer…

—Me tengo que ir, mamá. O sea, ahora mismo, me tengo que ir.

—Juliet, yo te amo. Solo quiero que seas la persona que te criamos para que fueras.

—Nunca voy a ser esa persona, mamá. Me tengo que ir. No puedo seguir hablando contigo.

Nos dijimos adioses bajos, tirantes, y colgamos a la vez. Me extendí en el porche de Harlowe, y me quedé mirando al cielo. Por lo menos, mamá me dijo que me amaba. Se me salieron las lágrimas por las comisuras de los ojos. El vecindario y el cielo a mi alrededor estaban tranquilos, en calma. Eran todo lo opuesto a las placas tectónicas de dolor y confusión que se movían dentro de mí. ¿Tenía que ser yo quien ayudara a mi mamá a entender el tema gay? Yo apenas me estaba estrenando y todavía no lo comprendía todo. Y, luego, la cabrona de Lainie. Literalmente, todo lo que me quedaba para ella era un montón de maldiciones y preguntas, y la sofocante sacudida de sentirme traicionada y desechada como la basura.

Me quedé un rato acostada en el porche. Los últimos días había estado flotando aturdida en casa de Harlowe. El verano se me escapaba. La gran lectura de Harlowe en Powell's era la próxima semana. Todavía me quedaba una caja completa de mujeres que investigar. Pero no podía moverme, no podía arrancar. Algo tenía que ocurrir, y pronto.

CAPÍTULO DIECISÉIS

ME GUSTARÍA QUE ELLA QUISIERA

POST-RUPTURA Y TODAVÍA viva, mi deseo de perderme en la investigación arrancó a toda máquina. Habiendo llegado a la conclusión de que no me casaría con la lesbiana de poder, la joven demócrata Lainie Verona, me concentré en el trabajo. Quería demostrarle a Harlowe que tomaba en serio la práctica. No llegué hasta Portland para arrastrarme por su casa consumida por la melancolía, como un personaje de *Dawson's Creek*. Estaba allí para investigar la historia de mujeres asombrosas, ayudar a Harlowe con sus presentaciones públicas y convertirme en su mejor amiga para siempre. Bueno, definitivamente para las dos primeras cosas, con suerte la última.

Pasé cada uno de los siguientes cinco días en la biblioteca. Tenía los bolsillos y la libreta repletos de papelitos.

Las otras bibliotecarias me reconocieron y me ofrecieron ayuda. Kira también me ayudó. No preguntó por qué no la había llamado. Y yo no me tambaleé tratando de dar explicaciones de por qué no lo había hecho. Me preocupaba sonar egocéntrica y patética. "Hola, dulce humana con quien compartí galletitas en la escalinata del frente de esta misma biblioteca. Mi novia y yo terminamos, y quiero comer vidrio molido, y lloré tanto que no podía llamarte. ¿Todavía quieres salir?". Sí, no. Nos eludimos. El ritmo entre nosotras era de cautela, abierto. Esperaba que volviéramos a pasear juntas en la motora. Quizás nos diéramos un beso suave por el camino. Lo dejaría en manos del universo.

Al igual que antes, comencé con unos cuantos papelitos a la vez. Harlowe no quería una biografía completa de todas las mujeres. Necesitaba lo básico y, si era posible, un poco más. Yo quería darle suficiente información para que construyera cimientos sólidos para su próximo libro. Exhaustivo, pero no apabullante, ese era mi enfoque. Estos eran los nombres que tenía ante mí:

Papel azul estrujado: *Del Martin.*

Servilleta manchada: *Boudica.*

Papel de carta con arte de Georgia O'Keeffe: *Fu Hao.*

Me quedé mirando el pedazo de papel azul. El garabato zurdo de Harlowe hacía un viraje brusco hacia la parte inferior de la página. Del Martin. Nunca he conocido a una mujer llamada Del. Esperaba que fuera lesbiana. Yo no quería suponer eso al principio, pero, ¿por qué no? ¿Por qué suponer que no lo era? Por lo menos, sabía que Del tenía que ser una mujer. Quizás Del era también una activista, o quizás una jugadora de softball.

Me senté en mi cubículo de computadora favorito, cerca de la ventana. Hice algunas anotaciones, busqué a Del Martin en Lycos.com.

> Del Martin: Nacida el 5 de mayo de 1921. Cofundadora de las Hijas de Bilitis (DOB, por sus siglas en inglés) en 1955, una organización social para lesbianas que evolucionó hasta convertirse en un grupo feminista. Publicaron *The Ladder* en 1956, el primer boletín impreso con noticias de tema lésbico. Las Hijas de Bilitis se disolvió después de los disturbios de Stonewall debido a diferencias con la emergente política lésbica.

¿Diferencias con la emergente política lésbica? Supongo que aún entonces las mujeres tenían que lidiar con altos niveles de drama lésbico. La palabra *Bilitis* me sorprendió, parecía una enfermedad, como gastritis o amigdalitis. *Lesbiana, Bilitis, bucha.* ¿Por qué ninguna palabra relacionada con las mujeres gay sonaba hermosa? Imprimí el párrafo sobre Del Martin mientras buscaba *Bilitis*.

Descubrí que *Bilitis* era el nombre que el poeta francés Pierre Louÿs había dado a una lesbiana ficticia, contemporánea de Safo, en su obra de 1894 *Canciones de Bilitis*.

Bilitis era la novia lesbiana de Safo. Me preguntaba si las Hijas de Bilitis eran todas blancas. ¿Hubiera sido yo miembro de DOB? Recopilé mi información y seguí adelante.

Revisé a la carrera los siguientes dos nombres. Boudica y Fu Hao habían sido guerreras que protegieron a sus pueblos de las invasiones. Boudica fue una reina de la tribu britana de los ícenos, y había sido la líder de varias revueltas contra el imperio romano. Fu Hao fue una general del ejército durante la dinastía Shang, y también fue suma sacerdotisa. Básicamente, eran como titi Wepa y titi Mellie, pero de los años de las guácaras. Llené mi libreta púrpura con fechas de batallas y nombres de países que ya no existían. Los revisaría como lo hice con *Galería de mujeres*, pero en casa, con el calendario de ciclos de la luna de Harlowe y todos mis marcadores.

Encontré más libros sobre las otras mujeres antes de que cerrara la biblioteca. Kira no estaba por los alrededores. Había apuntado su número de teléfono en el margen de mi libreta antes de que se borrara de mi brazo. Me quedé mirándolo. Al salir de la biblioteca, decidí llamar a Kira más tarde e invitarla a la lectura de Harlowe. Una especie de cita. Me subí la capucha de mi sudadera negra de Righteous Babe. Si decía que no, volvería a morirme mil veces más en el porche de Harlowe y buscaría otra biblioteca.

En lugar de esperar por el autobús, decidí caminar. Ya me sentía más cómoda con la ruta, y tenía una idea general de dónde vivía Harlowe. El crepúsculo había enfriado el aire a mi alrededor. Dejé que la noche envolviera mi piel y mi cuerpo. Imaginé distintos escenarios para invitar a salir a Kira. Me vi planteándoselo directo al grano, teniendo conversaciones imaginarias con ella, e incluso hice juego de roles sobre cómo se darían las cosas.

Mi teléfono vibró en mi bolsillo trasero. Por un momento pensé que el universo me había entregado a Kira, pero cuando saqué el teléfono me pasmé: Lainie. Todavía no la había borrado de mis contactos. Miré fijamente el teléfono, que seguía vibrando en mi mano. Lainie. No estaba preparada para hablar con ella. Había creído que iba a poder evitarla hasta septiembre. ¿Por qué carajo me llamaba ahora, si antes de la ruptura no me devolvía las llamadas? Presioné el botón de "ignorar". Que se joda, decidí. Que se joda su CD de ruptura y su carta que trataba básicamente sobre otra chica: Sarah. Que se joda también Sarah. El teléfono volvió a vibrar. Mensaje de voz: Lainie. Dios mío. Un mensaje de voz.

—Tengo como veinte segundos para explicarte que creo que cometí un error. Juliet, bebé, la cagué. El CD, la carta, incluso mencionar a Sarah. Terrible. Soy terrible. Todo es un desastre. Por favor, llámame. Vamos a arreglarlo.

Al terminar el mensaje, oí a Lainie decirle a alguien que ya iba. Me pregunté si había hecho la llamada estando con Sarah. Escuché su mensaje varias veces, de pie en medio del Steel Bridge. Añoraba la manera en que estiraba los labios para pronunciar la J de mi nombre. Juliet. Me extrañaba. Pensaba que había cometido un error…

La gente comete errores algunas veces, ¿no?

No sabía qué hacer. No podía llamarla. Estaba asustada. ¿Qué tal si estaba con Sarah? Me mortificaría mucho. Lo arruinaría todo. La insultaría. También la insultaría aunque estuviera sola. Aun cuando yo no era de insultar a la gente. Yo no peleaba al estilo de las peleas callejeras, ventilando los trapos sucios a puro grito. Pero, maldición, así era como me sentía. Lainie se merecía eso y mucho más. Deseaba haber tenido la fortaleza de espíritu para desafiar a las personas en voz alta y en público por el daño que te han hecho, para que el mundo entero lo sepa. Para mí, todo era interno. Guardaba en mi corazón todos los "qué tal si esto o aquello", junto con las mandadas al carajo. Nunca salían.

No podía llamarla porque, si nada de eso pasaba, si todo era dulzura, como cuando deslizaba cartas de amor por debajo de la puerta de mi habitación del hospedaje, me derrumbaría. Estaría vulnerable. Cedería ante ella.

Eso era lo que más temía. Esperé sus llamadas cuando las cosas estaban bien, y no se comunicó. Lainie podía esperar para saber de mí. Podía sentarse sola y preguntarse en qué andaba yo y con quién estaba. Yo no quería ir corriendo hacia ella y tomar una decisión nueva sobre nuestra relación basada en su remordimiento.

En casa de Harlowe caminé de un lado a otro del ático cerca de media hora, practicando lo que le diría a Kira por teléfono. Yo no era tan genial como para llamar y decir: "Hola, nena, acompáñame a esta lectura feminista chévere". ¿O sí? ¿Debía disculparme por no haberla llamado después de traerme a casa aquella noche, o pretender que había ocurrido una fisura del continuo espacio-tiempo, y que no necesitaba justificación? Me empezaron a sudar los senos. Durante ese tiempo llegaron un primer, un segundo y un tercer mensaje de Lainie, y los ignoré todos.

Marqué el número de Kira rogando que cayera en mensaje de voz. Contestó enseguida.

—¿Hola?

—Hola, eh, ¿Kira? Es Juliet, la chica de la biblioteca. Me trajiste a casa una vez...

—Hola, Juliet. Me preguntaba si alguna vez llamarías.

—Sí, bueno… yo, las cosas como que…

—No te preocupes. ¿Cuándo es tu cumpleaños?

—¿Mi cumpleaños?

—Sí, ya sabes, para estudiarte astrológicamente.

—Ah, claro, bien. Seis de septiembre de mil novecientos ochenta y tres.

—Virgo. Me encantan las Virgo. No somos para nada compatibles. Géminis y Virgo. En términos del amor, prácticamente garantizado que todo explota. Pero tú eres súper chévere, así que, hola, sigamos hablando. Tú llamaste.

Me hizo reír.

—Sí, así es. Me preguntaba si te gustaría acompañarme a la lectura de Harlowe Brisbane en Powell's mañana por la noche. Ya sé que llamo a última hora, pero…

—Pero si ya yo voy con algunas amistades, así que puedes conocerlas a todas, y todo bien. ¿Quizás quieras ir con nosotras después a observar las estrellas?

—¿Observar las estrellas? —le pregunté.

Ese detalle simpático de la astrología hippie me sorprendió y me gustó.

—Sí, ya sabes, tenderse a lo largo de los acantilados y observar cómo se mueve el cielo, seguir las constelaciones —explicó.

—Sí, me apunto —respondí.

—Perfecto, nos vemos mañana por la noche.

Colgó suavemente. Me ardían las mejillas. Me dejé caer en el colchón con una enorme sonrisa en el rostro. Kira llevó la conversación como nadie con quien hubiera hablado antes. Yo creía que yo tenía labia. Nada de eso. Tenía mariposas en el estómago y una sarta de líneas nerdas de conquista que nunca lograron salir de mi cabeza. Kira fluyó con la conversación. Y, además, me invitó a janguear con sus amigas. O sea, puf, yo ni siquiera sabía que necesitaba eso hasta que ella lo dijo. Lainie me envió otro texto. No contesté.

Pensar en Kira, en sus labios, y en nosotras dos montadas en su motocicleta ocupó mis fantasías.

Me rescató de la tensión emocional con Lainie. Todo estaría bien. ¿No es cierto?

CAPÍTULO DIECISIETE

UNA LECTURA DEL LIBRO DEL FEMINISMO DE LAS DAMAS BLANCAS

"La sangre es literal. La sangre es espiritual. La sangre conecta a través del nacimiento, a través del caos y a través de la intimidad. Abracen las historias de sus hermanas. Escuchen con el corazón y ofrezcan afirmaciones. Nunca asuman sus luchas. Nunca consuman sus verdades. No permitan que la naturaleza asimilacionista del patriarcado infiltre los vínculos sagrados de la sangre".

La flor enardecida: Empodera tu mente
y empoderarás tu chocha, Harlowe Brisbane

LA TARDE SIGUIENTE, Harlowe, Maxine y yo nos concentramos en preparar la presentación de Harlowe.

Powell's ya tenía las cajas de libros. Yo estaba a cargo de la mercancía promocional. Había calcomanías sobre *La flor enardecida*, una edición limitada de paños para el período, también inspirados en *La flor enardecida*, parches sobre *La flor enardecida* y tres tipos diferentes de camisetas. Tenía que meterlo todo en la camioneta.

Harlowe se movía por toda la casa, del ático a la sala y otra vez al ático. Leía fragmentos de *La flor enardecida* en voz alta. A medida que se abría paso por el pasillo, y cuando se sentaba en el sofá, iba moviendo objetos al azar, que cambiaba de lugar. Me detuve a observarla. Eso era algo que no la había visto hacer. ¿Estaba fastidiando, o era solo Harlowe comportándose como Harlowe? Maxine se paró a mi lado. Juntas nos quedamos mirándola.

—Así es como sabes que está nerviosa —dijo Maxine.

Salimos de la casa al porche. Maxine me ayudó a etiquetar y cargar las cajas de mercancía en la picop. Todo el vecindario revoloteaba a nuestro alrededor. Una pareja de lesbianas mayores paseaba a su enorme perro lobo. Las personas se detenían en sus paseos para saludar. Todas las que se detenían recibían un cálido abrazo y sinceras preguntas sobre su bienestar. Nos movíamos con lentitud y hablábamos con todo el mundo. Ninguna quería estar en medio del torbellino de la preparación y la ansiedad de Harlowe. Con toda la mercancía empacada y lista, llevamos la camioneta de color negro mate de Maxine a Powell's. Faltaba solo una hora para el inicio.

—Esta noche es la noche de Harlowe, para hacer lo que hace mejor. Indignarse contra el patriarcado y decirles a las mujeres que todas tenemos un vínculo espiritual —dijo Maxine.

—¿Cree que todas tenemos un vínculo espiritual? —pregunté.

Ella y Zaira parecían tenerlo.

—Ay, Juliet, yo pienso muchas cosas. Como que para mí es difícil sentir algún vínculo con las personas blancas en general y, sin embargo, aquí estoy con Harlowe.

—Claro, debe despertar muchas emociones, particularmente cuando ella la reta con cosas como la hoja suelta esa —le dije.

—Yo no le he dicho, pero soy parte del panel del nueve-once —respondió Maxine—. Black Womanists United me pidió mi perspectiva teológica. He estado trabajando con una colega de Irán estableciendo conexiones entre la islamofobia y la antinegritud, o *anti-Blackness*, como le dicen en Estados Unidos.

—Maxine, eso es intenso. Me llega directo al corazón. ¿Es un secreto el que estuviera trabajando en esto?

—No es un secreto, solo es complicado. Zaira dirige BWU. Hemos sido amigas toda la vida, y ahora estamos pasando más tiempo juntas, trabajando en el panel y acercándonos de otras formas. Trabajar con ella es emocionante…

—¿Va a terminar con Harlowe? —pregunté, mordiéndome el labio inferior.

—Sería bueno tener una respuesta fácil para esa pregunta. Pero hoy no es el momento. No. Esta noche es toda sobre *La flor enardecida* y Harlowe Brisbane, el fenómeno feminista —afirmó Maxine. Se levantó y se estiró, cambiando de rumbo la conversación—. Me gustaría tener un público tan grande para el conversatorio del nueve-once como el que va a tener Harlowe para su lectura. Es interesante ver lo que les interesa realmente a otras feministas blancas, ¿sabes?

Yo no sabía. Tenía curiosidad por la próxima charla de Maxine. Quería saber más sobre su relación con Zaira. El "no secreto" de Maxine llenó el espacio entre nosotras. Nos unió.

Maxine dirigió la conversación. Me preguntó sobre el nueve-once, cómo me había afectado y qué entendía yo del clima político actual. En una ráfaga de pensamientos compartí mis emociones. El término antinegritud o *anti-Blackness* era nuevo para mí, así como el concepto de la islamofobia. Se acercaba el segundo aniversario del nueve-once y en las noticias parecía todavía que las bombas y los terroristas se escondían detrás de cada esquina. En el atentado de Nueva York había perdido a mi tío Louis y a mi vecina Jameka Watkins. Ella trabajaba en Windows on the World y el tío Louis había sido bombero del FDNY durante quince años. Titi Wepa pasó meses en la Zona Cero como socorrista de primera respuesta. Su uniforme, cubierto de polvo y cenizas, permanecía colgado intacto en su clóset.

Para cuando llegamos a Powell's, habíamos pasado de las historias del nueve-once a las de rupturas y otras cosas, como citas casuales con bibliotecarias. No me quedó nada por dentro. Dejamos las cajas de mercancía con Samara. Maxine y Samara intercambiaron palabras cordiales, pero no se dieron abrazos ni sonrisas. Me preguntaba cuál era la historia entre ellas, ¿o es que ya me había acostumbrado a que todos en Portland se abrazaban con todo su ser espiritual y cualquier cosa menos afectuosa me parecía rara?

El espacio para la lectura era inmenso. Había cerca de cien sillas vacías y un podio preparado para Harlowe. Sentía un aleteo en el estómago; estaba emocionada. La misma avalancha friki de nervios que tuve cuando leí por primera vez *La flor enardecida* inundó mi cuerpo. Esto iba a estar genial, y yo iba a ser parte de ello.

Harlowe llegó cerca de media hora después que nosotros. La escoltaron a una habitación en la parte posterior. La gente empezó a fluir y, en poco tiempo, Powell's estaba abarrotado de humanos. Según mi último conteo, unos setenta y cinco seres raros estaban sentados esperando a que Harlowe Brisbane predicara su magia vaginal. La gente seguía llegando y acercándose a la zona de la lectura. Algunas posaban para fotografías junto a la figura de cartón en el pasillo. Me escabullí y encontré a Harlowe en el salón de espera, caminando de un lado a otro. Su fragilidad se ganó aún más mi simpatía. Como que, mira, una de las personas que más admiro en todo el mundo algunas veces está asustada.

—Debí haberte advertido, Juliet, que soy la reina del pánico escénico. El universo adora humillarme —dijo, sin dejar de moverse—. En el fondo sé que todo estará bien, pero entonces entro en pánico y vuelvo a sentirme como esa "señora loca". La que fue rechazada por cincuenta editoriales, la que algunos blogueros han llamado "una feminazi enardecida", y dudo de mí misma. Quizás todos están aquí para ver el espectáculo, para decir "Yo vi a la Señora Chocha. Es una perra loca". Quizás no están aquí por la lucha, para derrocar el patriarcado, para ser mis hermanas de sangre, sino para burlarse y señalar.

Se deslizó por la pared hasta sentarse en el piso. Me senté a su lado.

—Bueno, entonces al carajo. ¿No?

—Exacto, al carajo —dijo Harlowe, y se rio—. Eres buena, ¿sabes? Es bueno tenerte aquí. Te tengo mucho cariño, Juliet.

—Yo también la quiero, pero tiene trabajo que hacer.

Hay una sala llena de quienes probablemente sean las lesbianas más chéveres de la vida, algunas están incluso lactando a sus bebés, y toneladas de otra gente hippie, esperando que hable. Así que, a recomponerse, ¿okey?

Se rio. Sus manos temblaban levemente por los nervios. Buscamos el baño. Harlowe se echó agua fría en la cara y respiró hondo varias veces. Se alisó el remolino en su cabello. La Dama de la Chocha estaba lista. Pasamos a la zona de lectura y esperamos en la parte de atrás. Observé a la multitud y vi a Kira con sus amigas. Me saludó con la mano y sonrió.

—Si esa es la bibliotecaria sexy, mejor vas para allá —dijo Harlowe, dándome un empujoncito por la espalda.

—Le pasaré la factura por la motivación de dama blanca —le dije, tocándola en el hombro.

Corrí y me senté al lado de Kira. Samara se acercó al micrófono. Presentó a Harlowe ante los aplausos del público; alguien incluso dejó escapar un grito de guerra de Xena. Había comenzado.

Harlowe se paró al frente de la habitación, con el micrófono encorvado hacia su boca. Esperó que todos se calmaran y pidió un minuto de silencio para honrar a las víctimas de la violencia sexual. La energía entre las espectadoras se agolpaba como un ladrillo contra el pecho. Todos los ojos estaban puestos en Harlowe. Se alejó del micrófono, inclinó la cabeza. Durante dos minutos, nos quedamos inmóviles. La mujer a mi lado lloraba, y la máscara negra para las pestañas corría por sus mejillas. No era la única. Nos preguntó si alguna vez nos habíamos aterrorizado por nuestros cuerpos. ¿Alguna vez nos habían hecho sentir anormales o no deseadas porque nuestra piel y nuestros huesos eran diferentes? ¿De qué maneras el mundo y nuestras familias nos habían abandonado y traicionado?

Nos prometió que sus preguntas no tenían la intención de invadir nuestras vidas privadas. Harlowe me convenció.

Recordé el momento en que Dominic Pusco me manoseó en la pista de patinaje Murray. Presionó sus manos contra mis pantalones, y me dijo que las mantuviera calientes y me quedara quieta. Tenía los bordes de la boca manchados de kétchup; olía a papitas fritas y sudor. Pero yo quería ser su noviecita, así que no lo detuve y mantuve la boca cerrada.

Harlowe nos pidió que soltáramos la carga de esos recuerdos en este espacio compartido. Nos pidió que encontráramos fortaleza en la energía de nuestras hermanas, y que confiáramos en que juntas podíamos sanar.

Sin dudar, Harlowe le ofreció su vulnerabilidad al público. Comenzó con el capítulo sobre Teddy, el novio de su madre que se masturbaba fuera del baño cada vez que ella se bañaba y había intentado hacer lo mismo mientras ella dormía. Nos contó sobre la noche en que ella le había tomado una foto en su dormitorio. El flash lo espantó. Ella acababa de cumplir los dieciséis, y le dijo que se la cortaría la próxima vez que se atreviera a hacerlo. Otros hombres no se intimidarían tan fácilmente. Harlowe no escatimó detalles de ocasiones posteriores de violencia sexual.

Pero no fue la violencia sexual lo que la animó a reclamar su cuerpo e investigar su vagina. Harlowe se acomodó el remolino en su cabello.

—No voy a conectar el trauma sexual con el feminismo —aclaró—. Eso no es lo mío. Toda la retórica de la mujer dañada que se convierte en lesbiana y feminista no funciona para mí. Eso es una invención del patriarcado, alias el Club de los Machos que odian a las mujeres porque no quieren que se nos tome en serio. Ellos, en realidad, lo que no quieren es que tengamos acceso al conocimiento divino que poseen nuestros cuerpos. Le temen a nuestro poder. Así que, no, no estamos dañadas. Hemos sufrido la brutalidad de un sistema inherentemente violento que favorece la virilidad sobre la feminidad. Hemos sido victimizadas, pero eso no nos convierte en víctimas a todas. No somos el resultado de lo que los hombres nos han hecho. Me niego a que nos reduzcan a eso.

—Mi curiosidad sobre mi cuerpo y mi poder espiritual existe porque son míos. Mi feminidad me maravilla. Las mujeres en mi vida me han hecho caer de rodillas de admiración. Y muchas de nosotras vamos por el mundo con la belleza y la valentía de escribir nuestras historias en el dorso de las servilletas y en el borde de nuestra cordura para que otras puedan encontrar fortaleza en nuestras palabras y saber que nuestras vidas nos pertenecen a nosotras, no a un esposo o a un padre. Construimos países, matamos dragones. Siempre me sorprenderán las mujeres que son lo suficientemente fuertes como para caminar por la maldita calle. Yo estoy aquí por todas ustedes. Escribí este libro por el amor imperecedero que siento por mis hermanas. Yo he elegido aprender todo cuanto pueda sobre nuestros cuerpos, sobre nuestras antepasadas brillantes, pero a menudo borradas, y sobre nuestra espiritualidad de la diosa divina, para poder compartir ese conocimiento y que podamos aprender unas de otras. Que podamos reunirnos, reclamar nuestro poder y respirar un poco más libres.

Esa sección de *La flor enardecida* era mi favorita. Oír a Harlowe leerla abrió mi corazón. En ese momento, amé a Harlowe Brisbane. La amé como si fuera mi familia. La amé de esa forma genuina y eterna. Me sentí audaz y lista para escribir mi propia historia. Valiente y llena de estúpidas mariposas, extendí la mano para agarrar la de Kira. Ella se acercó a mí y dejó mi mano en la de ella.

Harlowe leyó sobre el momento en que buscó una linterna y un espejo, fumó un montón de yerba y exploró su chocha. Tenía veintitrés años y nunca se había mirado la vulva. Se pasó toda una tarde separando los pliegues de su piel, observando el color y la densidad del vello. Le gustó tanto que volvió a hacerlo cuando tenía la regla. Y ese fue el catalizador de su obsesión por la chocha.

Todo el público rio. Un orgasmo colectivo sonsacado por Harlowe Brisbane. Harlowe pasó de la parte personal a leer fragmentos que cimentaron la adoración cuasi sectaria de sus seguidoras. Nos pidió que reflexionáramos sobre la primera mujer con la que estuvimos en comunión. Se presume que las madres sean las primeras, pero en este mundo nada está garantizado, ni siquiera el amor de una madre. Entonces, ¿quién fue esa primera mujer? ¿Quiénes fueron nuestras hermanas de sangre? ¿Las podemos contar con los dedos de nuestras manos? ¿Vemos sus rostros cuando soñamos despiertas? ¿Honramos nuestros cuerpos, a nuestros seres espirituales, y utilizamos nuestra energía para visualizar un futuro que gire alrededor de nosotras? Éramos criaturas en sintonía con la luna, después de todo. *La flor enardecida*, en directo, reforzó la dedicación de mi discipulado.

Por último, Harlowe leyó la parte donde recuerda que la lucha nunca termina. Cada día que hemos existido en este planeta, las fuerzas del hombre blanco en el poder se han dirigido a controlar los cuerpos de las mujeres y subyugar nuestras identidades para hacernos sentir inferiores, para dominarnos a través de la aniquilación física y económica. El índice de esos actos de violencia es todavía más alto contra las mujeres trans y las mujeres de color. Harlowe instó a sus compañeras blancas a recordar esto, y a no olvidar nunca la gran cantidad de privilegios que tienen por ser blancas. Es el deber de las mujeres blancas ser solidarias con las mujeres de color, *queer* y trans, escuchar sus necesidades y asegurarse de que el feminismo y la hermandad reúna todas nuestras voces.

¡Poder vaginal para siempre!

Otra ronda de aplausos para Harlowe. Entonces preguntó si alguien tenía dudas. La mayoría de las preguntas provinieron de muchachas fanáticas, con los ojos muy abiertos.

—Ay, Harlowe, yo la amo. ¿Cómo surgió la idea de escribir *La flor enardecida*?

—Hola, Harlowe, me preguntaba si tiene sugerencias para las nuevas escritoras.

—Hola, me encanta que use la palabra *chocha* tantas veces en *La flor enardecida*. ¿Le resultó extraño al principio?

Zaira y Maxine estaban sentadas una al lado de la otra. Me perdí la llegada de Zaira, pero me emocionó verla. Ella se puso de pie para hacer una pregunta, y le dieron el micrófono.

—Harlowe, ¿cree que agregar un mensaje de unidad y solidaridad para las mujeres de color, *queer* y trans al final de *La flor enardecida* es suficientemente potente como para marcar una diferencia? ¿Cree que unas cuantas oraciones pueden zanjar la disparidad entre las mujeres que experimentan la opresión debido a sus múltiples interseccionalidades y las mujeres que no tienen que sortear esas interseccionalidades? ¿Cree que ese mensaje es suficiente para atraer a las mujeres que no son blancas a su marca particular de feminismo? ¿Para invitarlas a ser sus hermanas de sangre?

La habitación se quedó en silencio. Todos los ojos se posaron en Zaira. Regia. Elegante en su vestido dorado, sujetado en la cintura con un cinturón plateado. La intensidad y la gracia de Zaira se manifestaba en cada poro de su piel. Me quedé mirándola fascinada.

Harlowe se aclaró la garganta.

—Creo con todo mi corazón que todas podemos ser hermanas de sangre. *La flor enardecida* no es de ninguna manera perfecta, pero creo que es un buen comienzo. Lo fue para mí. Es el inicio de mi trayectoria por una concientización más politizada, más centralizada en la mujer, y yo quería compartir eso. ¿Que si pienso que las mujeres de color, *queer* y trans leerán mi trabajo y se identificarán con mis palabras? No necesariamente, pero algunas sí lo harán, lo han hecho ya. Ahora mismo hay alguien que está aquí sentada en el público que es testimonio de ello. Una chica que no es blanca, que creció en el gueto, que es lesbiana y latina, y que luchó toda su vida por salir viva del Bronx y obtener una educación. Ella creció en la pobreza y sin privilegios. Sin apoyo de su familia, particularmente después de salir del clóset, y esa persona está aquí hoy. Esa persona es Juliet Milagros Palante, mi asistente y amiga, quien viajó desde el Bronx para estar aquí conmigo y aprender a ser una mejor feminista; y todo eso gracias a *La flor enardecida*, porque cualquiera puede verse reflejada en esa obra. Juliet es la prueba. Juliet, ¿puedes ponerte de pie para que todas te vean, por favor?

Zaira me buscó con la mirada. Tenía los ojos abiertos, pesarosa. Las personas volteaban la cabeza en todas direcciones para ver a quién se refería Harlowe. ¿Cómo se vería esa pobre chica criada en el violento gueto? ¿Eso era yo para Harlowe?

Una ligera sibilancia me quemó los pulmones. Aire. Necesitaba aire. Le solté la mano a Kira, me crují los nudillos. Ella me tocó el muslo y brinqué. Dios, no podía mirarla. No en medio de todo eso. Con la cabeza inclinada, eludí las miradas y las cabezas que asentían. Algunas mujeres del público me señalaron, y vi la lástima dibujada en sus ojos. ¡Estaban de acuerdo con Harlowe y ni siquiera me conocían! Giré rápidamente mi cuerpo hacia el pasillo, atragantada de vergüenza y humillación. El piso se desdibujaba debajo de mis pies. Las lágrimas bañaban mis mejillas. Mi cara estaba dura como un bloque de concreto. No tenía palabras. Solo oí la voz de Harlowe llamándome, y la puerta que se cerraba detrás de mí.

No recuerdo en qué momento empecé a correr, pero el zumbido del aire fresco que recorría mi piel y mis pulmones fue una bendición. Corrí todo el camino desde Powell's hasta el Steel Bridge. Okey, eso no es cierto. Corrí como cuatro cuadras, me quedé sin aliento y usé mi inhalador. Caminé el resto del trayecto. Los postes de luz tenían un brillo blanco y anaranjado. No tenía miedo de estar sola en la oscuridad, pero el silencio se sentía extraño. Todavía no me acostumbraba. Si hubiera tenido el número de Zaira, la habría llamado. Cuando ella se refería a alguien como una hermana, parecía sincera. No sabía si Maxine entendería, o si estaría enojada conmigo por haber abandonado el evento de Harlowe. Y en cuanto a Harlowe, la dejé allí sin despedirme. Un sentimiento de culpa se extendió como cera caliente en mis entrañas. Sus palabras se repetían en mi mente. "Luchó toda su vida por salir viva del Bronx". Es cierto que el Bronx era rudo, pero mi vida no era así. ¿Le había dado una idea equivocada a Harlowe? ¿O en realidad me había utilizado solo para probar que tenía razón?

Yo no tenía a los míos en Portland. No estaba titi Wepa. Ni mamá. Ni papá. Ni Ava. Ni Lainie. Maxine me llamó tres veces. Contesté a la tercera. Ella y Zaira estaban preocupadas. Se fueron después de mí. Querían buscarme y reflexionar. La suave voz de Maxine, llena de amor, me hizo sentirme cuidada. Pero le dije que estaba demasiado descompuesta para procesar las cosas, que necesitaba estar un rato al aire libre. Ella comprendió y me pidió que la llamara cuando estuviera en un lugar seguro. Palabra. Hecho. La voz de Zaira en el fondo me dijo que permaneciera fuerte, joven hermana.

La luna llena reinaba sobre Willamette. Las estrellas se multiplicaban en el cielo. Oré por guía y claridad, y liberé mis intenciones hacia la noche. Rogué por eso porque no podía controlar la rabia que crecía en mi interior. Harlowe había dicho cosas sobre mí que no eran ciertas. Yo pensaba que ella entendía. Pensaba que ella me comprendía de la misma forma en que yo la comprendía a ella. Me llamó "la prueba", como si mi existencia pudiera resumirse en una respuesta a todas y cada una de las preguntas sobre raza y representación en *La flor enardecida*. ¿Le había cedido los derechos sobre mi persona por estar ahí? ¿Mi presencia le daba permiso? Me sentí ingenua por amar tanto a Harlowe y por pensar que éramos hermanas de sangre. Deseaba desaparecer.

Ava me llamó mientras caminaba por el puente. Le contesté y ella empezó a hablar con su ritmo acelerado, como siempre.

—Soñé contigo, loca. El número tres era prominente. En el sueño tenías alas y estabas cayendo del cielo. Y dos ángeles trataron de salvarte. Yo era el tercero, y mi ropa era alucinante. Como quiera, te agarré, para hacer la historia corta. Así que tenía que llamarte, obviamente, para buena suerte. Y esta es la tercera y última vez que te pido que vengas a verme.

—Vamos a reservar el vuelo ahora mismo, Ava.

—¿Qué? ¿Como en este momento, ahora?

—Sí, te doy mi número de tarjeta de crédito por teléfono, ahora mismo —le dije.

—Mierda, nena, ¿estás bien?

—Las cosas se pusieron raras, más raras que el carajo, y no quiero entrar en eso ahora. Solo quiero verte —le rogué.

Estaba llorando de nuevo, y no me importaba si me oía.

—Te reservo un vuelo para mañana mismo. Mis sueños son tan reales, loca. ¿Dónde es que estás, otra vez? Titi Mari dijo Iowa o algo parecido.

Titi Mari era mi mamá. Ella estaba en comunicación con mi mamá.

—Portland, Ava. Estoy en Portland, Oregón. Busca los vuelos que salen de PDX.

No me pidió más información. Ava y yo reservamos un vuelo que salía a las 6:45 a.m. porque era el más barato y llegaría a Miami con tiempo suficiente para disfrutar el resto del viernes. Hasta puso dinero para cubrir el costo y me dijo que me recogería en el aeropuerto. Pasaría el fin de semana con ella, con titi Penny y tío Len. Habían pasado algunos años desde nuestros últimos veranos juntas, cuando corríamos por las playas de

Miami siendo niñas. Ava me dijo que me amaba. Primas para siempre.

Kira me envió un mensaje de texto. Quería ir a buscarme y se ofreció a llevarme a cualquier parte. Le dije dónde estaba y, por un momento, todo se quedó en silencio; solo la luna y yo.

Harlowe me llamó al celular. Iba a contestar, pero me di cuenta de que no tenía nada que decirle. Todo era un nudo en mi garganta. Me dejó un mensaje de voz. No lo escuché. Eludir. Eludir. Alguien le informaría que yo estaba bien. Ella estaría bien. Harlowe había obtenido toda mi energía antes de la lectura. Yo estaba ahora totalmente en modo de supervivencia.

Oí la motocicleta de Kira antes de verla. Se detuvo, me dio un casco y me monté. Subimos volando por Burnside y bajamos por distintas calles secundarias hasta que ya no supe dónde estábamos. Mantuve los brazos alrededor de sus caderas y me apoyé en su espalda. Kira se detuvo en su casa y me invitó a entrar. Me prometió que me llevaría otra noche a observar las estrellas. Me preparó una ensalada rápida y macarrones con queso de cajita. Fue la comida más normal que había probado en Portland. Kira me escuchó, mientras yo intentaba descifrar emociones complicadas sin llorar. ¿Harlowe era racista? ¿Yo estaba hipersensible? ¿Ser del Bronx gritaba tanto a los cuatro vientos sobre la pobreza y la violencia que mi historia real no importaba? ¿Qué significaba para mí como persona y aspirante a feminista el haber admirado a Harlowe? ¿Era prueba de que su feminismo era para todas?

Me detuve después de admitir que amaba a Harlowe y eso me hacía todavía más estúpida. ¿Cómo podía querer a una farsante, racista (?), que no tiene la menor idea de nada, como Harlowe?

Kira me confesó que por un tiempo, después de leer *La flor enardecida,* había tenido sus dudas sobre Harlowe. Se preguntaba si Harlowe era la aliada que la mayoría de la gente elogiaba. Y lo que Harlowe dijo sobre mí le había confirmado su impresión de que Harlowe era igual a todas las demás feministas blancas que había conocido.

—Algunas veces las personas son así de retorcidas, Juliet, especialmente la gente blanca. Yo soy blanca y coreana, e incluso algunos de mis amigos suponen que soy buena con las matemáticas, o que practico artes marciales, solo por mi aspecto. Esas suposiciones viven dentro de las personas, y aunque estas hacen lo que pueden para esquivarlas y racionalizarlas, siguen estando ahí. Tampoco me ven como politizada, o como alguien que es víctima de micro agresiones. Eso apesta. Merecemos algo mejor. Tú mereces algo mejor —dijo Kira, y me besó en la mejilla.

Me incliné hacia ella. Le pregunté si podía bañarme. Kira me llevó al baño. Abrí el agua caliente, me quité la ropa y me quedé parada bajo el chorro de agua con los ojos cerrados.

Pasados unos minutos, tocó a la puerta y dijo que me dejaría una toalla.

—Puedes entrar si quieres —le dije.

Tan pronto las palabras salieron de mi boca no podía creer que las hubiera dicho.

—Okey —respondió.

No escuché más nada, y entonces abrió la cortina. La hermosa Kira, desnuda, se metió a la ducha conmigo. Me empujó contra los fríos azulejos y me besó. El peso de la noche resbalaba por mi piel con el agua caliente que caía sobre nosotras. Me enjabonó el pecho, el vientre y la espalda. Sus manos eran firmes. Presionó los músculos de mi espalda y me besó los hombros. Dejé que sus manos recorrieran mi piel y exploraran las curvas de mi cuerpo. No pensé en nada más que en besarla por todas partes. Deslizó sus manos por mis muslos.

—Te siento muy bien. ¿Estás bien? —me preguntó—. No tenemos que hacer nada que no quieras. Solo quiero asegurarme.

—Yo no sé lo que quiero hacer. Me gusta esto. Me gusta besarte y sentirte. Pero no quiero utilizarte —respondí.

Observé las gotas de agua en sus pestañas.

—Estoy aquí. Sé lo que se siente cuando necesitas que te besen y te toquen. No me siento utilizada. Podemos ir lentamente y detenernos en cualquier momento.

Kira cerró la ducha y me llevó a su dormitorio. Envueltas en toallas, con los cuerpos calientes y húmedos, caímos en su cama. Ella tomó la iniciativa, yo la seguí. Donde ella tocaba y presionaba los labios, yo también lo hacía. Puso sus manos en mis muslos mientras me besaba el vientre. Se deslizó hacia arriba por mi cuerpo, su boca a un suspiro de distancia de la mía. Me hizo esperar por un beso. El contacto visual mantenido me hizo sentir madura: mami sexy en plena floración. Cuando nuestros labios finalmente se encontraron, ya era mi dueña. Mi cuerpo nunca se había sentido tan vivo y deseado. Nos movíamos al mismo ritmo. Y cuando la sentí dentro de mí, envolví su cintura con mis piernas y me entregué totalmente. Me quedé dormida con la cabeza sobre su pecho.

Cuando el día empezaba a despuntar, tras besarnos tiernamente y asegurarnos que todo estaría bien, me dejó en casa de Harlowe. Maxine estaba sola. Dijo que Harlowe estaba tan disgustada por mi partida que había corrido a su templo de meditación favorito. Maxine no parecía preocupada por Harlowe. Me abrazó y me dijo que entendía por qué tenía que alejarme un tiempo. Había demasiado por decir y muy poco tiempo para procesarlo. Empaqué rápidamente y dejé mi ejemplar de *La flor enardecida* sobre la cama.

Maxine me llevó al aeropuerto.

Y me fui. En un avión rumbo a Miami.

TERCERA PARTE

BIENVENIDOS A MIAMI. EL MUNDO ES TUYO

CAPÍTULO DIECIOCHO

LOS ABC Y 123 DE SER *QUEER*

AVA ME ESPERÓ en la cinta transportadora de equipaje. Vestía unos *leggings* de cuero negro, una camiseta negra rasgada con la palabra "Bruja" escrita en letras rojas y unas botas hasta la rodilla, plateadas y tachonadas. Nos quedamos mirándonos por un momento, y Ava me rodeó con sus brazos. Nuestro abrazo fue tan fuerte que compensó los tres años que habían pasado desde nuestra última visita. Ella olía a *Gucci Rush* y a todas las noches de verano que compartimos juntas de niñas. Me soltó solo un momento, el tiempo suficiente para mirarme a los ojos y ver mis lágrimas. Luego me volvió a abrazar.

—Vamos, prima, vámonos a casa —dijo. Agarró mi maleta y me dio la mano.

Ava manejaba un Mustang negro que ella llamaba Bullet. Era mitad regalo de los dieciséis años y mitad fruto de dos años de ahorros trabajando en Hot Topic. Puso a todo volumen a Snoop Dogg y a Selena, con las ventanillas bajas, mientras retumbábamos por la carretera estatal 953 hacia Coral Gables. El espejo retrovisor se estremecía con el bajo. Ava y yo recitamos y cantamos todas las canciones en su CD *Como La Doggystyle*, una recopilación que había preparado para mí.

El sol caliente se sentía bien sobre mi piel. Resplandecía con sus rayos amarillos dorados en un cielo azul interminable. Nos detuvimos en la enorme casa de Ava, que se extendía en todas las direcciones. La puerta se abrió de repente y titi Penny salió en toda su sexy gloria. Su cabello, teñido en una combinación de castaño cobrizo, rubio y marrón, estaba peinado en rizos sueltos como bananas. Titi Penny corrió a recibirme y me llenó de besos rojos. Me abrazó tan fuerte que me sentí ingrávida.

—Ay, Juliet, ha pasado tanto tiempo. ¡Qué bella! Cada vez que te veo te pareces más a Mariana —exclamó titi Penny, colocando la mano sobre su corazón.

Titi Penny me echó el brazo sobre los hombros y me condujo dentro de la casa. Ava agarró mi bolso, no porque quisiera, sino porque sabía que titi Penny le habría pedido que lo hiciera de todos modos.

—Hablé con tu madre esta mañana. Ella no sabía que ibas a venir. —Me llevó a la cocina. La isla de mármol estaba reluciente, y un juego de potes de cerámica ocupaba el centro, ordenados por tamaño—. Está muy molesta porque no le has dicho que venías. Nena, llama a tu madre. Dile que estás bien. Te prepararé un plato.

De modo que terminé sudando la gota gorda en el *lanai* de titi Penny, mientras hablaba/discutía con mi madre durante casi una hora. No, no le había dicho que iba a tomar un vuelo a Miami. Sí, sabía que mi práctica con Harlowe contaba como crédito para graduarme.

No, no estaba desperdiciando mi dinero de la beca en un viaje innecesario. Sí, estaba escuchando. (Pero, no, no iba a cuidar el tono). Ni siquiera me molesté en mencionar nada sobre la lectura de Harlowe. No lo habría comprendido. Ella no entendía. Ella sabía lo que me convenía. Le estaba faltando el respeto. Mejor que cambiara mi actitud. Yo no entendía el amor de una madre y la necesidad de proteger a sus hijos. Todo estaba bien. Debía llamarla de nuevo cuando recuperara el respeto. Suspiré, sin querer. La pausa en su respiración me dio a entender que lo había captado. Nuestra conversación terminó cuando me dijo que me amaba. Colgó antes de que pudiera contestarle. El "Yo también te amo" que me tragué me quemó hasta llegar a la garganta.

Titi Penny y Ava entraron despreocupadamente en el salón, trayendo platos de arroz con gandules, tostones sazonados con sal y pollo asado con cilantro y aguacate por encima. Una jarra de cristal llena de sangría helada acompañaba la comida. Titi puso en mis manos un plato lleno hasta el tope.

—Eh —me dijo, colocando la mano libre en mi mejilla—. Está hablando contigo. Ella te ama. Lo hiciste bien. Respira, mamita.

Acerqué mi frente a la de titi Penny.

—Te extrañaba, titi —le dije.

—Bien. Ahora no dejes que se enfríe la comida.

Ava me haló para que me sentara a su lado en el *loveseat* de mimbre de titi. (Me encantan esos muebles de Florida).

—Entonces, ¿qué te hizo la puta esa de Harlowe Brisbane? —preguntó Ava, quitándose las botas.

Me reí. Levanté el plato de mi regazo para que Ava acomodara las piernas sobre las mías. Titi Penny se acurrucó en la silla al lado de nosotras. Y les conté todo. Comencé con lo más humillante: salir del clóset ante todos en mi cena de despedida. Hasta nos reímos un poco de titi Wepa, hasta que les mostré la foto de mamá conmigo en Battery Park. Titi Penny la sostuvo en su mano para estudiarla.

—Ella no mencionó la foto —dijo titi Penny moviendo la cabeza—. Esa hermana mía es algo serio.

—¿Qué cosas te dijo? —pregunté, pasando por alto el golpe de Ava a mi muslo.

Titi Penny levantó una ceja y me observó.

—Lo que se dice entre hermanas se queda entre hermanas. Habla con tu madre, Juliet.

Mojé un pedazo de tostón en el kétchup. Ava cambió

el rumbo de la conversación hacia la ruptura con Lainie. Ambas sabían que habíamos terminado porque mamá les había dicho, pero no sabían la historia del CD de ruptura. Esa revelación provocó pintorescas palabras: "puta gringa" y "malcriada", entre otras. Una vez más, saqué la infame carta. Ambas la leyeron, lamiéndose los dientes. Ava hizo un paréntesis para preguntar si alguna vez Lainie y yo lo habíamos hecho en casa de mamá, y si "me atraían las nenas blancas". Ya sabes, cosas importantes.

Les hablé de Harlowe, de Maxine, del poliamor y de todas las palabras nuevas que había aprendido, pero de cuyo significado todavía no estaba segura. Ava tocó mi cabeza en esa última.

—Nena, te voy a enseñar algunas cosas *queer* antes de que te vayas a casa —me dijo mientras rellenaba nuestras copas con sangría.

Les conté sobre Kira, su motocicleta y la manera en que me recogió en el puente. Y, antes de que pudiera decir nada más, me ruboricé tanto que no pude mirar a ninguna de las dos.

—Así que sientes algo por la bibliotecaria. Continúa —dijo Ava.

Cuando llegué a la parte en que Harlowe me rompió el corazón, Ava me detuvo. A la tercera copa de sangría, gesticulaba con las manos.

—Espera, ¿qué? ¿Cómo que te rompió el corazón? ¿Te enamoraste de la Dama de la Chocha? ¿Qué me dices?

—No, no es que yo quisiera salir con ella. La amaba de otra manera, como cuando admiras a alguien y quieres ser como ella y sientes que es parte de tu familia. Esa clase de amor, Ava. Cuando ella habla sobre el feminismo, las hadas y todas esas cosas, algo dentro de ella se ilumina, hasta resplandece. Nadie en este mundo es como ella, ¿cómo no amarla?

—Vamos, nena, pudiste haberte dado cuenta de que era una señora blanca hippie y santurrona predicando su feminismo universal mierdero a todo el mundo. ¿En Portland no hay reacciones en contra de Harlowe Brisbane? Porque aquí a nadie le importa un carajo ese libro —manifestó Ava.

—No es tan fácil. Ella no era así, no hasta la noche de la lectura. Tú ni siquiera la conoces. ¿Y qué sabes tú de ser gay y feminista? La última vez que compartimos, de lo único que hablabas era de Limp Bizkit y de medias con diseño de guepardos.

—Suficiente —intervino titi Penny—. Ustedes dos recojan los platos y la comida. Dejen la sangría.

Seguimos las instrucciones. Llevamos los platos a la cocina en silencio. Continué mi historia de Portland, editando un poco la parte de la lectura en Powell's. Estaba muy fresco en mi mente, y yo todavía estaba confundida. Les conté la versión de Harlowe sobre mi vida. Ava se lamió los dientes otra vez, pero no dijo nada. Titi

Penny se rio, porque le causó gracia, no porque se alineara con Harlowe.

—Así que eres una pobre niñita del gueto atrapada en el Bronx, ¿eh? Guau, tremenda feminista. Y entonces, después de estereotipar a mi hermosa sobrina, ¿esta señora no se ha ocupado de ti, aparte de una llamada telefónica? ¿No te llevó al aeropuerto y aquí estás con nosotras?

—Sí, titi Penny.

—Bueno, has tenido una vida muy agitada este verano. Saliste del clóset, tuviste tu primera ruptura amorosa, aprendiste sobre el veganismo. Todas las cosas importantes.

La sonrisa de titi Penny reveló la misma separación entre los dientes delanteros que tenía Ava.

—¿Te estás burlando de mí, titi?

—Sí y no. Me alegra que estés aquí. Tenemos tres días para amarte bien, y para hablar sobre la importancia de nombrar el racismo cuando te ataca inesperadamente en la forma de un mentor, un amante o alguien que existe en las zonas grises. Pero, por ahora, quizás ustedes dos deban subir, desempacar y reconectarse.

Ava rio. Puso su brazo sobre mis hombros y me llevó a su dormitorio en el segundo piso. Su dominio abarcaba toda la parte posterior de la casa. Tenía también pósteres de películas como *Mi Vida Loca* y *Kids* en la pared, junto a portadas de revistas de Rosario Dawson. Tenía también pegados en la pared volantes de protestas y boletines de programas de divulgación para la comunidad LGBTQ. Me llevó al balcón y encendió un Black & Mild. Vimos juntas el atardecer.

Ava me empujó con la cadera.

—No quise molestarte, prima. Tú sabes que te quiero —dijo Ava—. Yo todavía estoy descifrándome, y los círculos en los que me muevo están furiosos por eso. O sea, no es momento para la supremacía blanca o el feminismo blanco de segunda ola. Pero no es que te juzgue, ¿sabes?

Estaba sorprendida con su disculpa, y curiosa por saber todo lo que ella estaba aprendiendo.

—No hay problema. Empecemos de nuevo. Cuéntamelo todo —le contesté.

—Todavía estoy descifrando las cosas. Como que, no soy gay, pero estoy totalmente enamorada de una chica que se llama Luz Ángel. Y la mayor parte del tiempo básicamente me atrae todo el mundo, y muchas veces nadie en lo absoluto. Así que, ¿qué soy? ¿*Queer*? Estoy probando eso por el momento.

—Guau, Ava, no tenía idea. —Alcancé la última pulgada de su cigarrillo, y le dije—: Quiero saberlo todo sobre Luz Ángel.

—Ay, Dios mío —dijo Ava mientras abría la puerta corrediza del balcón—. ¿Por dónde empiezo?

Ava saltó a su cama *king* y se estiró.

—Luz Ángel es una nena de piel morena, reina de mi corazón. Ella no lo sabe. Está muy ocupada encargándose de Tempest, el grupo de personas de color, *queer* y transgénero en el campus. Cada vez que habla, me rindo. Me siento en las reuniones de Tempest básicamente esperando que me vea, mientras aprendo cómo organizarnos y luchar contra la opresión.

—Así es exactamente como yo empecé a salir con Lainie, al inscribirme en el curso de estudios sobre la mujer.

—Sí, pero más radical —respondió Ava.

—Yo no sé cómo es posible que alguien no te vea, Ava. Eres preciosa. Siempre he estado celosa de ti porque atraías todas las miradas desde que éramos niñas —exclamé.

Apagué el cigarrillo.

—Ay, por favor, tú también eres preciosa. Y te llevaste todas las tetas en esta familia —dijo Ava, mientras me daba un toquecito por el lado de un seno.

Nos acostamos una al lado de la otra en su enorme y cómoda cama, como lo hacíamos de niñas. Abracé la almohada y puse mis piernas sobre las de ella.

—¿Sabes? Eso que me dijiste antes de que me ibas a enseñar algunas cuestiones *queer*… —le dije—. Te voy a tomar la palabra. He estado escribiendo cosas literalmente todo el verano. Cosas como PGP y qué debo decir cuando alguien me pregunta cómo me identifico. Honestamente, yo no sé mucho tampoco sobre todo lo trans. Todos los demás parecen saberlo todo, pero yo lo único que sé es que no soy hétero.

—Coño, mama. Tenemos mucho de qué hablar, entonces. —Se chasqueó los nudillos—. Déjame ir a buscar el resto de la sangría.

Durante las horas siguientes nos quedamos en la cama tomando sorbos de sangría. Ava contestó mis preguntas. A ella no le gustaba el término "pronombres de género preferido".

—Cualquiera que sea el pronombre que elija una persona, si lo hace, es su derecho, no una jodida preferencia —aseguró.

Junté las manos sobre mi vientre, meditando sobre lo que Ava había dicho. Antes de ese verano, nunca se me había ocurrido que hubiera algo además de *él* o *ella*. O que la gente pudiera experimentar una multitud de géneros dentro de su persona. ¿Como qué? Eso sonaba increíble. Hermoso. Indómito como el universo.

—¿Por qué no preguntarle a alguien directamente si es trans? —pregunté.

—Nena, ¿qué tan ruda piensas ser en esta vida? —me preguntó, estirándose en su cama gigante—. Tu única tarea es aceptar simplemente la información que una persona quiera compartir. Nadie tiene el deber de informarte sobre su género, las partes de su cuerpo o su sexualidad.

Impresionante. Mis dedos jugaban con mi cabello, dándole vueltas a los pelitos rebeldes mientras asimilaba todo eso. Definitivamente yo no iba a andar por ahí diciéndole a la gente qué clase de genitales tenía. Pero supongo que era fácil adivinarlo. Mis grandes senos y mis caderas anchas eran todo lo que el mundo exterior necesitaba.

—Pero, o sea, yo estoy aquí suponiendo que las chicas tienen vaginas, y a mí me gustan mucho las vaginas. Entonces, si estoy en el proceso de engancharme con una chica y ella no tiene vagina, me voy a sentir algo molesta, creo —admití, con la cara entre las manos.

Ava suspiró y dio la impresión por un momento de estar hastiada del mundo.

—No se trata de ti, ¿sabes? Nos han socializado en esta locura. Vayamos por pasos, Juliet. ¿Avergonzarías a esa chica?

—¿Qué? ¿Avergonzarla? No, me sentiría más incómoda que el carajo. Yo no sé qué es ser transgénero, pero sé lo que es que te traten como mierda por el tipo de cuerpo que tienes, y yo no querría hacerle eso a nadie en el mundo, tú sabes.

—Bueno, quizás todavía hay esperanza para ti —sentenció Ava—. Ama todas las vaginas que quieras, prima, solo recuerda que están conectadas a personas. ¿De acuerdo? Y las personas son lo más importante.

Me volteé y la miré. Ava desglosó esas ideas monumentales en pequeños trozos porque yo necesitaba educación de nivel uno.

Habló sobre personas de las que nunca había escuchado hablar, como Sylvia Rivera y Marsha P. Johnson. Eran mujeres transgénero de color que habían ayudado a iniciar los disturbios de Stonewall. Yo ni siquiera sabía que Stonewall había sido un jodido disturbio. Para mí solo era ese bar que celebraba fiestas Lesbo-a-Go-Go los martes en la noche en la ciudad. Me quedé mirando al techo, maravillada. Deseaba haber decidido pasar mi verano con Ava. Tal vez yo no era una bucha friki alienígena feminista después de todo. Me sentía más bien parte de ese legado profundo, de la historia de la gente que luchaba por ser libre.

Ava me dio un codazo.

—Está bien no saber esas cosas, prima. Siempre estaré aquí para ti. Cualquier cosa que necesites o que quieras saber o hacer, me llamas. ¿Okey?

La expresión en su rostro era seria, como si estuviéramos a punto de hacer un pacto.

—Okey, lo haré —prometí.

Cruzamos los meñiques y bebimos más sangría. Después de mi lección gay básica, Ava siguió hablando efusivamente sobre Luz Ángel. Le conté sobre mi noche con Kira. Intercambiamos secretos sobre las chicas que nos gustaban hasta que nos quedamos calladas y nos dormimos.

CAPÍTULO DIECINUEVE

EL AMOR EN LOS TIEMPOS DE UNA HISTORIA DEL BRONX

CUANDO DESPERTÉ, TODAVÍA tenía puesta la ropa con la que había viajado. Me levanté a rastras de la cama de Ava a las 6:00 a.m. y me di una ducha en su baño privado. Limpia, y con ropa interior fresca, volví derechito a la cama para seguir durmiendo a su lado. No desperté hasta el mediodía. Ava roncaba con la boca abierta y una máscara de satén negro sobre los ojos. Ella había heredado todo lo bonito de la familia. Incluso durmiendo, Ava poseía el tipo de belleza que hacía difícil que la gente se pudiera concentrar.

Me lamí el dedo y se lo metí en la oreja. Me dio un zarpazo en la mano y luego en la cara. Me amenazó de muerte inminente. Yo la amenacé con lanzar el gas que había estado aguantando desde la noche. Se arrancó la máscara de la cara y me miró con ojos desorbitados. Me quedé sin aliento de tanto reír.

Me dijo que podía usar su computadora. Tenía miles de correos basura y un mensaje de Harlowe.

Juliet:

Mil disculpas. Me gustaría recogerte en el aeropuerto. Así fue como nos conocimos. ¿Podemos empezar de nuevo? No soy perfecta. He estado acongojada y le he rogado a la diosa que me guíe. Metí la pata. Dije cosas que no eran ciertas. Lancé todo mi privilegio blanco sobre ti. De verdad, lo siento muchísimo.

Espero que tu familia te dé amor del bueno. Y confío en que regreses y podamos aclararlo todo.

Pero si ya no te sientes cómoda cerca de mí, lo entiendo. Podemos hacer otros arreglos.

Amor,
La dama blanca jodida que está intentando vivir una vida feminista, pro mujer y contra el racismo, y que te quiere a rabiar.

No dudé en responderle.

Harlowe:

Todavía estoy intentando descifrar por qué tuve que irme. Regresaré el lunes por la mañana.

Empezar de nuevo siempre es bueno.

Juliet, la nena que solo trata de vivir correctamente.

Le leí a Ava el correo electrónico de Harlowe. Se lamió los dientes y puso los ojos en blanco con ganas. Ava no tenía tiempo para Harlowe. Me escribió una lista de todos los otros libros que necesitaba leer sobre feminismo que no habían sido escritos por Harlowe Brisbane. Reí y prometí que los leería todos. Pero incluso después de lo que había ocurrido en Powell's con Harlowe, quería saber por qué *La flor enardecida* estaba mal. Ava me dijo que las mujeres *queer* y/o trans de color no eran una prioridad para Harlowe en su obra; que Harlowe suponía que todas podíamos conectarnos a través de la hermandad, como si la hermandad se viera igual para todas. Hablaba mientras se cepillaba los dientes, se aplicaba maquillaje oscuro en los ojos y se inspeccionaba completa en el espejo de cuerpo entero.

—Esto es como lo que hablábamos anoche, ¿verdad? —le pregunté, mientras la miraba acicalarse.

—Sí, mama —me contestó—. No puedo con Harlowe

porque todo lo que hace es comparar el ser mujer con sangrar y llevar cuenta de los ciclos de la luna. Pues yo no me identifico con eso para nada.

Abrí el agua en su bañera y me pasé el jabón por las piernas.

—Okey, pero ¿esas cosas no cuentan también? —le pregunté, apoyando la otra cadera en el borde de la bañera—. Nuestras mamás y abuelas tenían esas costumbres de mujeres relacionadas con los cuerpos, los bebés y los períodos.

—Si lo sabré yo —comentó Ava, sacándose las cejas frente al espejo.

—Entonces, ¿por qué me da la impresión de que intentas separar las cosas? —le pregunté, extendiendo la espuma por mis piernas.

Ava se volteó, dejando por un momento su depilación, y me miró.

—Porque así es como desaprendes la mierda —dijo—. Somos mucho más de lo que Harlowe puede llegar a entender. Su insistencia en vincular los genitales con el género como una verdad absoluta es más violenta que el carajo. Es un puño cerrado en lugar de brazos abiertos, ¿sabes? Además —añadió, mirándose resuelta en el espejo—, la feminidad ya es bastante radical para cualquiera que se atreva a reclamarla.

—Carajo, prima, estás haciendo que me explote el cerebro otra vez —le respondí, con los ojos muy abiertos.

Me afeité las piernas sentada en el borde de la bañera de Ava. Los vellos gruesos y ásperos desaparecían con cada pasada de la navaja. Me mordí el labio inferior, pensando. Yo no había reflexionado antes sobre el culto de Harlowe a la vagina. De hecho, por el contrario, estaba ahí precisamente debido a sus palabras sobre las partes de mi cuerpo y mi feminidad. ¿Acaso yo, de alguna manera, era también violenta? ¿Lo éramos ambas? El agua de la llave chorreaba sobre mis tobillos y lavaba los vellos de la rasuradora.

—Entonces, mamá y abuela tienen sus experiencias en tanto mujeres, y podemos honrar eso, así como también los senos, los bebés y el matrimonio. Pero no es nuestra responsabilidad decir que "Bueno, para ser mujer, todas tienen que marcar estas cosas en su lista, o algo así" —reflexioné, con la cara un poco arrugada, tratando de asimilarlo todo.

Sentía las mejillas calientes.

—Eso es. Aférrate a ese pensamiento y no lo sueltes —dijo, admirando el trabajo en sus cejas.

—Lo haré —le prometí—. Y quiero ser capaz de comprenderlo como tú. No quiero lastimar a nadie porque no entiendo algo. Por eso creo que todavía tengo mucho espacio para Harlowe. Yo de verdad pienso que ella está tratando de crear espacios seguros para todas las mujeres.

—¿Harlowe estaba tratando de crear ese espacio

seguro antes o después de que te vendió a su multitud de creyentes? —preguntó Ava.

Se volteó y se sentó a mi lado en el borde de la bañera.

Suspiré.

—Eso es retorcido, prima.

—Juliet, te lo pregunto porque te amo y quiero seguir retándote. ¿En qué basas tus ideas de feminismo? Tienes que cuestionártelo todo, particularmente a quién le entregas tu amor y tu respeto. Se trata de perspectiva, ¿sabes? Como, ¿cuál es tu postura?

Yo no tenía una respuesta para ella. Ni para mí.

Nos pasamos todo el santo día relajándonos. Reclinadas al lado de la piscina en nuestros trajes de baño, bebimos a sorbos té helado y comimos pastelillos rellenos de queso y carne molida condimentada. Titi Penny aprovechaba toda oportunidad para besarme en las mejillas y decirme que nada de lo que Harlowe dijo era cierto. Se recostó a mi lado. Yo me preguntaba cómo habría sido su vida cuando tenía mi edad. ¿Cuándo alguien se convierte en una titi, así, en abstracto, sin marcas visibles producto de las mordidas de su propia historia? ¿Cuándo se convierte en una mujer que envía regalos de Navidad por correo y tiene conversaciones con la mamá de uno sobre la homosexualidad de su hija? Mirando a titi Penny, recordé lo que mamá me había contado.

—Titi, ¿puedo hacerte una pregunta personal?

—Claro, nena, pregúntame lo que quieras —me contestó.

—¿Cómo te identificas?

Ava tosió y se dio vuelta en el *chaise lounge*. Titi Penny se me quedó mirando.

—¿A qué te refieres? —preguntó.

Su voz era suave, una lenta sonrisa asomaba a sus labios.

—Sí, ¿qué quieres decir? —preguntó Ava, mirándome fijo.

—Okey, ¿prometes que no te vas a enojar? —le pregunté.

—Juliet…

—Mamá me dijo que yo estaba pasando por una fase, igual que te pasó a ti. Dijo que tú tuviste una vez una amiga especial, pero que ahora estás casada con tío Lenny, y que mi homosexualidad tampoco será permanente.

Titi Penny rio. Ava se quedó boquiabierta.

—Juliet, tu madre nunca comprendió tres cosas sobre mí. Ella no podía entender por qué yo era una activista y trabajaba con los Young Lords. Tampoco entendió cómo yo podía amar a una mujer, mucho menos a alguien como Magdalena, la hija de nuestro súper. Y, por último, pero no menos importante, se quedó pasmada cuando decidí casarme con un judío flacucho llamado Leonard Friedman. Sin embargo, nunca me dio la espalda, Juliet.

—¿¡Te enamoraste de una mujer!? —preguntó Ava— ¿Y nunca me hablaste de ella? Apuesto a que estaba buenísima también. Magdalena. ¡Mamá! ¿Por qué tantos secretos?

—Estaba enamorada de una mujer llamada Magdalena, ¿okey? Yo tenía dieciocho años y ella era preciosa. Me enseñó a bailar bachata y a batirme el pelo. No pregunten. Fuimos amantes casi todo el verano.

—¿Amantes, mamá? Esa palabra es muy…

—Detente. Amantes es la palabra correcta, Ava. No duró mucho. Ella me engañó con un tipo y pronto quedó embarazada. Después de eso, no le hablé más a tu mamá sobre ella, Juliet. Y, bueno, menos de un año después yo estaba saliendo con el tío Lenny de todos modos.

—Entonces, ¿sí fue solo una fase? —le pregunté.

Titi Penny hizo una pausa.

—No lo sé. Eran otros tiempos. Yo no tenía un nombre para mis sentimientos, solo me dejé enamorar de ella. Y después, cuando conocí a Lenny, estaba activamente involucrada en organizarnos dentro de los Lords para luchar por un Bronx mejor y más seguro. Él era socialista y yo me volví loca por él. La conexión fue inmediata. Nunca me sentí confundida sobre mi sexualidad o quién era. Siempre he sido simplemente Penny, y eso ha sido suficiente para mí.

Me volteé y recosté mi cabeza sobre su regazo.

—Mamá, Dios mío. ¿Ambas somos *bi*? En serio. Ambas. Somos. Bi. —gritó Ava, con una euforia del carajo.

Titi Penny se quedó callada por un instante y luego dejó salir una carcajada de cuerpo entero que hizo que Ava y yo resplandeciéramos.

—Sí, *bi*. Claro. Esa diminuta palabra se siente tan bien. ¿Y las bi también tenemos un desfile?

—Más vale —dijo Ava, mientras abrazaba a titi Penny—. Si no, hacemos uno para nosotras.

Se abrazaron y lloraron suavemente con grandes sonrisas en sus rostros. Después de un momento, titi Penny me incluyó en el abrazo.

—En cuanto a ti, Juliet... —empezó a decir titi Penny—. Tú eres tu propia persona. Si es una fase que te gusten las nenas, ¿qué pasa? Si es para toda la vida, ¿a quién le importa? Tu destino es evolucionar y comprenderte en formas que nunca antes imaginaste. Y nuestra sangre corre por tus preciosas venas, así que, sin importar nada, has sido bendecida con el espíritu de mujeres que saben cómo amar.

Las tres hablamos toda la tarde. Titi Penny me contó que ella y mi mamá hablaban por teléfono casi todos los días desde que me fui a Portland. Me dijo que mamá había leído un montón de libros, incluyendo *La flor enardecida*. Titi Penny insistió en que fuera con calma. Mamá estaba tratando de comprenderme a su modo. Yo debía ser más comunicativa. Me dijo que confiara en el amor de mi madre.

Haría un mayor esfuerzo. Si mamá lo estaba intentando, yo también lo haría.

El tío Len llegó a casa esa noche una hora antes de la puesta del sol. Nos sentamos todos juntos para la cena de *Shabat*. Él bendijo la comida: "*Baruch atah Adonai*". Incliné la cabeza. Se sentía bien orar, recordar dar las gracias y sentirse conectado a algo más allá de la confusión de los seres humanos.

Ava me pinchó después de la cena. Estaba convencida de que yo necesitaba socializar, y me llevó a una fiesta de Clipper Queerz. Parte baile, parte cuidado personal y peluquería en escala proporcional, las fiestas de Clipper Queerz eran candentes y clandestinas como el carajo. El equipo de CQ celebraba eventos para personas *queer* y trans de color exclusivamente; no había aliados blancos, así fueran amantes, familiares o cualquier otra cosa. Las personas mestizas o multirraciales eran bienvenidas, por supuesto, y nadie andaba contabilizando la composición étnica de nadie. El equipo de CQ confiaba en que su gente respetaría la norma de no llevar a personas blancas, y cualquiera que intentara infringirla perdía el respeto y no era invitado a la siguiente fiesta. La cosa sonaba bien hermética y exclusiva, como masones gais o alguna mierda por el estilo. Yo estaba intrigada, pero también escéptica.

—Yo no sé, Ava. ¿No te sientes rara al ir a una fiesta donde una persona blanca, joven, política, de buen corazón, como tu papá cuando era más joven, no pueda entrar? —le pregunté mientras ella cubría mis párpados con capas de sombra negra y plateada.

—No, no me siento rara. Siempre estás buscando abrirle espacio a la gente blanca, ¿verdad? —preguntó Ava.

Se volteó para mirarme. Me senté en su cama, avergonzada de mirarla a los ojos. Me encogí de hombros.

—No, eso no es lo que intento.

—Escucha, bebé. Está bien. Mira, las fiestas de Clipper Queerz son para que la familia pase el rato y no se preocupe porque la gringa de su trabajo que no tiene idea de nada vaya a hacer algún comentario racista sobre los cubanos o los negros o cualquiera. Y no se trata de que no haya blancos, sino más bien de que tengamos una noche para respirar tranquilos. ¿Okey? Ninguna fiesta de lesbis hace eso. Es eléctrico, prima.

Yo necesitaba respirar más tranquila. Ava me extendió la mano. Yo le di la mía. Me deslizó de la cama y me llevó al baño. Miramos nuestros reflejos en el espejo. Teníamos los mismos labios, en forma de corazón y carnosos. Pero Ava había dejado atrás sus mejillas regordetas. Me agarró la barbilla y me hizo mirarla.

—Vamos a terminar de arreglarnos juntas, ¿okey?

Asentí con la cabeza. Mientras Ava me maquillaba, me hablaba de sus amigos en el círculo de CQ. Y entre col y col, dejó caer algunos secretos. Todo lo que decía sobre Luz Ángel, que también organizaba las fiestas y era súper mona, era hiperbólico. Ava no estaba segura de poder mantener en secreto sus sentimientos hacia Luz Ángel. Pero le aterrorizaba dejarlos salir.

—El amor te destruye. Lo arrasa todo —dijo.

Ava estaba convencida de que solo con su voz Luz Ángel podía convencer a millones de que salieran a marchar. Pensaba que ser parte de la causa o la lucha de una persona era tan sólido como declararle su amor. Y lo cumplía al pie de la letra. Ava lo llamaba amor del tipo "sin justicia no hay paz".

Yo me preguntaba sobre el amor. ¿Alguna vez sentiría yo esa clase de amor? Sentía algo por Harlowe, ¿quizás eso era odio-amor? No, yo no odiaba a Harlowe. Sus palabras me hirieron porque la quería, pero ¿qué quería decir eso? ¿El amor me había hecho huir de Harlowe hacia Miami, o mi amor propio había bastado para hacerme escapar?

CAPÍTULO VEINTE

UNDERCUT Y TRANSFORMACIÓN

LA MÚSICA ESTABA buena y a todo volumen cuando llegamos en el Mustang de Ava. Rodeamos la casa y Ava empujó el portón de la cerca. La fiesta de Clipper Queerz se extendía frente a nosotras en toda su radical gloria. Iluminada desde el fondo, la piscina, a nivel del suelo, resplandecía. Del lado derecho estaba el área del DJ, y en la parte posterior, las sillas de los barberos. Una persona con un bikini rosado brillante corrió hacia nosotras y abrazó a Ava con todo su cuerpo.

—¡Florencio! —chilló Ava, con una enorme sonrisa en el rostro. Estás empapado, carajo. Eh, date vuelta, quiero que conozcas a mi prima Juliet.

Florencio giró en mi dirección.

—Pues, hola. Nunca antes había conocido a una Juliet. Yo soy Florencio y mis pronombres son "ella" y "ellas".

—Hola, soy Juliet —respondí.

Que Florencio usara el pronombre "ella" me sorprendió, pero recordé que Ava me había advertido que no fuera una bruja grosera, así que lo dejé pasar.

Florencio me miró por un momento.

—¿Te gustan los abrazos? Porque yo abrazo a todo el mundo.

Asentí con la cabeza, y Florencio me dio un buen abrazo y me besó en ambas mejillas.

—Queridas, odio dejarlas, pero la piscina me llama. Espero que ambas encuentren aquí su camino —dijo ella—. Ah, y para que sepas, Luz Ángel está aquí.

Florencio chocó su cadera contra la de Ava antes de salir disparado hacia el agua.

—No lo voy a lograr —dijo Ava.

Se oía embelesada.

—Todo estará bien, prima —le respondí.

La atmósfera de la fiesta de Clipper Queerz ardía, vibrante y abierta. Ava y yo nos acercamos a una neverita y agarramos unas cervezas. Eran cervezas estadounidenses baratas de mierda, absolutamente perfectas.

Ava me presentó a los gemelos Alonzo y Necia.

—Es de buena suerte, lo juro —dijo Necia y me extendió la mano—. Frota mi cabeza y pide un deseo.

—La buena suerte no existe, Necia. Se trata de lo que el universo desea —respondió Alonzo.

Froté las cabezas de ambos. Sus crestas cortas eran

similares. Parecían hermano y hermana, pero como ninguno de los dos dijo nada sobre pronombres, yo tampoco lo hice. Eran Necia y Alonzo.

Bebí un largo trago de cerveza. Entraban y salían personas a nuestro pequeño círculo, cerca de las neveritas.

Ava hizo todo lo que pudo para presentarme, pero sus ojos estaban sobre la única persona que parecía nunca estar lo suficientemente cerca. Luz Ángel se movía alrededor del perímetro de la piscina, hablaba y reía con todos. Tenía sentido que Ava pensara que Luz Ángel no sabía que ella existía. Tal vez mi prima no encontraría su amor "sin justicia no hay paz" con esa chica.

Florencio se contoneó entre Ava y yo para buscar una cerveza. Su cuerpo estaba cubierto de gotas de agua. Parecía una brillante sirena reina.

—¿Te vas a cortar el cabello? —me preguntó Florencio.

Abrí los ojos y bajé la vista por un instante. Me sentí un poco nerviosa.

—Nunca. Mi cabello está muy largo. No podría cortármelo —le dije.

Otro trago de cerveza. Florencio chocó su botella con la mía.

—Si alguna vez ha existido un lugar para hacer algo que nunca harías, es este —dijo—. Carajo, en la última fiesta salí de aquí con el nombre de alguien tatuado en mi tobillo. Hasta el día de hoy, te juro que no sé quién era. Pero cuando encuentre a quienquiera que sea Valentina, vamos a tener un kiki como si fuera mil novecientos noventa y nueve.

Florencio me mostró el tatuaje en su tobillo y me reí. Me sentí más libre de lo que me había sentido en todo el verano. Ava sacó un cigarrillo ultra fino de la caja de oro de Florencio y se dirigió hacia el borde de la piscina. No la seguí. Parecía que necesitaba un momento a solas. Además, yo no estaba sola. Toda la noche hubo gente fluyendo a mi alrededor, compartiendo sus grandes ideas. Dejaban caer frases como *política radical, esencialismo de género y desigualdad promovida por el gobierno* en medio de conversaciones sobre lápiz labial plateado o la importancia del cuidado personal. Cada grupo de humanos quería hacerse cargo del mundo y reimaginarlo. En el fondo, junto al ruido sordo del bajo se oía el zumbido de las máquinas para cortar el cabello.

La música se apagó. Luz Ángel se paró delante de su mesa, micrófono en mano, y esperó a que la gente se fuera callando. Todas las miradas estaban sobre ella y sus botas rojas hasta las rodillas. Me acerqué. Se aclaró la garganta.

—Mi gente, esta es la tercera fiesta de Clipper Queerz y tengo el honor de seguir organizándola y fiestando con mi familia de CQ.

La multitud aclamó a Luz Ángel.

—Estamos aquí para pasar el rato, hacernos cortes

locos de cabello y bailar. Pero no olvidemos a nuestras camaradas caídas que fueron víctimas de la brutalidad policial o de sus amantes, o abandonadas a su muerte en las calles. A mis compañeras trans, ¡no las olvidaré! No olvidaremos sus nombres. No olvidaremos que nuestras familias nos repudiaron, que hemos sobrevivido sin hogar, que nos han utilizado y que hemos sido objeto de burlas. Acosadas, asesinadas, oprimidas por ser morenas, negras, asiáticas, *queer*, maricas, buchas, renegados sin género, guerreros trans, para toda nuestra gloria. ¡No somos como esos gais sofisticados y falsos de *Queer as Folk* o de *Will and Fucking Grace*! Y nunca lo seremos. Nunca seremos asimilados. ¡Basura! El sistema capitalista que favorece a los blancos y ricos por encima de todo nos ha negado el derecho a vivir bien, a estar bien y a amar. No dejaremos que se salgan con la suya. Nos rebelaremos y celebraremos y honraremos a nuestros antepasados, y nadie nos podrá detener. Gloria sea a la madre, Sylvia Rivera; a la Virgen de Guadalupe; y a la reina Selena Quintanilla-Pérez. Y a todos ustedes, mi gente, mis Clipper Queerz. Luz Ángel los ama, si nadie más lo hace.

El equipo de CQ aclamó y gritó por Luz Ángel.

Ava me apretó el brazo.

—¿Ves lo increíble que es, Juliet? Estoy acabada. Absolutamente acabada —dijo.

Pensé que Ava iba a llorar. Tenía esa mirada temperamental de estar soñando despierta, con los ojos muy abiertos. Me incliné y junté mi frente con la de ella.

—Si te desvives por un amor *queer* radical con ella, prima, ve a buscarla —le dije—. Hazlo ahora para que yo pueda verlo y recordártelo más adelante, cuando intentes contar la historia y no le hagas justicia.

Ava me agarró las mejillas con las palmas de sus manos, como cuando éramos niñas.

—Me alegra tanto que estés aquí, Juliet —dijo.

Se bebió el resto de la cerveza y caminó en dirección a Luz Ángel.

Yo busqué otra cerveza y caminé hacia la zona donde hacían los cortes de pelo. L@s barber@s de CQ eran tod@s bombones. Arreglaban patillas, dibujaban líneas en la piel y escuchaban todas las peticiones: al rape, rapado en disminución y *undercuts*. Un@ en particular era excelente con la navaja plana. Su lápiz labial de color azul pastel brillante me llamó la atención. Levantó la vista y nuestras miradas se cruzaron. Me sonrojé, pero no retiré la mirada. Tampoco la otra persona. No había mala actitud ni fanfarronada en su conducta. Nada de la mierda esa de "soy más bucha que tú" con la que me topaba cuando Lainie y yo nos escabullíamos en Gallagher's, la única barra de lesbianas en Baltimore. Labios Azules se veía dulce. Era bajit@ y fornid@, con piel color marrón alcapurria y músculos bajo su camiseta clásica del *Purple Rain* de Prince.

Estaba a punto de acercármele cuando un ser humano precioso llegó zigzagueando a su silla de barbería. La atención de Labios Azules cambió. Lo que fuera que había pasado entre nosotr@s, voló hacia la noche.

De todos modos, yo no pensaba cortarme el cabello. Nunca. Me había prometido que nunca sería una de esas lesbianas varoniles. Observé a Labios Azules trabajar desde lejos.

Pasé revista a la fiesta, asombrada. Sentía que estaba en un video musical futurista. Me hizo pensar en la historia de ciencia ficción que escribí en el taller de Octavia Butler: "Starlight Mamitas: Los tres acordes de la rebelión". Todavía no lo había presentado para la antología de Zaira. No sabía si lo haría, pero la fiesta se conectaba con ese mundo. Un mundo donde tres hermanas latinas comenzarían una revolución de *heavy metal*. Clipper Queerz también era una revolución. No había conocido a una sola persona en la fiesta que encajara en la versión regular, hétero, normal, de lo que la sociedad imponía que fueran... que fuéramos. Nada más en términos de género era como si el espectro de la galaxia, con todas sus manifestaciones de seres humanos, hubiera implosionado maravillosamente y todas las personas ahí reunidas se hubieran impregnado con su majestuosidad.

Luz Ángel emergió de la piscina. El cabello espectacular le caía sobre la espalda, y descubrí un millón de razones por las que mi prima la amaba. Caminó hacia mí, mirándome directamente. No tuve tiempo de espantarme y salir corriendo. El contacto visual directo me hizo sentir avergonzada e importante al mismo tiempo.

—Me parece que no nos han presentado —dijo—. Soy Luz Ángel y tú eres Juliet, la prima de Ava. La prima realmente adorable que ha estado parada sola en un rincón por demasiado tiempo.

—¿Qué? No, digo, sí, pero es que… —tartamudeé y perdí el hilo.

—Pero es que nada. Aquí todos somos familia, y eso te incluye a ti —dijo Luz Ángel y puso su brazo sobre mi hombro.

—¿Está bien así?

—Sí, perfecto, gracias por preguntar. Eres muy dulce —le contesté, inclinándome hacia ella—. Vamos a buscar a Ava.

—Ay, Dios mío, yo necesito un respiro de tu prima.

Me puse tensa.

—¿Qué? ¿Por qué?

—Porque ella es demasiado hermosa, no puedo lidiar con eso, ¿okey? Me he pasado toda la noche huyendo de ella literalmente, y te lo cuento porque soy la reina del drama y mi obsesión con tu prima está fuera de control. Y eso me encanta. —Luz Ángel me haló más cerca—. Vamos a dar una vuelta.

Caminamos por la fiesta como la realeza por su casa. Había gente bailando, lanzándose en la piscina y tomándose el tiempo para reinventarse. La fila para los recortes había bajado y fluía al ritmo de la música. Necia vino con unos *shots* de gelatina para Luz Ángel y para mí. El mío era azul brillante. Nunca había probado uno. Las tres brindamos con los vasitos plásticos y bebimos. Necia siguió repartiendo el resto de los tragos. Ava estaba rodeada por un pequeño grupo, inmersos en una conversación intensa. Luz Ángel intentó que fuéramos en dirección contraria. La detuve y me dirigí a ella.

—De ninguna manera, Doña Líder de la Revolución. No vas a seguir evitando a Ava esta noche. Vamos.

Bordeamos el círculo. Florencio tenía la palabra.

—En mi corazón, creo que necesitamos repensar la masculinidad, Ava, no desmantelarla —manifestó.

—Te oigo, pero es muy peligroso y violento. ¿Por qué no deshacernos de toda la cuestión, simplemente? —preguntó Ava.

—Porque, al menos para mí, la masculinidad está ligada para siempre a lo femenino y a todas las demás formas de expresión de género. Solo es peligrosa y violenta porque la hemos elevado por encima de todo lo demás. La sociedad permite que la gente masculina, particularmente los hombres blancos, ejerzan un poder extraordinario sin consecuencias, y ahí es donde entra el trauma. No es la masculinidad de por sí —explicó Florencio—. Pero, para ser honesto, yo preferiría dedicar mi energía a explorar y elevar la energía femenina divina.

Estaba allí parada, con el brazo de Luz Ángel sobre mi hombro, asimilando lo que decía Florencio. En lugar de sentirme bloqueada y confundida como en Portland, algo hizo clic y lo entendí. Entendí lo que estaban diciendo. Se conectaba con *La flor enardecida* y con Harlowe. Se conectaba con todos mis problemas con Lainie y con mamá. Había estado tan ocupada tratando de ser lo que ellas querían que fuera, que no había explorado y elevado mi propia energía femenina divina. Dejé a Luz Ángel y me dirigí hacia Ava, y le pasé los brazos alrededor de la cintura.

—Gracias por traerme aquí, prima —le susurré.

—Ay, bebé, no hay de qué —respondió.

—Yo voy a caminar y tú vas a coquetear con Luz Ángel. ¿Okey? Solo hazlo, confía en mí.

La miré a los ojos. Ava acercó su frente a la mía y asintió con la cabeza. Me alejé y, cuando me di vuelta, Ava se había acercado a Luz Ángel. Casi se tocaban. Me dirigí al área de los recortes y me paré al lado de Labios Azules. Le vi usar una navaja plana para dibujar líneas en una cabeza recién rapada. Pasé la mano por mis rizos. Había heredado el cabello de mi madre. Negro, grueso y con tendencia a que el sudor estropeara el alisado, y a encresparse en el verano. Labios Azules sacudió el cabello que le había cortado a su cliente y usó un espejo de mano para mostrarle el corte y la línea en la parte posterior.

Complacida, la persona le dio un abrazo y le ofreció traerle un trago.

—¿Te vas a recortar? —me preguntó Labios Azules.

—Tengo miedo de verme como una bucha —le contesté.

—¿Eres una bucha?

—Creo que sí.

—Entonces no importa lo que hagas con tu cabello, siempre te vas a ver como una bucha —dijo Labios Azules.

Me sonrió y dio un golpecito en la silla para que me sentara.

—Nunca lo había pensado de esa manera —respondí. Acomodé mi trasero en su silla y respiré hondo—. Bueno, vamos a hacerlo. No me han cortado el pelo, aparte de las puntas, desde que estaba en quinto grado.

Labios Azules caminó a mi alrededor e inspeccionó mi cabello por un momento.

—¿Qué tal un pequeño *undercut*? —preguntó. Labios Azules me tocó detrás de las orejas—. Puedo rasurarte la parte de atrás, desde aquí hasta aquí, y dejar el pelo largo en la parte superior.

—No te conozco, pero voy a confiar en tus habilidades. Haz lo que creas que se verá bien. Soy Juliet. Y, para ser honesta, te he estado llamando Labios Azules en mi mente toda la noche.

Se rio.

—Eso me gusta. Puedes llamarme Labios Azules, Juliet.

J. Lo cantaba "*Jenny from the Block*" por las bocinas. Era una señal de las diosas del Movimiento del esqueleto. Recé brevemente a la Virgen.

—Okey, hazme un *undercut*.

Labios Azules soltó mi cola de caballo y cepilló mis rizos. Usó un peine grueso para dividir mi cabello en secciones. Teníamos un pequeño público. Cuatro pares de ojos observaban a Labios Azules hacer su magia. Supongo que el largo de mi cabello los había atraído, y querían ver si iba a afeitármelo todo. Labios Azules recortó cabello en la parte superior de mi cabeza y me miró a la cara con sus dulces ojos castaños.

—¿Estás lista? —me preguntó.

No era una elección, era un acto de confirmación.

¿Estaba lista? Asentí con la cabeza, y luego dije "sí" y cerré los ojos. Labios Azules cortó cerca de un pie de cabello. Me lo mostró. Se me aguaron los ojos. Mi cabello, mi hermoso cabello largo. Cerré los ojos y recuperé la compostura. Labios Azules acercó la rasuradora a mis patillas y rapó toda la parte inferior de mi cabeza. Usó una navaja afilada para marcar los bordes. Me preguntó si quería algunas líneas y un corte en la ceja. Asentí con la cabeza, sin saber a ciencia cierta qué significaba eso. Labios Azules dibujó tres líneas en el lado izquierdo de mi cabeza y una línea en mi ceja. Me gustaba cómo se sentían sus manos en mi cabeza, la presión y el zumbido de la rasuradora y el cuidado con el que Labios Azules hacía el recorte. La energía enfocada en mí era de la buena, de la clase que no espera nada a cambio.

Labios Azules apagó la rasuradora. Usó una brocha para el cuello y pasó un algodón impregnado con alcohol por los bordes del corte. La ligera sensación de ardor me agradó. Por primera vez en mi vida sentí una cálida brisa en el cuero cabelludo.

—Listo —dijo Labios Azules.

Acercó un espejo a mi rostro.

—Mierda. ¡Gracias!

Podía ver mi cabeza. Me veía feroz, gay como el carajo, incluso *queer*. Coño, quizás también era *queer*. Cualquier cosa que fuera, o como quiera que decidiera identificarme, el recorte estaba brutal. Algunas lágrimas rodaron por mis mejillas.

—Mierda, Juliet, está bien. La transformación es intimidante —dijo Labios Azules.

Puso una mano suave y firme sobre mi hombro. Reí, todavía llorando.

—Estoy bien. Esto es hermoso. La noche, la fiesta, todo. Estoy bien.

Detrás de mí escuché a Ava quedarse sin aliento. Y, entonces, gritó como toda una puertorriqueña: un alarido que es una mezcla de chillido, grito ahogado y "no me jodas", todo en una sola palabra: "¡Ay!".

—¡Ay!, Juliet, ese pelo, ¡ay!, se ve tan bien. Dios mío, cabrona hijaeputa. Me encanta. ¡Tu mamá se va a poner histérica! —exclamó Ava—. Es perfecto. Nena, encontraste tu estilo. Está brutal.

Yo no podía parar de pasarme las manos por la mitad inferior de la cabeza. Otras personas me pidieron permiso para tocarlo, y yo las dejé. Como un llamado al altar, tod@s l@s Clipper Queerz me pasaron la mano. Me puse de pie, lista para todo. Estaba lista para regresar a Portland y aclarar las cosas con Harlowe. Lista para ser yo misma. Me acerqué a la música y bailé con Luz Ángel y Ava. Cuando llegó la música lenta, me retiré y las dejé que se acercaran. Se agarraron por las caderas. Me sentí sexy, sudorosa y un poco ansiosa. El tono turquesa de la piscina resplandecía. Me alejé y caminé por el borde. Una mano buscó la mía y la sujetó. Era Florencio.

Me soltó, dio un pequeño salto y cayó en la piscina.

—¿Vienes? —me preguntó.

Me reí, me quedé en ropa interior y salté detrás de ella. Y cuando Luz Ángel y Ava se perdieron detrás de la piscina, agarradas de la mano, nadie además de mí se dio cuenta. Y cuando Labios Azules me encontró en el agua y se me acercó, no salí huyendo. Y cuando me besó, yo le correspondí.

•

Vetas de oro despuntaban en el cielo. Perforaban el azul índigo profundo y anunciaban la salida del sol. Ava y yo nos fuimos de la fiesta. Ya en el carro, llamé a Lainie. No estaba borracha ni drogada, solo exhausta y en paz. Le dejé un mensaje en su correo de voz:

—Lainie, soy yo, Juliet. Escucha, quiero que sepas que todo está bien. Real y verdaderamente bien. No cometiste ningún error. No creo que realmente podamos cometer errores, porque acabo de tener la mejor noche de mi vida y, si no hubiéramos terminado, no creo que hubiera podido ser tan increíble. Hiciste lo que tenías que hacer, y está bien. Yo estoy bien. Ambas estamos bien. Somos hermosas. Y tú necesitas noches como la que yo tuve, una noche para ser libre y estar rodeada de la familia *queer*. Sé que he tardado un poco en llamarte, pero necesitaba pensar. Pensar es bueno, ¿sabes? Honestamente, es mejor para las dos que no hablemos por ahora. Sé que lo haremos más tarde. Sé que, cuando te vea en clases, te voy a dar un abrazo y te voy a querer sin estar enamorada de ti. Quiero conocerte para siempre, Lainie, y así es como llegamos a eso.

CUARTA PARTE

AQUÍ VAMOS OTRA VEZ. PORTLAND O REVIENTA

CAPÍTULO VEINTIUNO

CUANDO TODO LO DEMÁS FALLE, TOMA UNA JODIDA SIESTA

EN EL VUELO del domingo de Miami a Portland imaginé mi reunión con Harlowe. Vi a Harlowe deseando analizar minuciosamente lo que había ocurrido en Powell's y averiguando cuándo exactamente salieron mal las cosas. Llorábamos por la forma en que ella había estereotipado la historia de mi vida y la manera en que todo se conectaba con su racismo. Yo admitiría llorosa que había pensado que estaba enamorada de ella. Lo debatiríamos con Maxine y Zaira también, quizás mientras comíamos tofu y bebíamos cerveza orgánica. Hablaríamos sobre la necesidad de comunicarnos mejor, y sobre cómo luchar juntas contra el racismo nos haría a todas triunfadoras y mejores amantes. Tal vez prepararíamos juntas una recopilación de canciones. El melodrama en su máxima expresión. Arte de performance para lesbianas hippies. Me dejé llevar, pero me sentí muy esperanzada.

Harlowe me esperó exactamente en el mismo lugar en PDX. El solo verla me iluminó. No podía evitarlo. Ella era la mujer que había escrito el libro que me había abierto los ojos a mi cuerpo y al mundo. Todos esos sentimientos de amor me inundaron. Harlowe gritó mi nombre cuando me vio. Elogió mi "recorte de bucha radical" y pasó sus manos por toda mi cabeza. Se sintió raro que no preguntara, pero estaba muy emocionada de verla para hacer una escena por eso. Me abrazó como si fuéramos familia, fuerte y sin reservas. Tomamos fotos de nuestros pies, juntos sobre la alfombra de PDX con todas sus líneas y diseños locos. Todo era risas y preguntas normales; nada inusual. Quizás todo estaría bien.

El viaje a su casa fue mucho más silencioso que la primera vez que me recogió en el aeropuerto. Harlowe puso el CD de poder feminista que yo había hecho para Lainie pero nunca le envié. Admitió que lo había escuchado cuando yo no estaba. Me dijo que la ayudaba cuando me echaba de menos, y que recargaba sus energías cuando se sentía deprimida. Le dije que se lo quedara. El universo quería que ella lo tuviera. No dijo ni una palabra sobre la lectura en Powell's. Ese momento parecía ahora un viaje extraño, un fallo técnico en el fluido *matrix* de la práctica feminista. El torbellino de seguridad que sentí en Miami sobre desafiar a Harlowe se sentía muy lejano, como si se hubiera quedado en el dormitorio de Ava. Estaba sonando "Wide Open Spaces", de Dixie Chicks, y me dio tiempo para pensar. Nada de lo que había aprendido en Miami se iría; no lo dejaría escapar. No importaba si Harlowe y yo hablábamos acerca de lo que había ocurrido en la lectura o no. Yo era más fuerte, y la iluminación que había encontrado se quedaría conmigo. Eso era lo que creía en lo más profundo de mi alma. Podría sentirme extraña o incómoda, pero nunca estaría perdida.

Cabronas Dixie Chicks. Me encantaban. La canción duró hasta que llegamos a casa de Harlowe.

Ya no estaban allí las cosas de Maxine: la ropa, los discos, las fotos. Si había dejado alguna huella en la casa, esta se había borrado. Lo sentí desde el momento que entré. Sé que se oye raro, pero era hiper real. ¿No te ha pasado que sabes que alguien se ha ido? ¿Sin una llamada ni nada?

Así lo sentí.

Harlowe puso mi bolso al lado de la escalera al ático. Me escoltó hasta la cocina y empezó a prepararme una comida. Entonces empezaron a brotar las palabras. Maxine se había llevado todas sus pertenencias de la casa de Harlowe al día siguiente de la lectura en Powell's. Ya no eran pareja. Harlowe lloró sin pausa. Se veía venir desde hacía tiempo y, con todo lo ocurrido, Maxine había decidido que no había motivos para no hacer oficial la separación. Habían estado aparentando frente a mí, incluso se habían convencido a sí mismas de que todo iba a estar bien, de que Maxine no se estaba enamorando locamente de Zaira, de que el privilegio blanco de Harlowe no era un problema para Maxine, y de que estaban tan enamoradas como el día en que se conocieron en una pista de baile tantos años atrás. Harlowe había admitido que había tenido relaciones íntimas con Samara a espaldas de Maxine. Nada de eso era bueno. Harlowe había violado de manera física su cláusula de honestidad; Maxine, emocionalmente.

Zaira y Maxine seguían siendo pareja, pero Harlowe no sabía si eran primarias o no. Estaba avergonzada de sí misma, pero también furiosa por haber sido juzgada. Ni Maxine ni Zaira habían esperado a que terminara la lectura para hablar con Harlowe. Se habían ido sin mediar palabra. Harlowe pensaba que ella ya no sería bienvenida en ninguno de los grupos abiertos de escritoras de color de Zaira. Nadie se había preocupado por hablar con ella al respecto. Nadie le había preguntado su lado de la historia. Harlowe no estaba segura de si podría perdonarlas.

Tenía curiosidad por saber de qué manera la interpretación de Harlowe de los hechos difería de la mía.

Zaira y Maxine sabían que las cosas que Harlowe había dicho sobre mí eran inapropiadas y un tanto jodidas. Si no querían hablar con Harlowe, debe haber sido porque no querían desperdiciar energía. Ese pensamiento me hizo dudar. Carajo, yo quería hablar con Maxine y con Zaira. Harlowe dejó de llorar y continuó su historia. En ningún punto en su recuento me preguntó cómo me había sentido cuando ocurrió todo. Yo tampoco ofrecí mi perspectiva. Antes de Miami, habría desembuchado todas mis opiniones. Pero después de haber estado rodeada por una comunidad de personas comprometidas unas con otras, con cada reclamo político y cada sueño de amor difuso, ya no podía soltarle la sopa a alguien que no me lo hubiera pedido.

Harlowe calentó tortillas en una sartén y las quemó. El arroz blanco que preparaba en la hornilla también se carbonizó. Era imposible para ella cocinar y contar historias emocionales al mismo tiempo. La cocina olía a pegao y a huevos podridos. Herví unas ramitas de canela y abrí todas las ventanas para contrarrestar el mal olor. Harlowe volvió a llorar. Le sugerí que se sentara y siguiera hablando. Ella necesitaba desahogarse. Deseché la comida quemada y empecé de cero. Preparé arroz blanco, frijoles negros y setas. Calenté las últimas dos tortillas, sin quemarlas. Harlowe me dio las gracias y me abrazó. Comimos juntas.

—He perdido a mi amada —me dijo Harlowe y se secó los ojos—. Y no soy buena para pedir disculpas. Honestamente, yo no pensé que había dicho nada malo o cruel sobre ti. Pero no debí haberte usado como ejemplo. Zaira me hizo morder el anzuelo, y contraataqué. Pero, incluso antes de todo eso, mi relación amorosa con Maxine estaba pasando por un bache. Soy buena despotricando contra el mundo, pero es más difícil cuando soy una participante. Tengo que trabajar en eso si quiero que mi espíritu alguna vez se limpie. Y me gustaría ofrecerte una sesión de cuidados.

—¿Una sesión de cuidados?

—Sí, negocié con mi amiga Lupe un taller individual de escritura a cambio de una hora de acupuntura. Obtuve la acupuntura para ti.

—Nunca me han hecho acupuntura. ¿Duele?

—No. Es divina.

Su disculpa se mezclaba con su sufrimiento personal y su remordimiento con relación a todo, desde la lectura hasta no haber sido sincera con ella misma sobre Maxine. Era mucho que asimilar, y aun así no era lo que yo necesitaba. No sabía de qué manera lanzarme y decir lo que quería decir, sin sentirme agresiva. Los sentimientos duros, pero locamente reales, que Ava albergaba hacia Harlowe me seguían dando vueltas en la cabeza. Era curioso que Harlowe fuera venerada entre un grupo de personas gay, y rechazada por otro. ¿Cómo pude haber sido tan ingenua? ¿Cómo podría algo tan descomunal como el feminismo ser universal?

Me quedaba una semana en Portland. Siete días. Si solo mantenía la cabeza baja y el trasero en la biblioteca, y me concentraba exclusivamente en mi práctica, quizás todo iría bien y las complicaciones se resolverían solas. Quizás yo había complicado las cosas innecesariamente. A fin de cuentas, ¿qué me debía Harlowe? Nada, ¿verdad? En lugar de desempacar, tomé una siesta larga e ininterrumpida.

CAPÍTULO VEINTIDÓS

PINCHAR

HARLOWE ME RECORDÓ su intercambio de cuidado personal: escritura por acupuntura. Un regalo de ella para mí. Quería estar agradecida o algo, pero ¿para qué necesitaba yo la acupuntura, *anyway*? ¿Acaso era algún tipo de soborno hippie? Me hacía esas preguntas a mí misma, y entonces me sentía culpable por cuestionar los motivos de Harlowe. Odiaba sentirme de esa manera. Era mucho más fácil amarla en tanto una de sus fanáticas, mantenerla en el pedestal de la Dama de la Chocha. Pero ya yo no podía hacer eso. Ahora existía en ese extraño purgatorio de amor y dudas. Además, me levanté con ganas de comerme una gruesa y jugosa hamburguesa con queso.

¿Era esa la primera señal de que estaba recayendo al Lado Oscuro? Ni siquiera sabía si en Portland servían hamburguesas con queso hechas con carne de verdad. Si accedía a que me clavaran agujas en el cuerpo, quizás Harlowe podría encontrarme una hamburguesa.

No le mencioné la hamburguesa a Harlowe. Me acobardé cuando la vi comiendo tofu en el desayuno. Harlowe empezó a contarme todo sobre su amiga Lupe, la acupunturista, de quien había sido amiga por años. Me senté a la mesa y me preparé una taza de café. Lupe estaba casada con otra amiga de Harlowe, Ginger Raine, que también era escritora y estaba embarazada de su primer hijo. Eso llamó mi atención. Nunca había conocido a lesbianas embarazadas viviendo en pareja. Harlowe no tuvo que insistir en lo de la acupuntura. Estaba emocionada y tenía curiosidad por conocer a sus amigas.

Le pedí a Harlowe que nos detuviéramos en algún sitio donde pudiera comprar flores para sus amigas. Abuela Petalda nos decía que lleváramos algo siempre que visitáramos la casa de alguien por primera vez. Es una ofrenda de respeto, y un obsequio para los espíritus que puedan habitar la casa. Recogimos algunas rosas del jardín de su distribuidora de yerba, una mujer bajita, tatuada, bien rechoncha, llamada Planks. Intenté pagarle por las flores, pero no quiso aceptar dinero. En lugar de eso, metió un porro en mi bolsillo trasero y me dijo que volviera cuando quisiera. Carajo, me encantaba la gente de Portland. Nos subimos a la camioneta de Harlowe y nos fuimos.

Lupe se presentó en la puerta con un bastón de plata. Caminó hacia nosotras con su cabello negro cayendo majestuosamente por su espalda. Cojeaba con paso lento y constante. El tatuaje de un martillo adornaba su antebrazo derecho. En el centro del otro antebrazo tenía tatuado un clavo de vía. Lupe, la santa patrona de las cabronas. Me preguntaba si era latina o nativa, o ambas. Casi me enojo con Harlowe por no haberme llevado allí antes. Harlowe se bajó de la camioneta y corrió hacia Lupe. Grandes abrazos por todas partes. Yo la seguí y Lupe también me abrazó.

—Juliet, estoy muy emocionada de conocerte. Debemos ir derechito a mi oficina para que te pueda pinchar y que fluya la energía.

El acento chicano de Lupe me mató. Quería que siguiera hablando todo el tiempo solo para oírla. La seguí adentro, donde conocí a la muy preñada Ginger Raine. Le di el ramo de rosas amarillas y anaranjadas. Supo de inmediato que eran del jardín de Planks porque así de unidas son todas las lesbianas de Portland. Por lo menos, ese fue el chiste que hizo Ginger; me cayó bien de inmediato.

Lupe me llevó al sótano por unas escaleras estrechas. Había una mesa larga sobre una alfombra de piel verde. Un pergamino desteñido colgaba de la parte posterior de la puerta del pasillo. El cuerpo humano, empalmado a la mitad y dividido en secciones, me miraba fijamente.

Huesos, músculos, segmentos de la columna: todas las partes del cuerpo estaban anotadas y conectadas a líneas y puntos negros. Las líneas rectas conectaban los puntos a las explicaciones. Un punto debajo de la nalga derecha se conectaba con una línea que terminaba en la *ciática*. Un punto en el medio de la espalda se conectaba con el *lumbago*. Al lado de las palabras, caracteres chinos. Estudié el póster de acupuntura. Nunca había pensado en mi cuerpo como cortes transversales de carne que pudieran diagramarse y pincharse. Me preguntaba si eso era lo que Lupe veía cuando me miraba.

Lupe me dijo que la acupuntura podía curarlo todo, siempre y cuando yo estuviera abierta a ello. Nos sentamos frente a frente en el sofá y hablamos de mi salud física y mental. El asma y la tristeza eran mis problemas principales. No sabía cuánto podía revelarle, porque ella era amiga de Harlowe. ¿Podría decirle que me sentía muy extraña cerca de Harlowe, y que estaba dudando entre amarla o exigirle una disculpa? Ah, y la culpa, porque desde el principio Harlowe y yo habíamos sido tan sinceras una con la otra como nos fue posible. Digo, ¿en qué momento se desvió esta práctica, *anyway*?

Me parecía que Lupe era alguien en quien podía confiar. Le conté sobre la ruptura con Lainie y, entonces, cambié de tema. Pensé en el pequeño Melvin y su carta.

—Mi hermanito dice que es piroquinético. Yo no estoy segura exactamente de qué significa eso, pero sé que tiene que ver con fuego. ¿Sabe si una persona puede controlar el fuego con su cuerpo o su mente, o mi hermanito está fastidiando?

Lupe se puso de pie con su bastón y caminó hacia un enorme librero que abarcaba toda la parte posterior de la habitación.

—El fuego está dentro de todos nosotros, camarada. Tu hermano no está fastidiando. Probablemente solo está sintiendo el llamado —respondió Lupe. Sus manos recorrieron los volúmenes de libros—. El fuego es una virtud. Está conectado al corazón y a la alegría. Y lo mejor sobre el fuego está en sus cualidades transformadoras. Si tu hermano se siente conectado al fuego, pudiera significar que él está listo para un gran cambio y quiere ser él quien lo haga.

Lupe sacó un libro delgado del estante y lo lanzó hacia mí. Dijo que si él quería estudiar cómo utilizar y cambiar la energía, estaría estudiando toda la vida, lo cual era hermoso y poderoso. Pero si mi hermanito solo quería satisfacer su curiosidad, ese libro, una novela gráfica, estaba dedicado a la práctica de *Qigong*. Me dijo que me quedara con él.

—Acéptalo como un obsequio y una disculpa —dijo Lupe.

Hojeé el libro.

—¿Una disculpa por qué? —pregunté.

—Por no haber encontrado la forma de traerte aquí

antes, o de ver cómo estabas —contestó Lupe y sacó una caja de agujas nuevas—. Harlowe no tiene el mejor historial con las practicantes. Quiero decir, probablemente estás en esa cacería imposible de mujeres desconocidas. Generalmente, Ginger y yo nos damos una vuelta por allí, pero con el bebé en camino nos distrajimos. Y oímos lo que pasó en la lectura, así que, por favor, quédate con el libro.

Me quedé paralizada. Una vez más, las palabras no salían. Mi mente corría. ¿Harlowe había tenido otras practicantes? Ella me había dicho que yo era la única. Quizás yo estaba malinterpretando a Lupe. Con todo lo que tenía en la cabeza, no le hice caso.

—Harlowe nos dijo que eras puertorriqueña y del Bronx, y yo debí haberme conectado antes con una compañera latina —dijo Lupe—. Pero, por ahora, vamos a concentrarnos. Si estás cómoda, sería más fácil trabajar en ti si te quitas la camiseta. Pero, si no, me las puedo arreglar. Como quiera que te sientas más relajada.

Lupe dio un golpecito en la mesa para masajes y se volteó a sus agujas. Me quité la camiseta y me acosté sobre la mesa. Mientras me preparaba para el tratamiento de acupuntura, ella se acercó y clavó agujas delgadas y medio intimidantes en diferentes partes de mi cuerpo.

—Respira hondo, Juliet —dijo Lupe, mientras sus manos empujaban las agujas en mi espalda para aliviar la presión en mis pulmones.

La sensación que producían las agujas era extraña y estimulante. Primero, estaba asustada, pensando que iba a ser muy doloroso. Pero no causaban nada de dolor; eran más bien como burbujitas de tensión que reventaban. Lupe terminó de presionar las agujas en mi piel y me dijo que volvería. Inhalé y exhalé, y me atrapó un ensueño.

Había un torrente de agua a mi alrededor y sobre mí. Estaba atrapada en el fondo arenoso del océano.

Mi libreta púrpura sobrevolaba en el aire, ondulando en la luz. Ardía en rojo y naranja. Flamas de pentecostés. Las voces de todas las personas que había amado y conocido en ese viaje me llamaban. No podía entenderlas. El agua fluía con rapidez, pero yo no tenía miedo.

Lupe regresó y me sacó las agujas de la espalda. Me ofreció un vaso de agua y me dijo que me moviera solo cuando estuviera lista. Me quedé acostada en la mesa otros diez minutos, demasiado agotada para levantarme. Todo mi cuerpo estaba relajado. Pero, mierda, todavía quería la hamburguesa con queso. Después de otro rato, me levanté con cuidado de la mesa y me puse la camiseta. Sentía el cuerpo liviano. De alguna manera, mis brazos y piernas se movían con más facilidad, como cuando corres en un sueño. Extraño, pero bien. Muy, muy bien.

Subí las escaleras hacia el comedor con la misma liviandad.

—Pero no puedes sentarte ahí y actuar como si no le hubieras causado ningún daño a esa niña —dijo Maxine.

Su voz llenaba la cocina y me hizo detenerme a medio camino. Desde donde yo estaba, podía verlas a todas alrededor de la mesa del comedor. Con la atención de ellas sobre Maxine, caí de rodillas y escuché. El corazón se me aceleró y disparó las pulsaciones de la extraña vena en mi sien. ¿Por qué estaban todas ahí?

—¿Ya le preguntaste cómo se siente con lo que pasó? —preguntó Maxine.

—No hemos hablado sobre eso todavía —dijo Harlowe—. Acaba de regresar, no quería presionarla.

—Reconocer que has lastimado a alguien no es presionar, Harlowe —dijo Maxine.

—Oye, le envié un correo electrónico, y ahora está recibiendo acupuntura —respondió Harlowe y se cruzó de brazos.

—Así que, ¿decidiste arreglar las cosas con acupuntura de nuestra amiga Lupe, quien da la casualidad que comparte algunas identidades clave con Juliet?

Lupe tosió, tratando de reprimir la risa. Como cuando tu amiga regaña muy fuerte a otra de tus amigas, pero tú tratas de parecer madura para no estropearlo. Esa clase de tos.

—No me gusta lo que estás insinuando, Max.

—Tú sabes lo valiosa que es la comunidad —dijo Maxine, poniéndose de pie. Colocó las manos sobre la mesa, con las palmas hacia abajo—. Ofrecerle a Juliet acceso a Lupe le brinda la conexión con otra lesbiana latina y te zafas del asunto.

—Vaya conclusión —respondió Harlowe. Iba a encender un cigarrillo, pero miró a Ginger Raine y cambió de idea—. Okey, yo soy la gran dama blanca mala. Mira qué terrible soy, trayendo a alguien a una sesión de acupuntura —Harlowe suspiró fuerte—. Por cierto, ella está bien. Juliet está bien.

Salté del piso con rapidez, como con un resorte.

—¿Cómo puede saberlo? —le pregunté.

Todos los ojos se voltearon a verme. Unas gotas de sudor me bajaron por la frente. El cuerpo me hervía de pánico.

—Nunca me preguntó, y no pasa nada, o como sea, pero no actúe como si supiera lo que siento.

Se me contrajeron las entrañas. Todas me miraban todavía.

—Pero, además, me parece que esto se trata más sobre usted y Maxine, quizás, así que… bueno… gracias por la acupuntura, pero…

—Pero, eh, parece que yo soy la que incomodo a todo el mundo —dijo Harlowe y se puso de pie entre la mesa y yo—. Así que mejor me voy.

Harlowe agarró sus cigarrillos y salió por la puerta sin decir ni una palabra más.

CAPÍTULO VEINTITRÉS

EL SOL, EL CIELO Y LA LUNA

DURANTE LAS SIGUIENTES horas, el resto de nosotras nos tomamos un descanso de Harlowe Brisbane. La mesa del comedor estaba llena de montones de ensayos y bocetos, todos entregas para la antología de Zaira. Los organizamos en pilas de DEFINITIVAMENTE SÍ, QUIZÁS y NO. Armada con un marcador de color rosa eléctrico y un bolígrafo de gel negro, me concentré en los cuentos de otras personas. Todavía no había decidido si iba a presentar el mío. Tenía en las manos historias de todo tipo, desde sirenas postapocalípticas hasta androides de la tercera edad en busca de amor. Y, casi todas con personas *queer* y de color, las historias se parecían a lo que había vivido en Miami.

Me preguntaba qué diría Ava sobre la partida de Harlowe.

¿Qué tal si yo me hablaba de la misma manera en que Ava me hablaba?

Maxine entrelazó sus dedos con los de Zaira. Sus ojos se encontraron por un momento.

Su cruce de miradas me recorrió la piel como una suave y cálida brisa de agosto. Las imaginé saliendo a todo vapor de Portland y fundando movimientos en todo Estados Unidos, dejando atrás a Harlowe y reclutando por el camino a todas las nenas gais. Pero, ¿cómo es que uno sabe cuándo dejar a alguien fuera de verdad? ¿Tenían que ser siempre asuntos raciales los que sacaran de sus jodidas casillas a alguien como Harlowe? Yo deseaba creer en la creación de una comunidad de mujeres multirracial e indisoluble. Pero, ¿realmente podríamos protegernos unas a otras?

De repente me sentí como sardina en lata en el comedor. Necesitaba tomar aire. Les pregunté dónde quedaba la oficina de correos más cercana. Lupe me dio indicaciones que incluían virar a la izquierda en la casa con la estatua de Medusa en el porche y seguir adelante hasta el camión de los *waffles* veganos. Con el libro de *Qigong* bajo el brazo, me puse en marcha. La caminata se sintió bien. Me dio tiempo para pensar en cuán complejas eran todas esas relaciones entre lesbianas. Se trataba de mucho más que sexo y romance, y eso era de lo que yo quería conocer más.

Digo, ¿qué película o programa de televisión podía

ver para aprender más sobre la raza y la amistad entre lesbianas en el noroeste de Estados Unidos? Ninguno. ¿Verdad? Pero ahí estaba ocurriendo todo a mi alrededor, y no había un cuestionario de *Cosmo* que dijera cuándo debes deshacerte de tu amiga mayor lesbiana y blanca, posiblemente racista, posiblemente ex-mentora, ¿sabes?

Yo deseaba creer que todas éramos renegadas del amor, y que no teníamos que descartarnos unas a otras. Las personas rompen corazones y el amor desaparece. El camión de los *waffles* veganos estaba ante mí con todo su esplendor.

Llegué a la oficina de correos y le envié el libro al pequeño Melvin con una nota.

Hermano:

Eres todo lo que creas que eres. Una sanadora me dio este libro para ti. Me dijo que el fuego es transformación. Así que, arde desde lo más profundo, hermano.

Te amo hasta el infinito y más allá,
Juliet

Lloré un poco mientras observaba al cartero pesar el paquete. Extrañaba la carita regordeta de Melvin cubierta del chocolate de esas malditas barritas TWIX.

Extrañaba su risa fácil. Extrañaba ser pequeña y estar segura en casa como él. Quería que el pequeño Melvin brillara de tal forma que su fuego abrasara la tierra.

Caminé sola hasta llegar a un restaurante que olía a hamburguesas con queso. Entré, me senté sola en una mesa por primera vez en la vida, y pedí una hamburguesa doble con queso y tocineta, papitas fritas y una Coca Cola. Fue espectacular.

Después de la hamburguesa y las papas fritas me fui a caminar, y me di cuenta de que no había hablado con mamá desde nuestra nada memorable conversación en Miami. Tenía que llamarla. Podía manejarlo. Si volvía a sacar el tema de Eduardo y las citas con hombres, le seguiría la corriente. Titi Penny había dicho que ella trataba de amarme de la mejor manera que conocía. Tenía que confiar en ambas. Me senté en un banco y marqué el número de casa. Mamá contestó en el primer timbre.

—Nena, ¿ya estás de regreso en Portland? —preguntó.

—Sí, mamá —respondí, más asombrada que el carajo de que al fin recordara dónde yo estaba.

—Titi Penny me dijo que estabas fantástica. Estoy pensando que deberíamos planear un gran viaje familiar para visitarla el próximo verano, ¿qué te parece?

—Eso suena perfecto, mamá. Titi Penny me dijo que estabas leyendo *La flor enardecida*.

—Oye, esa titi Penny habla demasiado, ¿no crees?

—Mamá, yo creo que eso está muy bien. Significa mucho para mí que lo estés leyendo.

—Mira, nena. Yo no sé por lo que estás pasando, pero quiero tratar. No quiero que seamos de esas madres e hijas que no se hablan y solo pelean. Yo no puedo ser así contigo, mi Juliet.

—Yo tampoco, mamá —le dije, enjugándome las lágrimas con la manga.

—No permitiremos que eso nos pase —dijo.

Su voz se suavizó y resopló.

—Mamá, puse algo en correo para el pequeño Melvin hoy. ¿Puedes estar pendiente y asegurarte de que lo reciba?

—Ay, Dios mío, claro. Se va a poner muy contento. Últimamente está muy metido con el fuego y los dragones. Pero, antes de irte, eran los halcones, así que yo le sigo la corriente —me dijo.

Me reí.

—Los dragones son chévere. Debemos regalarle uno en Navidad —le dije.

—Hablaré con tu padre. Quizás reciba un cachorrito en lugar de eso —me dijo.

Durante la pequeña pausa, pude oír en el fondo sus novelas de la tarde.

—Se te está acabando el tiempo allá. ¿Está todo bien con Harlowe? —preguntó mamá— ¿Estás lista para volver a casa?

Me quedé callada demasiado tiempo; no estaba segura de cómo responder. Miré los árboles a mi alrededor y deseé que mamá estuviera sentada a mi lado.

—Nena, háblame.

—Mamá, no sé si Harlowe es la persona que yo esperaba que fuera. No sé si es porque ella es una dama blanca desconocida, o si es porque somos de mundos diferentes. No lo sé —le admití.

—Dama blanca o no, su libro te inspiró mucho. No te prives de esos sentimientos.

—Yo solo pensaba que ella sería diferente, mamá.

—Pero, ¿qué pensabas de ti misma? —me preguntó—. ¿Qué querías aprender de esta experiencia?

—Yo quería que Harlowe y esta práctica lo cambiaran todo.

—Pero, ¿de qué manera, Juliet? ¿Qué querías tú que fuera diferente?

—El mundo. Yo quería que ella cambiara mi mundo.

Esta vez fue mamá quien hizo la pausa. El ruido de la televisión desapareció. Debió haber bajado el volumen. Nos quedamos sentadas juntas por un momento, en extremos opuestos del país, cada una escuchando la respiración de la otra.

—Mi amor, solo tú puedes cambiar tu mundo —me dijo.

—No estoy segura de saber cómo hacer eso.

Suspiré y levanté la vista al cielo.

—Juliet, yo te regalé tu primer juego de libretas púrpura cuando cumpliste los trece años. ¿Recuerdas lo que te escribí en la tarjeta?

—¿Que si lo recuerdo? ¿Cómo podría olvidarlo? Decía que leer me haría brillante, pero escribir me haría eterna.

—Y así es, esa es la verdad —dijo.

Había recuperado su voz de mamá.

—Pero, mamá…

—Pero nada. Olvídate de las expectativas que tenías de esa mujer y de su libro, y escribe el tuyo propio. Debes escribir. Vas a escribir. Tú eres Juliet Milagros Palante. Este mundo es tuyo para reinventarlo. ¿Me entiendes?

—Sí, entiendo —respondí—. Mamá, estamos bien, ¿verdad? ¿Este es el comienzo de que todo esté bien entre nosotras, mejor que cuando me fui?

—Juliet, mi amor por ti es el sol, el cielo y la luna. Es el aire que respiro. Es infinito.

—Igual, mamá. Yo también te amo —le dije, sollozando en el banco.

Mi manga estaba mojada de secarme la nariz y las lágrimas calientes.

Nos despedimos justo después de eso. La imaginé regresando al sofá a continuar viendo el resto de sus novelas: *All My Children* y *General Hospital*. Dentro de poco tiempo estaría en casa con ella, y luego de regreso a clases. Pero aquí no regresaría, no de esta forma. No volvería a ser la practicante de Harlowe. No volvería a tener diecinueve años. Me quedé sentada en el banco largo rato, tomando el sol. La idea de ser eterna intensificaba todo a mi alrededor. Yo podía cambiar el mundo. ¿Verdad? O sea, si mamá ponía el infinito en mis manos a través de una libreta púrpura, entonces quizás yo podría transformar el mundo a mi alrededor. Pero, ¿en qué lo transformaría… ?

Caray, las mamás son criaturas extrañas. Tienen ese sexto sentido al estilo del Hombre Araña sobre todo tu ser, que se mezcla con sus temores y nociones preconcebidas. Entonces, tú estás como soñando despierto sobre ese otro ser, ese súper magnífico ser capaz de comerse el mundo, y aparece la libreta púrpura. Y ahí estás escribiendo tu historia, no porque tu mamá te lo dijo, sino porque definitivamente te dio su bendición para hacerlo.

CAPÍTULO VEINTICUATRO

LOS ACANTILADOS

DE VUELTA EN casa de Harlowe, todo estaba SILENCIOSO, incluso para ser lunes. Me había dejado unos muffins de bellota sobre la estufa con una nota que decía que la nutrición de nuestros cuerpos era similar a la sanación celestial. Harlowe en el papel de la típica Harlowe. Me había llenado tanto con la hamburguesa con queso que tenía la excusa perfecta para no comer nada hecho con bellotas.

Entró a la casa como un fantasma. Se sentía, pero no se veía. No me importó. No sabía qué decirle. Y creo que estaba escapando, como escapando de mí, una niña recién salida de la cuna que había llegado para arruinarle la vida. Dentro de mí, sentía un fuerte vacío, como que, de alguna manera, yo había provocado todo. Di vueltas, leyendo y releyendo *La flor enardecida*, esperando encontrar algún tipo de verdad, como siempre hacía.

Como buena hija primogénita, estudiante con las mejores calificaciones, no me di por vencida con la investigación. Tenía esta loca idea de que "Starlight Mamitas" y mi fin de semana en Miami, en el que aprendí todas esas cosas relacionadas con el género, podrían combinarse en un trabajo de reflexión realmente genial para la Dra. Jean y mi clase de estudios sobre la mujer. Llena de un raro entusiasmo, tomé el autobús y me dirigí a la Biblioteca Central del Condado Multnomah, me senté en mi lugar favorito y comencé a indagar. Todas las bibliotecarias ya me conocían. Compartíamos la emoción por los nuevos pedacitos de papel con nombres de nuevas mujeres.

Kira y yo nos escabullíamos entre los estantes de libros y los rincones de las escaleras del sótano para darnos largos y tiernos besos. Dábamos paseos cada vez más largos en su motocicleta. Me enseñó a hacer masa de pizza en su cocina, y me dijo que su programa favorito de niña era *Punky Brewster*. Kira dominaba el arte de llevar todo lo necesario para un pícnic en una motocicleta. Me dio de comer pedazos de melón y me leyó fragmentos de *This Bridge Called My Back* de Gloria Anzaldúa. Era uno de los libros en la lista de Ava, y Kira no lo sabía. Esa era la mejor parte. Ella estaba leyéndolo por su cuenta, ¿entiendes?

Yo iba en caída libre hacia la mejor inconsciencia. Kira dijo que había visto mi todo bello y moreno. ¿Mi qué moreno?

Punto.

Ella era un arranque salvaje de amor dulce, y ¿quién iba a decir que podría ser así? Un momento, en realidad estaba enamorada de ella. Carajo, la amaba. ¿Se supone que vas y le dices a la persona cuando eso pasa? Ella no lo dijo. Así que yo solo lo sostuve en mis manos cada vez que tomaba las suyas.

A medida que se acababa mi tiempo en Portland, Kira me llevaba a casa con más frecuencia. Me hizo amar los masajes de cuerpo entero, y me enseñó a devolver el favor con una mezcla de aceite de coco y lavanda. Ella era tantas cosas. En realidad, éramos un amor de verano. No hacíamos preguntas. Yo pasaba mis dedos por su cabello, y hasta le dije mi segundo nombre: Milagros. Esa dichosa agonía se hizo habitual, y yo estaba bien con eso, con ella. Sobre todo, estaba contenta con que ambas nos sintiéramos así de bien juntas. Ella todavía dejaba caer notas en mis libros, y había galletitas y letras impresas en la piel con la punta de los dedos. Le conté cómo preparábamos pasteles en Navidad con la abuela Petalda. Mi tarea consistía en poner el aceite en la hoja de plátano, e incluso un poquito en el papel encerado. Ella sacaba todo lo bueno de mí. Kira. Bendito Dios.

Ambas sabíamos que yo me iría. Sin embargo, lo de nosotras era real. La conexión, las sonrisas tontas. Kira era todo eso. Real como las puestas del sol aterciopeladas y todas las maneras en que te adoras a ti misma cuando nadie más te observa. Kira fue quien me rescató del Steel Bridge cuando todo con Harlowe se había ido a la mierda. Ella entendió mis lágrimas furiosas y febriles, y se enfureció contra el feminismo universal y el blanqueamiento de la feminidad. Ella fue la primera persona en cuestionar en alta voz a Harlowe, preguntándose si ella era una aliada o una adversaria. Kira, la bibliotecaria, la única, el bombón de la motocicleta, era ahora una fuerza vibrante en mi mundo, y yo deseaba poder llevármela conmigo.

Obviamente, no estábamos "saliendo". Nunca tuvimos una de esas conversaciones sobre "qué estábamos haciendo". Esa mierda no era necesaria. Ella amaba mi cuerpo tan bien. Me preparó más galletitas de chispas de chocolate. Es que, si ella hubiera tratado de tener una conversación sobre la situación de nuestra relación, yo no habría sabido qué decirle. Yo solo sabía que estaba metida hasta los huesos en algo maravilloso con ella. En mi penúltimo día, me arrastró a la sala de *Libros raros* y me besó de una manera tan profunda y sincera que sentí que me estaba diciendo que ella también me amaba. Pero estábamos en agosto, y ¿qué significa el amor al final del verano?

Kira me llevó a los acantilados del norte de Portland. Nos sentamos, acurrucadas debajo de un sauce, fumamos porros finitos y observamos los trenes que pasaban retumbando. El cielo se extendía hasta el infinito. Entonces ella me leyó pasajes de *Giovanni's Room,* de James Baldwin.

—"No tienes un hogar hasta que te vas y, entonces, cuando te has ido, nunca puedes regresar" —dijo, con sus dedos entrelazados con los míos.

—Eso no puede ser cierto —dije.

Uy, qué horror, lloré un poco.

—No, eh —dijo Kira, y dejó el libro.

—¿Quién no querría volver a casa? —pregunté, mirándola.

Yo podía ser sensible. Ella entendió. Kira estaba conmigo.

—Juliet, no es que nunca puedas volver a casa. La idea es que, una vez que eres capaz y estás lo suficientemente segura de ti misma como para irte, el mundo te cambia y nunca más volverás a ser la misma persona, y esa es la parte hermosa —respondió Kira.

Me recosté en su regazo y alcé la vista para mirarla y, más allá de ella, al cielo.

—Cuando era niña, íbamos todo el tiempo a la iglesia, y una vez conocí a Dios —le dije.

Elegí cada palabra mientras ella jugaba con unos mechones de mi cabello. Era tan parecido a como imaginaba que sería el amor, que casi no podía respirar. Era tan vivo, que sentía que todos mis sentidos agudos se perdían en esa cálida y brillante luz. Jesús, solo el describirlo es tan... intenso.

Su piel contra la mía era electricidad. Eh, como dije antes, yo me iba. Ella me miró.

—Todos tienen una historia con Dios. ¿Cuál es la tuya? —preguntó.

Pasaba sus dedos por mis rizos. Su brazo, extendido sobre mi vientre.

—Eh... —Respiré hondo—. Yo tenía doce años y nuestra iglesia tenía un servicio de oración para jóvenes. Yo ni siquiera quería ir, pero mis padres me obligaron. Estaba sentada observando a todos los hijos del pastor volverse locos y hablar en lenguas. Ellos sí que sabían montar un espectáculo. En un momento dado, me di cuenta de que yo estaba de rodillas, en la silla, orando. Oré hasta que todo a mi alrededor se quedó en silencio y se volvió dorado. Te juro, Kira, que todo el mundo desapareció.

—Te creo —dijo Kira mientras se acurrucaba en mi brazo.

—Era solo yo, orando en otro espacio, hasta que una serenidad se asentó en mi cuerpo. Una paz y una calidez como nunca había experimentado inundaron la habitación, y supe que Dios estaba conmigo. Abrí los ojos y solo vi la luz dorada, pero yo sabía que era Dios. Y podía oír a Dios hablándome desde mi pecho, y estaba llorando y eso. Tiene que haber sido Dios, ¿verdad? Y entonces oí al pastor Díaz gritándome y chascando los dedos. Abrí los ojos y estaba de vuelta en la iglesia. El pastor Díaz estaba a unos centímetros de mi cara. Me dijo que yo estaba orando mal, que debía estar arrodillada en el piso. Salí de esa iglesia y nunca más volví.

Kira se cambió de posición. Me moví de su regazo. Nos acostamos una al lado de la otra. Ella tomó mi mano. Sus muslos se sentían tibios contra los míos.

—¿Cómo te sentiste después? —me preguntó.

—Libre. Sé en mi corazón que Dios es real. Nadie puede quitarme eso. Tan real como que estoy aquí contigo. Sentirme vibrante, en ese momento en la iglesia, con Dios, fue uno de los mejores momentos de toda mi vida, como lo es este, aquí y ahora, contigo. Eso es todo. Supongo que solo necesitaba que supieras esas dos cosas.

—¿Puedo besarte, Juliet?

Asentí con la cabeza. Kira se inclinó sobre mí y me besó. Sus labios nunca dejaron los míos. ¿Qué clase de besos eran esos? Kira y yo intercambiamos secretos, mordiéndonos el labio inferior, hasta que las estrellas se alinearon en el firmamento. Nos cubrimos con su manta. Sus manos encontraron el camino debajo de mi brasier, dentro de mis pantalones, y sus labios besaron todas las partes expuestas de mi piel. No era mi última noche en Portland, pero fue mi última noche con Kira. No la detuve cuando me tocó entre los muslos, más allá de mis pantaloncitos rosados. El aire se sentía frío en mi piel. Le mordí el cuello para mantener los sonidos entre nosotras.

Las ondas de toda esa intensa belleza nos inundaron, sin aliento. Contamos las constelaciones y nos fumamos el último porro. Me dejó en casa de Harlowe después de la medianoche. Me prometí a mí misma que nunca olvidaría ese último beso contra la motocicleta, ni la manera en que una vez más esperó hasta que yo estuviera dentro para marcharse. La observé desde la ventana hasta que su motocicleta dio vuelta en la esquina. Me pregunté si alguna vez volvería a verla.

CAPÍTULO VEINTICINCO

LA LIMPIEZA

LA LUZ BRILLANTE y caliente del sol invadió el ático. Me desperté empapada en sudor y confundida. ¿Kira? ¿Estaba todavía en Miami? No, definitivamente estaba en Portland. No había sentido un calor tan intenso ningún otro día. Quité las mantas, levanté todas las persianas y lo saboreé. Mi último día en Portland iba a hacer un calor infernal. Me levanté lista.

Harlowe asomó la cabeza por las escaleras. El sudor se condensaba en sus sienes. Sus mejillas se veían sonrojadas, con un rosa intenso. Me dijo que Maxine y Zaira estaban de camino para recogerme para la limpieza. Harlowe bajó hasta la mitad de las escaleras y volvió a subir.

Se acostó a mi lado en el espacio soleado. Extendió

la mano y estrechó la mía. Me sorprendió lo fría que se sentía su mano.

—¿Va a venir a la limpieza, o va a seguir comportándose rara con todo? —le pregunté.

—Te debo muchas disculpas. No he encontrado las palabras necesarias —me dijo, con sus piernas dobladas hacia las mías—, pero te agradezco que hayas sido valiente y paciente, y que no hayas perdido la fe en mí.

Ay, Harlowe. Yo no creía que había sido valiente ni paciente, y tampoco sabía si todavía tenía fe en ella. Se agitó un poco en el piso y volteó la cabeza hacia la luz del sol. Supongo que iba a seguir actuando rara y esquiva. Maxine y Zaira tocaron bocina al frente. Harlowe se quedó en el ático. Me puse unos pantalones cortos y una camiseta sobre mi traje de baño, y en menos de diez minutos estaba en la puerta. No había estado al tanto de la conversación sobre "quién recoge a la nena", pero estaba contenta de terminar en su camioneta. Harlowe gritó que se encontraría con nosotras por el camino. Así que sí iría. Chévere.

Me senté en el lado del pasajero. Maxine manejaba y Zaira iba encogida en el medio. Nos encontraríamos con Lupe y Ginger Raine por el camino, si no había parido antes. Hubiera querido que Lupe fuera en la camioneta con nosotras, porque así sería como en mi vecindario, donde todos tenemos la piel negra o morena y nos sostenemos unos a otros con mucha fuerza y amor, aun cuando las cosas están jodidas y los tiempos son difíciles. Por lo menos, así se sentía a veces. En el Bronx todos vivíamos tan apretados unos con otros que apenas teníamos espacio para respirar, muchos menos para separarnos. Y todo lo que había vivido en Miami me había enseñado la fuerza de estar conectada a las personas *queer* de color, y la belleza de los espacios exclusivos para las personas de color.

Ese viaje también era parte de eso, solo que con diferentes palabras para la comunidad, ¿verdad? De repente me surgieron millones de preguntas para Zaira y Maxine.

¿Qué pasó cuando me fui? ¿Qué pensaron ellas sobre las palabras de Harlowe en Powell's? ¿Qué sentían ellas sobre conectarse con una amiga blanca que era brillante, amorosa y problemática? Yo quería y necesitaba saberlo. Y justo cuando estaba a punto de lanzar todas las preguntas, llegó la hora del cuento de la limpieza en el río. Maxine abrió la boca y toda esa energía alborotada y jubilosa fluyó.

El día más caliente del verano todas iban de paseo a Sandy River. Subían caminando hasta un determinado punto, y de ahí se deslizaban río abajo. Algunas veces invitaban a amigas o a amantes nuevas; todas eran bienvenidas. Le llamaban "la limpieza" porque deslizarse por el río era como un bautismo anual. Zaira dijo que se había conectado con los espíritus del agua la primera vez que se deslizó río abajo, y que había llorado cuando el primer grupo del taller de escritura Octavia Butler participó en la limpieza. Lo escuché todo. Hasta se me aguaron los ojos cuando me dijeron lo emocionadas que estaban de compartir conmigo ese día, y cuán orgullosas estaban de conocerme. Yo lo único que había hecho era existir. ¿Cómo podían estar tan orgullosas de conocerme cuando me di a la huida? No las cuestioné, solo asimilé sus palabras y dejé que llenaran los incómodos y extraños espacios en mi corazón.

Finalmente, se hizo el silencio. Ambas encontraron recuerdos que evocar mientras seguíamos adelante. La vibra en la camioneta era de paz. Casi me sentí mal por interrumpirla, pero me habría sentido peor si me hubiera ido sin preguntarles todo lo que ardía en mi corazón.

Así que pregunté. Lo desembuché todo de un tirón. Siguió un profundo silencio. Maxine y Zaira hicieron una larga pausa y se echaron a reír. Zaira, sentada entre Maxine y yo, se recostó en mi hombro. Su piel, suave como pétalo de rosa, acarició la mía.

—Ay, nena —me dijo, dándome un golpecito en el muslo—. Todo lo que sientes es válido. Y tu instinto ya te está haciendo cuestionar a aquellas que dicen actuar en nombre de todas nosotras.

Zaira extendió los brazos hacia adelante, como si buscara cosas mejores que decir sobre Harlowe.

—Mis problemas con Harlowe son profundos. Ella ve

una sociedad que pone en práctica un sistema patriarcal de creencias. Ese sistema se impone sobre su cuerpo y su estilo de vida. Por lo tanto, es corrupto y tiene que ser destruido, ¿correcto? Pero su lucha carece de conciencia racial. Esa omisión legitima la blancura, enmarca las narrativas de las personas de color en la pobreza y la violencia, y la impulsa a perpetuar las mismas estructuras que intenta desmantelar. Yo no estoy aquí para abrirle espacio a la gente blanca buena. Ha habido momentos en que he necesitado distanciarme de Harlowe y de las personas que la aman.

Maxine se aclaró la garganta. Zaira movió las caderas para mirarme de frente. Me guiñó un ojo. Su vestido color coral hasta la rodilla brillaba con la luz del sol. Sus ojos castaño oscuro me dieron ganas de llorar. Hermosa. Profunda. Sincera.

—La gente que amas mete la pata —dijo Zaira y tocó mi rodilla—. Tienes que separar las personas pendejas de las guerreras. Detectar la gente que no es buena para tu corazón. Perdona, pero sigue tus instintos cuando se trata de erradicar de tu espíritu lo que no vale la pena. Juliet, ya has encontrado tu camino.

Maxine resopló.

—Harlowe se convirtió en mi familia cuando la mía propia no pudo aceptarme —dijo—. Es difícil apartarla de mi vida cuando ella me ha mantenido viva tantas veces.

Maxine mantuvo la vista en el camino. Una mano en el volante, la otra entre las de Zaira.

—En cuanto a ti, Juliet —continuó Maxine—, tú la miras de la misma forma que yo lo hacía, y eso me preocupa. Esa adoración, esa manera de elevar a la gente y no responsabilizarla ante nada. Nos quedamos tan atrapadas en el brillo fácil que emanan que nos olvidamos de hacer lo propio por nosotras mismas.

Su semblante se tornó serio.

—Nadie te impidió haberte puesto de pie y decirle a esa multitud en Powell's quién eras realmente y cuál era tu historia. Nadie. Tu elegiste marcharte. No te estoy juzgando por tu decisión. Solo te lo señalo. Eso fue lo que hiciste. Permitiste que la gente absorbiera la narrativa de Harlowe acerca de ti. Ya no se trata de Harlowe ni de su blancura; se trata de decisiones. ¿Qué decisión tomarás la próxima vez que alguien diga algo semejante sobre ti? ¿Te marcharás? ¿O exigirás que se escuche tu voz? ¿Dirás tu verdad, Juliet? Digo, ¿para qué viniste aquí?

No dije nada. Las lágrimas dejaron pequeñas manchas oscuras en mis pantalones cortos. Maxine tenía toda la razón, y yo no sabía cómo había podido no darme cuenta. Me sentí avergonzada de mí misma. Abochornada. ¿Cómo podría tomar decisiones sin esa perspicacia? Nunca había abierto la boca para refutar lo que Harlowe decía. Me paralicé y corrí. Me paralicé y corrí.

Todas las mujeres en mi vida me estaban diciendo lo

mismo. Mi historia, mi vida, mi voz. Era yo quien tenía que proteger todo eso y revelarlo al mundo. Nadie más. Nadie podía arrebatármelo. Tenía que deshacerme de mi miedo. No sabía a qué le temía. Me preguntaba si alguna vez diría mi verdad.

¿Por qué había ido? Saqué mi libreta y contesté la última pregunta de Maxine para mí misma. Si había que cambiar la narrativa, tenía que empezar por mí.

¿Por qué estoy aquí?

Feminismo: Para entender qué significa en la vida real, fuera de los libros de texto, y saber si alguna vez podré decir que soy feminista.

Para irme pa'l carajo del Bronx.

Lesbianas: Para juntarme con otras lesbianas y saber si había diferentes formas de serlo. Para asegurarme de que yo lo era, para descubrir si yo era algo más.

Harlowe: Porque *La flor enardecida* me cambió la vida. Tenía que saber cómo me sentía viviendo con la persona que la había creado, y aprender de ella.

Chocha: Porque antes de *La flor enardecida* yo no sabía que existía un poder entre mis piernas.

Posturas políticas: No tenía. Nunca pensé que algo valiera la pena, que me importara un carajo. Eso estaba cambiando. Mi identidad es algo muy político, eh.

Feminidad: Sacarla todavía hirviendo de mi pecho e inspeccionar su contenido. Derribar el mural sobre mí que mi mamá, el patriarcado y la vergüenza habían comisionado. Pulir uno nuevo a partir del sexo de una nena morena, confesiones en libretas y cambios de imagen junto a la piscina.

Yo: Un desastre. Emocional. *Nerd* ratona de biblioteca. Humana morena y regordeta. Un revolú de torpes pedazos y de gloria, ahora llena de antepasadas e historias. Necesitada de aprender amor propio, del verdadero. En lugar de preguntar "¿Puedo vivir?" tengo que exigir progresar.

Leí mi lista varias veces. Feminidad sobresalía. La desmenucé. La tenía en mis manos para trepanarla.

Saber que se curaría me permitió ser inmisericorde con la feminidad. Tenía que abrirla al medio para investigar sus capas. A menudo se manifestaba a través de otras mujeres, en forma de cuidados y ternura, como mamá preparando arroz con maíz para despedirme. Pero había momentos en que la feminidad oprimía.

Eran unas medias blancas muy apretadas en los muslos regordetes antes de ir a la iglesia, y preguntas sobre novios que nunca quise. Eran las manos de Dominic Pusco en mis pantalones, sin consentimiento, y la incredulidad y los ojos en blanco, y yo pensando que había hecho algo para provocarlo. Era titi Penny enamorada de Magdalena sin odiarse por ello. Compleja, caótica, más allá incluso de la biología. Como había dicho Ava: "la feminidad ya es bastante radical para cualquiera que se atreva a reclamarla".

Las imágenes de mi feminidad me pasaban por encima, cada una con sus propias expectativas, como todas las veces que me miré fijamente en el espejo de niña, deseando ser tan linda como Ava. O, por lo menos, no tan "gorda y fea" como yo. Cerré los ojos y me imaginé arrodillada ofreciéndome a la gloria de la feminidad. Rompí los pedazos de mí que estaban frágiles debido a los gritos y las amenazas del barrio. Me sacudí las dudas que venían de pulmones temerosos del cambio y de los duros inviernos de NYC. Lo ofrecí todo a la gloria, y pedí barro para reconstruir.

Juntaría el propósito, el lápiz labial azul y las declaraciones de amor prensadas con besos en los acantilados, para construir una nueva feminidad. Solo para mí. Solo mía. Podía hacer eso. Eso es. Si mi vida iba a cambiar, dependía de mí: esas caderas, ese cerebro y esa actitud. Volví a mirar mi lista.

Carajo, sí que era sincera.

Me relajé por un momento, aflojé los hombros y disfruté del viaje.

Maxine puso a todo volumen a Donna Summer: *"Love to Love You Baby"* y *"Hot Stuff"*. La vibra en la camioneta era buena, verdaderamente buena. Maxine y Zaira habían dado sus opiniones, y eso fue todo. No me presionaron para que respondiera. Volvieron a ser humanas enamoradas, Zaira acurrucada junto a Maxine. Yo tenía mi lista. Llegamos al río después de pasar los últimos minutos en la camioneta con las ventanillas bajas y el volumen del radio alto. El espíritu de la limpieza se apoderó de nosotras. Todas estábamos listas para renacer.

CAPÍTULO VEINTISÉIS

RENACÍ EN EL RÍO

SANDY RIVER ME aterrorizaba. Pero es que nunca antes había estado en un río. Por supuesto, había estado en Orchard Beach en el Bronx, pero Orchard Beach era artificial, y lo único que corría por allí eran puertorriqueños rumbo a las canchas de balonmano. El Sandy estaba rodeado de naturaleza viva y real. Árboles locos por todas partes. Árboles tan altos que parecían tocar el cielo. Árboles tan anchos como un tren del metro. Árboles, eh. Al lado de Sandy River, entre todos esos árboles, me sentí increíblemente pequeña, insignificante, como una partícula de polvo flotando en el universo.

Salimos en tropel de las camionetas y nos paramos en un camino dividido. Un lado conducía al bosque, el otro era un sendero pavimentado hacia la ribera del río. Yo esperaba algún tipo de ceremonia, por lo menos una lectura del Evangelio de la Madre Tierra. Ginger Raine y Lupe no iban a subir ese año. Nadie quería que Ginger Raine diera a luz en el bosque, no de esa manera, no sin una tienda de campaña para parir, y algunas parteras. Lupe y Ginger Raine se sostenían mutuamente al caminar.

Las observé y suspiré. La cuestión de la pequeña familia lesbiana era todavía muy nueva. Todas ayudamos a llevar las cosas al lugar de destino. Maxine soltó las sillas plegables y la neverita, y miró alrededor. Los rayos del sol rebotaban en el agua y la iluminaban con una luz cálida.

—Esperen, el río está aquí mismo —dije—. ¿Por qué hay que hacer la caminata por el bosque?

—Porque es divertido. Es buen ejercicio para el cuerpo y es parte del ritual —dijo Maxine—. Pero si te quieres quedar aquí con Lupe y Ginger Raine, puedes hacerlo en confianza.

Suspiré, negué con la cabeza y sonreí.

—Bueno, yo voy. Ya estoy aquí, ¿por qué no seguir hasta el final?

—Eh, yo voy a arrancar sola —dijo Zaira, mirando detrás de nosotras.

Seguí su mirada y vi a Harlowe acercarse por el sendero. Maxine se volteó para seguirla. Zaira le puso una mano en el pecho, suavemente.

—Eso te incluye a ti también, guapa —le dijo.

Zaira subió, bordeando el agua, hacia otro camino que llevaba a la ribera. Maxine la observó con la más grande sonrisa en su rostro. Harlowe llegó a tiempo para ver a Maxine tomar su propio rumbo hacia el sendero. Yo me encogí de hombros y la seguí. Harlowe se quedó en la retaguardia.

El sendero estaba rodeado por un follaje denso. Tras diez minutos de caminata todavía no podía ver la salida del bosque. Todo era tan verde. Trepé por encima y alrededor de troncos de árboles gigantescos con raíces profundas y torcidas que se extendían en todas direcciones. El sendero era ligeramente inclinado, y mis gruesos muslos no estaban a la altura de la tarea. Hice una cuarta parte del camino irritada y sudando. Maxine y Zaira, de pies veloces y experiencia con ese sendero, se movían sin descanso. Mientras más lento yo andaba, menos las veía, hasta que las perdí de vista. Harlowe iba a mi ritmo porque se detenía a menudo para conectarse con la naturaleza. De verdad, se detenía para arrullarles a las mariquitas y abrazar a los árboles.

Sentí una ligera sibilancia en mis pulmones. Había tenido una capacidad pulmonar excelente durante la última semana, desde la acupuntura de Lupe, pero el ejercicio me agotó. Necesitaba otra sesión, pero eso no iba a ocurrir en medio del bosque. Necesitaba dejar de fumar cigarrillos, y quizás incluso yerba. Oré a Dios Padre Madre que, si sobrevivía a esa caminata, dejaría uno de los dos (probablemente los cigarrillos, por favor, Dios Padre Madre, no me hagas dejar la yerba).

El sendero era cada vez más difícil. Me raspé las rodillas y los muslos contra arbustos salvajes. Podía oír la corriente de agua, pero no podía verla. ¿Cuándo íbamos a salir del maldito sendero y llegar al agua? ¿Por qué la gente pensaba que la naturaleza era divertida? Yo no entendía. Seguí adelante. Con una sibilancia más fuerte, busqué mi inhalador. Revisé mi mochila y mis pantalones cortos, volví a revisar. No encontraba el inhalador. Vacié en el suelo todo el contenido de la mochila, entre la suciedad y los insectos, y busqué. El inhalador no estaba.

—Juliet, debes abrazar este árbol conmigo —dijo Harlowe.

Sus brazos rodeaban un tronco, pero era demasiado ancho para abarcarlo completo. Harlowe, la abrazadora de árboles, ese era el término que usaba titi Wepa para restarle importancia a las personas que se preocupaban por el medioambiente. "Estúpidos abrazadores de árboles" o, su favorita, "pendejos liberales abraza-árboles".

—Yo paso de abrazar al árbol —le dije. Una opresión conocida me invadía el pecho, el principio de un ataque de asma—. En este momento quisiera tener otro cuerpo, uno que pudiera correr a toda velocidad por las montañas y no colapsar por falta de oxígeno.

Hice una pausa para recobrar el aliento. Cerré los

ojos, volví sobre mis pasos y recordé que había dejado el inhalador encima de la cama en el ático.

—Coño, Harlowe, no tengo mi inhalador —le dije, entrando en pánico.

Mi corazón comenzó a latir muy rápido. No sabía qué estaba pasando dentro, pero pensé que me podía desmayar.

—Está bien, Juliet —dijo Harlowe mientras se acercaba—. Solo ven y abraza el árbol.

—No voy a abrazar el jodido árbol, Harlowe —respondí—. No puedo respirar.

—Confía en mí, Juliet —continuó—. Solo abraza el árbol. Él absorberá tu preocupación.

Harlowe parecía salida de un anuncio para un retiro de meditación. Yo quería gritar. La sonrisa serena en su rostro, la completa falta de consciencia de todas las demás cosas que sucedían a su alrededor. Yo no estaba de ánimo para eso. El asma era grave, y abrazar un maldito árbol no iba a ayudarme.

—¡No voy a abrazar el árbol! —le dije.

El silbido en mi pecho no se calmaba.

—Juliet, apretar tu cuerpo contra la base del bosque abrirá tus pulmones. Ven, abraza el árbol.

Me acerqué al árbol dando pisotones y lo pateé. La miré fijamente y me crucé de brazos. Sí, pateé el jodido árbol. No es que odie los árboles. Pero, carajo, ¿por qué creía ella saber lo que mi cuerpo necesitaba mejor que yo?

Harlowe miró al árbol, con la boca abierta. Tocó su corteza y le susurró una disculpa, entonces se dirigió a mí.

—¿Te sientes mejor? —preguntó.

—No, realmente no —contesté.

Caí sentada en el suelo y ella se sentó a mi lado.

—¿Qué necesitas, Juliet? Además de tu inhalador, ¿qué puedo hacer por ti? ¿Quieres un poco de aceite de eucalipto? —preguntó.

Puse los ojos en blanco y desembuché.

—Estaba tan furiosa con usted por haber dicho todas esas cosas que dijo sobre mí en la lectura, que yo había esquivado balas y que crecí en el gueto. Yo nunca pinté mi vida así de ruda. Nunca. Usted inventó esa mierda para no verse como una estúpida frente a todas. Y sé que pidió disculpas, pero ese correo electrónico no fue suficiente. —Mi voz sonaba apretada, respiraba todavía con dificultad. Me negaba a llorar—. Y yo estaba furiosa, porque la noche antes yo sentía que la amaba, Harlowe. Que podía amarla por siempre, como si fuéramos familia, hermanas, amigas hasta el tuétano, ¿sabe? El instante en que sentí ese amor, pum, usted me expulsó de la habitación. Y yo la dejé, y por eso no voy a abrazar su árbol, por eso estoy frustrada en este momento, y probablemente por eso no puedo respirar, ¿okey? Y, ¿sabe qué, Harlowe? Esa mierda fue racista. Yo creía que usted era capaz de verme, más allá de todo eso. O sea, solo a mí, Juliet.

—Carajo —murmuró, bajando la vista.

—Y ¿qué fue toda esa mierda de "yo soy la dama blanca mala" en casa de Lupe y Ginger? —pregunté, mirándola de frente.

—Ay, ya sé —dijo, suspirando—. Estaba desbocada y no pude evitarlo. Era vergüenza y remordimiento blanco mal dirigidos.

—Necesito que diga que está en todas partes. Que diga que incluso alguien como usted, con todas sus hermosas palabras sobre feminidad, feminismo, hadas y todo eso...

—¿Puedo ser una pendeja racista? —preguntó, frunciendo el ceño.

—Sí, que incluso alguien como usted puede ser una pendeja racista.

—Juliet, soy una jodida morona racista, y cualquier persona blanca que viva en este maldito país, si cualquiera de nosotras te dice lo contrario, es una mentirosa en quien no se puede confiar. Puedes ser blanca pobre y racista como el demonio, y exhibir tu bandera confederada, o blanca rica y ocultar tu racismo detrás de asociaciones de propietarios y requisitos de ingreso a los condominios de lujo. Y hay gente blanca como yo, bien intencionada, hippies aburguesados. Y ninguno es mejor que el otro. Pero tienes que saber que de verdad te quiero y que lamento todo lo ocurrido.

Nuestras miradas se encontraron. Los ojos de Harlowe estaban grandes y húmedos. Aparté la vista. ¿Sus lágrimas eclipsaban mi dolor?

—Entonces, ¿eso es todo? —le pregunté—. Me quiere. Lo siente. Y, eh, los blancos son racistas, lamento informártelo. ¿Y ya?

El silbido repentino de mis pulmones apretados llenó mis oídos. Inhalé lentamente, sin mirar a Harlowe.

—Eso no es suficiente —continué, apoyándome en el árbol que acababa de patear—. Y lo que apesta es que yo sé que usted lo sabe. En el fondo, sabe también que se salió con la suya. Quizás no con Maxine y Zaira, pero sí con todas las mujeres blancas en ese lugar. Todas ellas me miraron con tristeza, listas para "descubrir" a su propia lesbianita latina en algún barrio pobre, y convertirse ellas también en salvadoras.

El dolor en el pecho se anunció con una fuerte tos. Me agaché contra las rodillas. Me quedé así por un momento, y levanté la mano para evitar que Harlowe se me acercara. Estaba bien, puñeta, estaba bien.

—Usted les dijo a esas nenas blancas en el baño que reconocieran sus privilegios. Pero yo quiero saber en qué momento usted dejó de reconocer a los suyos.

Los ojos de Harlowe estaban más colorados. Sus mejillas, más manchadas por las lágrimas. Nos quedamos mirándonos desde los puntos más lejanos de nuestras intersecciones.

—Esta es la hora de la verdad. Yo la quiero, pero me

rehúso a continuar queriendo a alguien que no reconocerá sus errores y rectificará sus acciones en consecuencia.

El calor del día flotaba en el aire como una húmeda niebla. Harlowe buscó en su bolso y sacó un frasquito de cristal. Lo agitó y me miró.

—Un poco de aceite de eucalipto aliviará la opresión en tu pecho —dijo—. ¿Puedo ponerte un poco?

Asentí con la cabeza, a pesar de mi orgullo. Agachó la cabeza. Se enfocó en el frasquito en su mano. Le dio un golpecito a la abertura y una gota de aceite cayó en la punta de su dedo. Harlowe puso sus dedos en mi pecho. Cerré los ojos e inhalé los vapores frescos y mentolados.

—Definitivamente tengo que cambiar —dijo—. ¿Tú crees que yo quiero ser la señora blanca racista desastrosa que va por ahí diciendo sandeces de las mujeres de color? Es terrible. Ay, diosa, aquí voy…

Me frotó más aceite en las muñecas y en el cuello. Me recordó al Vicks VapoRub. Lo que fuera que me puso, comenzó a funcionar y la tensión en mi pecho se alivió un poco.

—¿Te sientes mejor? —preguntó mientras cerraba el frasco.

—Yo solo hui —le confesé, encogiéndome de hombros, todavía con una rara sensación—. No me hice respetar.

—No tendrías que haberlo hecho —contestó—. Tú no

eres la prueba de nadie. Mi trabajo debe sostenerse por sus propios méritos en la integridad y el cuidado que pongo en él. Creo que desafiar el racismo en otras personas blancas me ha hecho sentir que estoy por encima de eso, y eso... es simple y llanamente una porquería. Metí la pata contigo, con Max, con Zaira. Me va a costar mucho trabajo. Espero que algún día puedas perdonarme.

Harlowe puso su mano sobre mi hombro. La miré. Olíamos a sudor y aceite de eucalipto.

—Yo creía que la necesitaba para cambiar mi mundo —respondí lentamente y respiré hondo—. Pero, en realidad, necesitaba un empujón, y lo conseguí con *La flor enardecida*, el Bronx, Ava y mi mamá. Ahora depende de mí. Debo gritar cuando sea necesario, y hacer más preguntas. Y exigir más de mí misma y de todo lo que me rodea.

Me puse de pie y Harlowe sacudió la suciedad y los insectos de mi cuerpo. Ambas inclinamos la cabeza en señal de aprobación. Entonces me di vuelta y abracé el árbol. Y se sintió bien, como cuando el mundo se queda en silencio por un instante, así de bien.

Harlowe y yo seguimos la caminata por el bosque. Yo podía respirar mucho mejor con su aceite en mi piel. Después de otros quince minutos, llegamos al borde del pequeño barranco. Sandy River rugía abajo, esperando por nosotras. Maxine y Zaira ya habían llegado al río. Ginger Raine y Lupe habían preparado mantas y descansaban al lado del río, en nuestro campamento. Harlowe y yo descendimos por el filo y llegamos a la orilla.

Pero ese no era el final. El propósito principal de toda la excursión era escalar el río y bajar con él. Sí, escalar el río. Yo ni siquiera sabía que la gente podía escalar ríos. Una por una, todas, excepto Ginger Raine y Lupe, caminamos adentrándonos en el agua, nos detuvimos en un punto en el centro y vadeamos corriente arriba. Maxine y Zaira fueron tomadas de las manos hasta ese punto medio. Estaban en su propio mundo, se movían a su propio ritmo. Harlowe siguió. Y entonces me tocó a mí. Las observé. No tenía intenciones de seguir. Nunca antes había estado en un río, era como ser testigo del espíritu de la Madre Tierra. Yo no estaba a la altura de la situación.

Ginger Raine tomó mi mano y la colocó en su barriga de embarazada. El bebé me pateó la mano.

—Yo nunca pensé que tendría un bebé —me dijo—. Hasta que un día me di cuenta de que había logrado todo lo que me había propuesto. Y entonces pensé en por qué no elevar mi existencia y crear vida. Así que lo hice, y es totalmente genial, Juliet.

Froté su vientre con mis manos y sentí que el pequeño humano dentro de ella me alcanzaba.

—Increíblemente genial —respondí.

Nos quedamos ahí, sentadas, y vimos al grupo moverse contra la corriente. El agua estaba tranquila, no eran rápidos ni mucho menos, pero de todos modos la corriente era real. Era chévere ver a tres lesbianas rudas con una misión. Esperaron unas por otras en un punto paralelo a uno de los árboles más altos a lo largo de la orilla. Cada una llegó al punto de inflexión y, entonces, una por una nivelaron sus cuerpos y se dejaron deslizar en la corriente. El agua arrastró sus cuerpos con rapidez, sacudiéndolas de un lado a otro. Ellas reían y chillaban cuando podían, hasta que regresaron a nuestro campamento. Maxine y Zaira emergieron del agua, agarradas de la mano, con las gotas brillando sobre su piel.

Estaba sentada entre Lupe y Ginger Raine y su bebé próximo a nacer, y me di cuenta de que el no tener mi inhalador no era una razón suficiente para mantenerme al margen, observando. Necesitaba dejar que el aceite de eucalipto hiciera su magia, y tratar de permanecer en calma. El miedo oprimía mis pulmones y yo me negaba a dejarme vencer.

Al carajo el miedo.

Me puse de pie cuando Harlowe llegó a la orilla, la última del grupo. Le pasé por el lado, llegué al punto medio e hice exactamente lo que había visto hacer a Zaira y a Maxine. El agua del río me salpicó los nudillos y la cara. El glorioso calor del sol entibió mi espalda. Me estimuló a seguir adelante. Sentía el cuerpo inusualmente fuerte. Los músculos de mis brazos y muslos se tensaron y soltaron a medida que gateaba contra la corriente. Un paso a la vez.

Llegué hasta el punto donde ellas se habían detenido. Miré a la izquierda y vi el árbol. Estaba nerviosa, pero lista. Ahora solo tenía que volver río abajo. Me puse de espaldas, dejé descansar la cabeza sobre el agua, y despegué los talones del lecho del río. En un instante, arranqué.

Mi cuerpo salió disparado corriente abajo, como relámpago atravesando las nubes. Gloria. Gloria. Aleluya.

Ingrávida, impávida, el agua ondulaba debajo de mí como latidos del corazón. La corriente me llevaba cada vez más rápido y, por un instante, el miedo que intentaba enfrentar creció más todavía. El pánico comenzó a apoderarse de mí. Levanté la cabeza demasiado y un pie se me quedó atrapado en unas pequeñas piedras en el lecho del río. Resbalé debajo del agua, el sol se desdibujó sobre mí. Abrí la boca, el agua entraba y salía a golpes por mis fosas nasales. Mi cuerpo se volteó, y ahí quedé.

Estaba en otro lugar, como flotando fuera en mi cabeza, y toda la práctica se proyectó en mi cerebro. Harlowe me había enseñado a visualizar mi cuerpo como una entidad controlada por mi mente y mi corazón. Lupe me había hecho creer que el pequeño Melvin, y quizás todos nosotros, podíamos controlar el fuego con nuestros espíritus. Zaira había liberado mis palabras con Octavia Butler. Maxine me había impulsado a cuestionarme a mí misma y mis acciones. Todas ellas me habían mostrado el poder de elegir. Y eso había sido solo en Portland. En Miami me había conectado con mis antepasadas, con la espectacular titi Penny y con Ava, mi prima hermosa y radical que amaba a las personas a rabiar. Mi amor por Ava, mi prima, era muy profundo, y ella me había mostrado infinitas maneras de amar y ser amado, de ser *queer* y morena, y de que no te importe un carajo lo que nadie piense. Y, finalmente, estaba mi mamá, que a través de su amor y protección me había hecho percibir el poder que había en mí, y que podía vivir para siempre si solo dejaba ir mis temores y vivía mi verdad.

El río lanzó y vapuleó mi cuerpo. Los pulmones me silbaban. No podía detener la corriente. No podía detener mi cuerpo. Pensé que iba a morir. El miedo me impidió seguir fluyendo. Me volteó al revés. Dejé de pensar en mis temores y me concentré en mi cuerpo. Me giré, escupí el agua que tenía en la boca, usé los talones para estabilizarme y volé con la corriente, hasta que me arrojó en la orilla.

Me quedé allí, tirada, sola.

Y en ese momento finalmente entendí lo que era simplemente respirar.

EPÍLOGO

DESPUÉS DE LA LIMPIEZA, compartimos una gran comida en casa de Ginger Raine y Lupe. Le mostré a Zaira "Starlight Mamitas: Los tres acordes de la rebelión" y le pregunté si pensaba que era lo bastante bueno como para incluirlo en su antología. Me hizo mecanografiarlo y dárselo antes de irme. Zaira me dijo que le siguiera añadiendo, que crecería y evolucionaría hasta convertirse en algo increíble. Ahí fue cuando supe que sería parte de mi trabajo de reflexión post práctica. Maxine me pidió que me mantuviera en contacto, y que me investigara a mí misma y mis intenciones tan minuciosamente como lo haría con cualquier otra persona. Lupe me dijo que podía volver cuando quisiera para una sesión de acupuntura. Y Ginger Raine no tuvo tiempo de decirme nada porque, cuando nos íbamos, entró en labor de parto.

Harlowe me llevó al aeropuerto. Escuchamos por última vez el CD feminista de poder lesbiano. Me abrazó y lloró sobre mi cuello. Ella siempre sería *la* Harlowe Brisbane para mí. Mi ejemplar de *La flor enardecida* estaba sano y salvo en mi mochila, pero junto a él estaba la lista de todos los otros libros que Ava había insistido en que leyera.

El clan Palante completo me esperaba en la terminal del JFK. Abracé a mi mamá con mucha fuerza, con más fuerza que nunca antes, mientras ella criticaba y elogiaba mi corte de pelo. Todo estaría bien entre nosotras. Iba a escribirlo todo, como prometí. En casa, sola en mi dormitorio, con el sonido de los trenes 2 y 5 rugiendo en la distancia, comencé escribiéndome una carta a mí misma.

Querida Juliet:

Repite conmigo: Eres una bruja. Eres una guerrera. Eres feminista.

Eres una nena morena preciosa.

Rodéate de otras nenas hermosas, negras, mulatas, indígenas, morenas, chicanas, nativas, indias, de raza mixta, asiáticas, gringas, boricuas.

Deja que ellas te inspiren.

Rebélate contra la jodida maquinaria.

Cuestiónate todo lo que cualquiera te diga o te haga tragar a la fuerza, o te haga escribir cien veces en la pizarra.

Cuestiona a cada hombre que abra la boca y escupa una ley sobre tu cuerpo y tu espíritu. Cuestiónatelo todo, hasta que encuentres la respuesta cuando sueñes despierta.

No te cuestiones a ti misma, a menos que hayas lastimado a otra persona.

Cuando lastimes a alguien, siéntate, piensa y piensa y piensa y, entonces, arréglalo.

Discúlpate cuando metas la pata. Vive para siempre.

Consulta a las antepasadas mientras cuentas las estrellas en la galaxia.

Mantén la sabiduría debajo de la lengua, hasta que se absorba en el torrente sanguíneo.

No tengas miedo.

No dudes de ti misma.

No te escondas.

Vive orgullosa de tu inhalador, de tu bastón, de tu faja lumbar, de tu acné. Vive orgullosa de todas las cosas que el mundo utiliza para hacerte sentir diferente. Ama tu jodido cuerpo gordo y espectacular.

Ama tus senos, tus caderas y tu trasero ancho si lo tienes, y, si no, ama el cuerpo que tengas o el que crees para ti.

Ama el hecho de que tienes vellos enconados en la parte posterior de tus muslos, y el bigote de la abuela sobre tus labios.

Lee todos los libros que te completen.

Lee todos los libros que te saquen del presente y te lancen al futuro.

Lee todos los libros sobre mujeres que se hacen tatuajes y rompen corazones y roban bancos y crean una banda de heavy metal.

Lee cada uno de ellos.

Bésalas a todas.

Pregunta primero.

Siempre pregunta primero y, entonces, besa de la misma manera en que las estrellas arden en el firmamento. Confía en tus pulmones.

Confía en el Universo.

Confía en ti misma.

Ama con fuerza, intensamente, sin dudas ni reservas.

Ama todo lo que acaricie tu piel y viva dentro de tu alma.

Ámate a ti misma.

En el nombre de La Virgen y en el nombre de Selena, Adiosa.

"Quiero la libertad de poder tallar y cincelar mi propio rostro... modelar mis propios dioses desde mis entrañas".

—Gloria Anzaldúa

AGRADECIMIENTOS

PRIMERO, Y PARA siempre, quiero expresar mi amor y honrar a mis padres, Martha y Charles Rivera. Mamá siempre me dijo que escribiera las historias locas. Y papá me enseñó a contarlas en voz alta. Cada día me animaron a terminar este libro, sin importar lo que pasara. Me inculcaron la confianza inquebrantable en que yo era capaz de alcanzarlo todo. Ellos son mi alegría.

A mis abuelos, para que todos descansen eternamente en el poder. Gracias por esta vida.

Phil, alias *Brother Princess*, eres el mejor hermano que ha conocido este mundo. Tú eres mi corazón y la inspiración para el pequeño Melvin.

Marcela Mejía, tú has sido mi mejor amiga durante más de veinte años. Tu apoyo incondicional y el "gufeo" de tu amistad ayudaron a que *Juliet* alzara vuelo. Te quiero, hermana.

Jo Volpe, Devin Ross, Hilary Pecheone, Pouya Shahbazian, Abbie Donoghue, Jordan Hill, Cassandra Baim y todo el equipo de New Leaf Literary & Media, gracias por luchar con este libro de ficción, pero también autobiográfico, sobre una joven nena *queer* puertorriqueña del Bronx. Ustedes apoyaron, protegieron y celebraron a *Juliet* y a mí en cada oportunidad. Jo, todos los días le doy gracias al universo por ti. ¡Mira lo lejos que hemos llegado!

¡Nancy Mercado! Gracias por creer en Juliet y traerme a la familia de Penguin Dial. Mi amor para todos los que crearon la magia para Juliet: Vanessa De Jesús, Rima Weinberg, Kelley Brady, Ashley Branch, Cerise Steel, Venessa Carson, Carmela Iaria, Tabitha Dulla, Lauri Hornik, Emily Romero, Shanta Newlin, Rosie Ahmed, Jen Loja y Jocelyn Schmidt, y Marisa Russell.

Cristy C. Road, gracias por unirte una vez más a *Juliet* y a mí en esta trayectoria. La primera portada fue un sueño hecho realidad, y volviste a hacer magia con esta. Eres una artista revolucionaria y una leyenda viva.

Sol, tu coraje y valentía el 11 de septiembre y durante todos los meses que trabajaste en la Zona Cero de Manhattan me impresionaron para toda la vida. Tú fuiste la inspiración para el personaje de titi Wepa. Te doy las gracias por eso y por mucho más.

Gracias a Inga Muscio por apostar por una buchita latina persistente del Bronx, que quería aprenderlo todo sobre el feminismo. Gracias por sentarte conmigo en tu ático y hablarme sobre los misterios del universo y el poder que guardaba dentro de mi cuerpo.

Ariel Gore, ¡eres el mejor! Gracias por publicar la versión original de *Juliet Takes a Breath* en tu antología, *Portland Queer: Tales from the Rose City*. Todo mi amor y gratitud para ti por editar la primera versión de este libro y por permitirme pasar la noche en tu mini tráiler en el desierto de Nuevo México.

Mucho amor para titi Nereida y tío Carmelo, por orar por mí todos los días desde que nací.

Vanessa Martir, soy mejor escritora gracias a ti. Tu consejo y orientación me mantuvieron con los pies en la tierra, enamorada a la brava de esta faena de escribir. Camaradas por siempre.

Phoenix Danger, tus fiestas de Brooklyn Phresh Cutz inspiraron el capítulo "*Undercut* y transformación". Que tu espectacular corazón palpite para siempre y nutra al universo.

Riese Bernard, gracias por haberte interesado en este libro. Autostraddle me salvó la vida.

Marisol Smalls, tú amaste a Juliet antes que yo. Gracias, siempre.

Gracias a la Reverenda Kelly Brown-Douglas por siempre creer en mí y por retarme a ser la versión más auténtica y revolucionaria de mí misma.

Riverdale Avenue Books y Lori Perkins, gracias por ser los primeros en publicar *Juliet* y por enseñarme tanto sobre cómo navegar las complejidades del mundo de las editoriales.

Mis respetos a Walida Imarisha y Adrienne Marie Brown por celebrar el taller *Black and Brown Girls Write a New World* en la Allied Media Conference de 2013. Su taller inspiró el capítulo "No hay fiesta como un taller de Octavia Butler". Además, me dio la confianza de creer en mis sueños más locos y hacerlos realidad.

Mi amor a todos los que leyeron este libro y me ofrecieron su opinión y conocimientos para hacerlo el mejor libro de todo el mundo: Patrice Caldwell, Charlie Vasquez, Caitlin Corrigan, Laura Wooley, Key Jackson y Glendaliz Camacho.

Habló Rodriguez-Williams, gracias por proyectarte astralmente en mi vida y ser el mejor asistente y primx en la lucha.

A cada biblioteca, desde el Bronx hasta Connecticut y Ohio y Portland, Oregón, gracias por existir. Las bibliotecas son santuarios. Debemos protegerlas siempre.

Y, por último, gracias al universo por ser infinito, majestuoso y repleto de alegrías.

PREGUNTAS Y RESPUESTAS CON GABBY RIVERA

1. ¿Cuál fue tu inspiración inicial para *Juliet respira profundo*, y cuánto de tu propia aventura (si alguna) se refleja en la de Juliet?

Cuando te digan que escribas sobre lo que conoces, hazlo. Este libro es simplemente eso, yo escribiendo sobre lo que conozco.

Yo tenía diecinueve años cuando me enamoré de mi primer libro feminista. Tenía diecinueve años cuando saqué mi regordete trasero puertorriqueño del Bronx y aterricé en Portland, Oregón.

Diecinueve, cuando salí del clóset y cuando me enamoré por primera vez. Diecinueve, cuando decidí que mi padre ya no podía controlarme. Diecinueve, cuando descubrí el poder físico, emocional y espiritual que tenía dentro de mí. Diecinueve, cuando decidí que me pondría las botas de bucha y nunca más me las quitaría.

Este libro es una instantánea de ese momento de mi vida, con un poquito de fantasía, magia y exploración ancestral.

2. *Juliet respira profundo* tomó varios años en terminarse. Si tuvieras que volver a vivir el proceso, ¿harías algo de una manera diferente?

Sí, aceptaría todas las ofertas de publicación de mis amigas escritoras mujeres/*femme*/no binarias. Hubiera sido bien chévere tener esa conexión con editoriales pro lesbianas, pro latinas, pro feministas, antiracistas blancas, ¿sabes? Yo me abrí paso sola, con uñas y dientes, para publicarla, y hubo momentos en los que me ofrecieron ayuda y estaba demasiado asustada para aceptarla.

3. ¿Por qué decides ambientar la historia de Juliet en el 2003? ¿Crees que su transformación se habría dado de forma diferente si hubiera ocurrido en la actualidad?

Yo solo trataba de llevar al papel todo lo que había experimentado. Mi propia incursión como asistente de escritora ocurrió a principios de la década del 2000, y eso era lo que quería capturar. Las cosas estaban intensas. Todas las mañanas había amenazas terroristas codificadas por colores, y George W. "*Strategery*" Bush era el presidente. Los gais no se podían casar en Estados Unidos, y mi madre todavía susurraba al decir la palabra *lesbiana*. "*Magic Stick*", por Lil' Kim & 50 Cent, se escuchaba por la radio, y yo todavía no sabía la diferencia entre expresión de género y género asignado al nacer. Ese era el mundo en el que comencé a convertirme en una joven adulta. Quería capturar un pedazo de él antes de que se desvaneciera.

4. La manera en que Harlowe le falla a Juliet es exasperante y desgarradora, pero Juliet decide mantener la amistad. ¿Puedes hablar un poco sobre tu decisión de mostrar cómo Juliet perdona a su mentora?

Juliet perdona a Harlowe porque ese es el siguiente paso en su trayectoria. Al final de la novela, Juliet está más en contacto consigo misma y su entendimiento del mundo que nunca antes, pero todavía le falta mucho por aprender. Me imagino que para cuando Juliet tenga 25 años, su relación con Harlowe será diferente, y aún más para cuando tenga 40.

Es un proceso. La trayectoria de cada persona en TAN DIFERENTE. Por ejemplo, Ava, la prima de Juliet, está lista. Sus posturas políticas y su sentido de identidad están muy definidos y completos, en el sentido de que ella nunca se conectaría con alguien como Harlowe.

Personalmente, me ha tomado mucho tiempo darme cuenta de que puedo desconectarme de gente nociva, de redes que elevan la comodidad de las personas blancas por encima de las necesidades de los negros, los indígenas y la gente de color.

Juliet perdona a Harlowe por ella misma, para poder seguir adelante en su propia trayectoria a través del feminismo y de su identidad *queer* boricua del Bronx. Es su manera de decir: "Okey, tus palabras fueron importantes para mí, pero realmente yo soy la razón por la que estoy aquí". ¿Entiendes?

5. El tema de las alianzas tiene un papel importante en esta historia. ¿Tienes algún consejo para quienes estén buscando aliados, o para quienes quieran convertirse en buenos aliados?

Con respecto a las alianzas, todo el mundo debe leer el artículo "*Accomplices, not Allies: Abolishing the Ally Industrial Complex*" (Cómplices, no aliados: La abolición del complejo industrial de los aliados), publicado por Indigenous Action Media. El punto principal es que necesitamos "cómplices, no aliados".

Para mí, nadie puede ser aliado. Podemos solidarizarnos con los demás con toneladas de compasión y humildad. Pero los aliados no significan nada si no actuamos. Una actriz blanca heterosexual que publica una bandera del orgullo gay en su Instagram no va a salvar a las adolescentes LGBTQ de no tener hogar, ¿entiendes lo que digo? Quiero saber si vas a recibir una bala por nosotros, si vas a poner tu cuerpo en medio de una agresión y vas a votar por mejores políticas para la gente negra, indígena, de color, de la comunidad LGBTQ, para los discapacitados, para todos nosotros. Atraviesa la tormenta conmigo, de lo contrario no mereces ver el sol al otro lado.

Nosotros tenemos que estar ahí para los demás. Tenemos que compartir nuestro dinero, recursos, hogares, energía e historias unos con otros, pase lo que pase.

6. Cuando estabas creciendo, ¿siempre supiste que querías ser autora? Si no fue así, ¿cuál fue el punto de inflexión?

Siempre he sido escritora, pero nunca pensé en convertirme en autora. Parecía una de esas profesiones sofisticadas y elevadas, reservadas para la gente rica. Ya sabes, lo suficientemente rica como para quedarse en casa a escribir y tener todas las necesidades cubiertas: vivienda, comida, facturas pagadas, etc.

El punto de inflexión fue más como una multitud de cosas que me pasaron en distintos momentos. Cuando mi presentación de género pasó de marimacha *femme* a bucha, todo mi mundo como que cambió. Los mismos lugares que antes aceptaban mi currículo ya no estaban interesados en contratar a una persona visiblemente *queer*. Y, por consiguiente, estaba fallando como latina. No era una mujer fatal *sexy*, y no trataba de complacer a ningún hombre ni al sistema patriarcal.

Estábamos sumidos en la recesión, y yo no tenía un centavo. Sentí que el mundo estaba decidido a aplastarme.

Y entonces me hice algunas promesas a mí misma.

Me prometí que, sin importar las consecuencias, no me escondería. Nunca más entraría al clóset. No iba a cambiar mi presentación de género para que alguien más se sintiera cómodo. Solo trabajaría en este estúpido mundo salvaje en donde me sintiera feliz, respetada y valorada como una bucha puertorriqueña grande, gorda y vivaz del Bronx. Punto.

7. ¿Tienes algún consejo para los aspirantes a escritores, particularmente aquellos que son marginados por su raza o su sexualidad?

Tomen todo ese dolor y sáquenlo escribiendo, bailando, tirando, amando. Y entonces dejen que toda la sanación que viene de la liberación se convierta en los preciosos hilos de los globos que los mantienen atados a esta tierra. Porque los necesitamos, los amamos. Nuestras historias salvan vidas. Y no se censuren por nada.

8. ¿Tienes algún plan futuro para Juliet, o más novelas para jóvenes adultos del estilo de *Juliet respira profundo*?

En mis mejores sueños, escribo una novela dedicada al amor de verano de Kira y Juliet. Quizás se dé algún día.

9. Has hablado sobre la manera en que *Juliet respira profundo* es una carta de amor a los libros, particularmente a ese libro especial que sacude tu visión del mundo y cambia tu vida. ¿Qué libros han hecho eso en tu caso?

Aristóteles y Dante descubren los secretos del universo, de Benjamin Alire Sáenz, es uno de esos libros que me hicieron creer de nuevo en el amor. En todas las clases de amor. Ese libro me recordó que los padres pueden amar a sus hijos sin hacerlos sufrir todos sus problemas de adultos. Me recordó que todos en tu vida pueden y deben ofrecerte el máximo amor y cuidado durante tu crecimiento. Y el amor que florece entre Aristóteles y Dante me recordó que yo nunca tendría que empequeñecerme por alguien.

Palante: Young Lords Party, esta colección de ensayos y reflexiones del partido Young Lords, me brindó mis primeras raíces sobre la revolución del Bronx. Me dio el obsequio de verme reflejada en los jóvenes puertorriqueños que vivían en el Bronx en la época de mis padres, y la manera en que marcharon y lucharon contra los intereses políticos y corporativos blancos, por una vida mejor, por la igualdad.

Queer Brown Voices: Este libro es otra colección de ensayos y entrevistas con latinos/as/xs que se organizaron y protestaron contra la supremacía blanca y la violencia anti-LGBTQ en Estados Unidos desde la década de 1950 en adelante. De *Queer Brown Voices* aprendí que hemos estado luchando literalmente por nuestros derechos desde el primer día.

10. Si hubiera una cualidad de Juliet que pudieras regalarle a cada lector, ¿cuál sería?

La curiosidad. Juliet tiene preguntas, MONTONES de preguntas, y esa curiosidad por encontrar respuestas y aprender más es lo que la lanza al mundo y a su destino. Sin curiosidad, te quedas ahí dando vueltas al pasado y esperando que algo ocurra. Eso no es suficiente. Quiero que todos seamos curiosos, y que no toleremos nada que no sea majestuoso para nuestras vidas. Todos merecemos estar viviendo nuestros sueños más locos en este preciso momento.